她们

纪学 著

中国言实出版社

图书在版编目(CIP)数据

她们 / 纪学著. — 北京：中国言实出版社,
2013.8

ISBN 978-7-5171-0157-4

Ⅰ.①她… Ⅱ.①纪… Ⅲ.①短篇小说 – 小说集 – 中
国 – 当代 Ⅳ.①I247.7

中国版本图书馆CIP数据核字(2013)第192660号

责任编辑 文涓涓

出版发行 中国言实出版社

　　　　　地　　址：北京市朝阳区北苑路180号加利大厦5号楼105室

　　　　　邮　　编：100101

　　　　　电　　话：64966714（发行部）　51147960（邮　购）

　　　　　　　　　　64924853（总编室）　64924745（四编部）

　　　　　网　　址：www.zgyscbs.cn

　　　　　E-mail：zgyscbs@263.net

经　　销 新华书店

印　　刷 北京市凯达印务有限公司

版　　次 2013年8月第1版　2013年8月第1次印刷

规　　格 710毫米 × 1000毫米　1/16　16印张

字　　数 250千字

定　　价 32.00元　　ISBN 978-7-5171-0157-4

目 录

康克清和朱德：
心中都有一团圣火

康克清加入中国共产党

回到朱德的住处，康克清还是闷闷不乐，一个人坐着，话也不想说。

可是，她的心里却不能平静。今天，一位领导人找她谈了话，要她到总政治部去当青年干事，她对此不理解。在打AB团中，不少干部和战士被杀害了，人员减少很多，她当指导员的三连和二连合并，并把她调到交通大队去当政治委员，才去了没几天，怎么又不让她当了呢？

"你是女同志，在机关工作好一些。"领导人这样说，"部队太苦太累了。"

乍一听，康克清信以为真，可又一想，不对呀！当指导员不是也苦也累吗？我还不是干下来了，甚至得到不少人的好评。再说，既然这样，为什么当初让我去交通大队呢？她疑惑地问道："真是这样吗？"

领导人没有马上回答她是或不是，好像有什么不便说出的原因。

这一点，康克清看出来了。她说：

"我想知道的，是真正的原因，请你能如实告诉我。"

领导人犹豫了一会儿，说："那好，我如实告诉你。上面有规定，政治委员必须是共产党员才能担任，而你现在还不是党员。"

原来是这样！康克清明白了，也更加痛苦了。自己1926年参加共青团，已经5年的时间了，先是在村里工作，不怕流血牺牲，她还没想过自己不是党员的问题呢！直到此刻，她才知道不是共产党员的人不能当政治委员，哪怕是交通大队这样的单位。

"希望你能服从组织的分配，虽然你还不是党员。"领导人见康克清在思考，又进一步说，"因为你的行动，也关系到朱总司令。"

这句话的本意是好心，但此刻的康克清却不满意："我服从组织的分配，马上就到总政治部去。但是，我做得不好的地方，与总司令

没有关系。我是他的妻子，也是他的学生，我想向他学习，只是还学得不够；他要求于我的，我也没有能够完全做好。"

"是的，是的。"领导人连声说。

出了房间，康克清走在路上，心里有一种依依不舍的情感。她喜欢部队，喜欢干部战士，喜欢火热的连队生活。她不愿离开他们，可又不得不离开。正是在这种心情支配下，她径直来见朱德。看到朱德正伏案看文件，便一个人坐着出神。

朱德知道康克清回来了，是从脚步声中听出来的，因为正看一个文件，没有顾得上说话，连问候一声也没有。他想等看完文件，再向妻子问一问部队的情况。很快又要打仗了，干部战士的思想情绪怎么样呢？特别是打了AB团以后。

他看完文件，摘下花镜，一转脸就看到康克清的神色不好，往日的笑容被一种阴沉代替了。

"你怎么啦？"朱德关切地问，"是不是病了？"

康克清使劲摇摇头，没有说话。

朱德感到莫名其妙："那你为什么这样呢？"

"他们让我到总政去当青年干事。"康克清说。

★朱德与康克清（左三）在太行山抗日军民中

朱德感到很突然："为什么？"

"因为我不是共产党员，不是党员的人不能当政委。"康克清的话里带着一股气。

"噢？"

朱德的口气也很惊奇，但马上又镇静下来。他曾听从中央来的同志讲过这样的话，但并没有在意，以为不过是说说而已，没想到真的这样做了，而自己的妻子是首当其冲的一个。但在康克清面前，他又不好讲什么？便问："你不愿意去总政吗？"

"我很喜欢连队，真不愿离开他们。"对着丈夫，康克清说出了自己的想法。

"你的这种感情我很理解。"朱德看着康克清说，"不过，干革命嘛，做什么工作都是一样的。"

朱德的这些话，早在康克清的预料之中，他就是这样一个人，两年多共同生活，她看到自己的丈夫是个把革命利益放在第一位的人，从不计较个人的私利，对什么名誉、地位、待遇从来不去考虑。她今天之所以向朱德说出心中的不快，完全是妻子向丈夫的倾诉，以求得理解和安慰，并没有想通过他的权利去改变组织上已经作出的决定。

看到康克清没有吭声，朱德以为妻子还在生气，就亲热地问：

"思想还没想通吗？"

"不！"康克清摇摇头，"你放心，我很快就到总政去上班。"

朱德的脸上立即浮现出欣慰的笑容，满意地连声说：

"这样好！这样好！"

康克清沉思一会儿说："我要申请参加共产党。"

"好呀！我支持你。"朱德笑着说，"你的要求可以向党组织提出来，能不能入党，那要由组织上决定，不能个人说了算，你要经受得住党组织的考验咯！"

康克清点点头。

"到了总政后，要积极工作，努力学习，处处用共产党员的标准要求自己，争取早日成为共产党员。"朱德的话语重心长，饱含着丈夫对妻子的殷切期望与真诚关心。

"当青年干事要教人学文化，我的文化水平太低，怎么教呀？"康

克清说。

朱德温和地说："不会可以学，边学边教嘛！我们的战士文化都不高。有了困难，我可以帮助你。"

"我一定努力干好！"

康克清是这样说的，也是这样做的。她很快去总政治部报到，当起了青年干事。

康克清心里格外舒畅，精神特别兴奋。

走在回家的路上，她脚步轻盈，嘴里哼着一支自己即兴编的无名小曲。自从到总政治部当青年干事后，她一直和朱德住在一起。工作上顺利，领导很满意，她的入党申请也被批准了，心中激荡着无比的喜悦。

她走着，抬头看看天，湛蓝湛蓝的，几缕白云悠然飘动，明亮的阳光辐射下来，温柔而美丽。路旁的树木开始萌发新绿，经冬的松柏依然青葱苍翠。树枝间的小鸟飞来飞去，叫得嘹亮动听，仿佛在向她祝贺，祝贺她成了一名中国共产党的党员。啊！今年的春天，来得多么早！

此刻，康克清的思绪还停留在刚刚结束的会议上。那鲜红的党旗，悬挂在泥土墙壁上，增加了屋内的气氛。所有到会的人神情庄重。她一走进门，心中就油然升起一种庄严与神圣的感觉。

在此之前，当她向党组织提出入党的要求后，刘维严、杨立三两人就找她谈话。她详细讲了自己的家庭情况，以及加入共青团、参加万安暴动、上井冈山、当红军等个人经历。

她讲完后，刘维严说："你过去的情况，组织上知道了，几年来，你表现得很好，不论在井冈山、在赣南、在闽西的转战途中，还是在反对敌人的'围剿'时，你不但勇敢，还有指挥部队的才能。不过，入了党之后，平时要吃苦在前，打仗时要冲锋在前，当个党员可要起带头作用呀！"

杨立三说："克清同志，因为把你从交通大队政委调任为青年干事，你可能心里不太满意，可你也要认识到，加入共产党不应是为了个人的什么目的，是为了实现共产主义而奋斗呀！"康克清的脸上泛起微微的红晕，说：

"开始时是有点不满意，经总司令一说，我就明白了。我入党不是为了别的，是为实现共产主义而奋斗。"

"对！我们都要向朱总司令学习。"杨立三说。

随后，她就填写了一张表，因为自己的字写得不好，想请朱德帮她填写，但朱德没答应，说她自己填写更有意义、更郑重。于是，她在朱德指导下亲笔填写了表格……

人们到齐后，康克清被领到前面，站在党旗下宣誓，誓词是刘维严读一句，她跟着读一句："牺牲个人，服从组织，严守秘密，永不叛党……"

从现在开始，我就是中国共产党的正式党员了！康克清边走边在心里对自己这样说。

回到住处时，正好朱德也在。他看到妻子满脸喜色，就问道：

"康克清呀，你今天这样高兴，有嘛子喜事？"

"你猜猜！"康克清故意不说。

朱德摇了摇头。

"告诉你吧，我入党了！"

"真的吗！值得祝贺！"

朱德说完之后，在桌旁坐下来，看着康克清高兴的样子，心头漾起隐隐的羡慕之情。心想：比起我来，她要幸运得多。为了参加中国共产党，我经过多少曲折和艰险啊！

的确是这样。

1917年，十月革命胜利的消息传入中国，朱德对"不劳者不得食"的口号非常赞同，十分反感官僚军阀互相勾结，鱼肉百姓，便聘请具有进步思想的好友孙炳文到他的旅部当咨议。"五·四"运动之后，他同孙炳文根据初步接受的马克思主义思想，研究了列宁领导十月革命成功的因素，总结前一段参加孙中山领导的民主革命的经验，认为必须学习十月革命的理论和方法，探索新的革命道路，从头开始革命。因此，他在寻找共产党，寻找救国救民的真理。

他还记得上海那幢座落在法租界的寓所。他和孙炳文同去拜望孙中山。56岁的孙中山行动敏捷有力，对未来充满着乐观的精神。他谦

★一九四七年朱德在延安王家坪和孩子们在一起

虔诚恳地接待了两位远道而来的客人。看着朱德这位滇军的名将，又想到了借助滇军夺回广州，重新建立共和政权的计划，他要求朱德重回滇军，对部队进行整编，并表示可以先付10万元军饷。但是朱德婉言拒绝了。

孙中山感到很惊奇。他哪里知道，在这之前，朱德已经拒绝了军阀杨森的高官厚禄。

此时，朱德向孙中山说，他对于国民党同这个或那个军阀搞同盟的战术已经丧失了信心。最后他们告诉孙中山："我们决定到外国去留学，在重新回到中国的政治生活之前，要先会见共产党人，研究共产主义。"

孙中山对此并不反对，不过他又问道：

"既然要留学，为什么不到美国去？美国没有封建背景，又有很多进步制度。"

"我们两个都没有可以在美国念书、在美国久住的款项。我们所以愿意到欧洲去，是因为听说社会主义运动在欧洲最强大。"

朱德说完之后，孙中山点头表示同意……

他还记得在上海靠近公共租界闸北区的一间简朴小屋里，见到中国共产党中央执行委员会委员长陈独秀时的情景。他们是怀着极大的希望，经过多方打听才找到这位新文化运动领导人、共产党的创始人之一的。可是面色黝黑、脸上有些麻子的陈独秀却并不那么热情。他很谨慎，说话不多，只是注意听着朱德和孙炳文的话。

朱德原来以为，只要他一提出加入中国共产党的申请，就可以被接受，因为国民党就是这样的，共产党的手续也不过如此。加入共产党，就可以踏上新的革命道路了。

陈独秀冷淡地看着面前的两位客人，特别是时时打量这位滇军的将领，那目光里充满了疑问：他为什么要加入共产党呢？

朱德似乎也看到了陈独秀目光中的疑问，但他没想到陈独秀的回答如此冷漠：

"要参加共产党的话，必须以工人的事业为自己的事业，并且准备为它献出生命。对于像你们这样的人来说，就需要长时间的学习和真诚地申请。"

陈独秀的这些话，使朱德失望了……

最使他难以忘记的是在柏林。

他加入中国共产党的要求在上海被陈独秀拒绝后，就和孙炳文一起乘船到达柏林。他们两人多方打听，小心翼翼地敲开周恩来的房门。举止文雅、待人体贴的周恩来热情地请他们进到屋里，招呼他们坐下，询问他们有何见教。

朱德很感动，端端正正地站在比他小10多岁的青年人面前，讲述自己如何逃出云南，如何会见孙中山，如何被陈独秀拒绝，如何来到欧洲，最后说：

"我要求参加中国共产党在柏林的党组织。我一定努力学习和工作。只要不再回到旧的生活里去，派我做什么工作都行。"

他的态度是那么的坚决，话语是那么的诚恳。

周恩来一直站在朱德的面

★朱德在德国留影

前。他听着朱德四川口音的娓娓谈话，习惯地侧着头，提了一些问题，最后微笑着说：

"我可以帮助你们找到住的地方，替你们办理加入中国共产党在柏林支部的手续，在入党申请书寄往国内而尚未批准之前，暂作候补党员。"

过了几个月，国内回信。从此，朱德就成了中国共产党的党员。不过，他的党籍对外是保密的……

朱德在寻找共产党的路上所走过的途径，当时的康克清并不清楚，但她看到丈夫沉思的面孔，猜测他一定想到了什么事情，先是静静地看着，过了好长时间，才问道：

"你在想些什么呢？"

这句话使朱德猛醒过来，摇摇头，答道：

"哦！没想什么。"

"我入党后应该怎么样做呢？"

朱德伸出粗大的手，摸摸剪得很短的头发，说：

"一句话，凡是对党有利的，就要不怕牺牲自己。做任何事情，都不能使党受损失。"

康克清听着这简短而又沉甸甸的话，看着面前这位朴实的人，心想，他自己不就是这样做的吗？

朱德的文章和奖章

康克清看到桌子上放着最新出版的《战斗》第3期，便轻轻拿了起来。

是朱德潜移默化的影响，是耳濡目染的结果，无形之中，她也养成了习惯，一闲下来，总要读书或看报。小时候没有上过学，参加红军后又是行军打仗，没有时间坐下来学习，而自己所做的工作，又需要各方面的知识，她就像朱德说的一样，边学边干，不浪费任何一点时间。

她的目光一落在那密密麻麻的铅字上，就发现了《怎样创造铁的红军》的题目，赫然署着朱德的名字。是他写的！康克清心头一动：他还写文章，我可是第一次读到呀！这位妻子这时还不知道，她的丈夫在滇军驻守泸州时，家里置了一个精致的小书屋。10多平方米的房间，几个漂亮的书柜靠墙壁放着，摆有《诗经》、《水浒》、《红楼梦》、《三国演义》、《唐诗三百首》、《李太白集》、《孙子》等大量书籍，他和当时的妻子陈玉贞一起贪婪地读着这些书和订阅的《新青年》、《新潮》等杂志，热烈地讨论，不时写点诗和文章，或在清晨，或在傍晚，弹琴吹箫拉二胡，奏出《牧羊曲》、《小夜曲》等欢快悠扬的曲调。只是后来没有时间去弄这些了。他的精力，他的心思，都用在了打仗上，用枪炮和硝烟写着战争的壮丽诗篇。

遗憾的是，文章在前一期上就开始发表了，这第3期上登载的是后一部分。康克清不满足，在桌子上寻找。他这里会有的，我要从头好好读一读。还好，没费多大劲就找到了《战斗》的第2期。

她从头到尾地读起来。文章开头就写道："创建铁的红军是目前党的最迫切最重要的任务之一。铁的红军必须具备以下6个基本条件。"

康克清看了6个条件：1.确定红军的阶级性；2.无条件地在共产党

领导之下；3.政治训练的重要；4.军事技术的提高；5.自觉地遵守铁的纪律；6.要有集中的指挥和统一的训练。

看过几个条件后，她又挨着往下读："红军是工农的军队，也可以说是一切劳苦群众的军队。红军的历史任务是夺取政权，建立和巩固工农自己的苏维埃政权，使无产阶级及一切劳苦群众在政治上经济上完全得到解放。为要达到这一历史任务，红军的组织成分必须有充分的阶级性，就是工农劳苦群众才有资格来当红军。"

她一口气读完了全文，在最后的一段上念出了声：

"最后我要说的是，铁的红军的创造，要在斗争过程中进行。我们现在比任何时期更加需要来搜集并整理过去红军斗争的经验，切实依照上述的条件，创造并扩大铁的红军，来完成红军的伟大历史任务。"尽管文中的道理康克清还不能完全理解，甚至有个别的字也不认识，但她读懂了这篇文章。

她是从自己的亲身经历和体会中来理解红军是工农的队伍，是劳苦群众的队伍以及党的领导、训练、纪律和集中指挥等道理的。从字里行间，她看到了井冈山的斗争，赣南的战斗，闽西、闽中的枪声和第一、第二两次反"围剿"的胜利。

★朱德和康克清在人民大会堂新疆厅观看革命史照片

康克清又想起了第二次反"围剿"的战斗。国民党出动20万军队进攻红军，红军靠着3万人，在15天里走了700里地，打了5仗，就把敌人的"围剿"粉碎了。而这其中，富田战斗给她的印象特别深刻。那天深夜，毛泽东还不放心，思考更好的歼敌方法，半夜里赶到三军团部去，和黄公略一起找向导调查路线，在东固通往中洞大路的南侧，选择了一条小路。拂晓前，朱德率总部人员由敖上出发，来到中洞时，看到了毛泽东留在途中小镇上的一张纸，通知朱德率总部人员上白云山。朱德按照毛泽东纸条上说的，命令总部改变行军路线。不一会，走在总部前面的特务连就遇上敌人，战斗打响了。正在这时，毛泽东从山上下来，带领总部人员上白云山。毛泽东一边走一边对朱德说：

"我一早登上白云山，山头还是一片白云哩！"

近午时分，山上白云已经消散，右前方的观音崖、九寸岭方向响起了激烈枪声，并逐渐由东向西移去。从中洞出来的公秉藩二十八师先头部队被我总部特务连阻止，无法前进，电台上传出敌人求救的呼声，接着王金钰四十七师师部的电台也在呼救。下午3时，战斗就结束了。红军歼灭敌二十八师大部和四十七师一部，缴获各种枪5000余支，火炮30门，以及电台和无线电人员……

这篇文章是过去的总结，也是以后反"围剿"的指针吧？康克清心里这样想。

正在这时，朱德回来了，看到康克清在聚精会神地看《战斗》，轻轻走到她身边，站了一会，说：

"你在看什么呀？"

康克清没发觉朱德进屋，听到问话，猛地一惊，见是朱德，红着脸说：

"你是什么时候回来的，吓了我一跳。"

"我看你读得认真，就没有惊动你。"朱德说。

"我在读你写的文章呢！"康克清举起《战斗》杂志说。

"写得怎么样？"朱德问。

康克清未加思索地说："写得好，要是按这样做，红军一定能建设得更好。"

朱德微笑着问："是吗？"

"你是怎么想到要写这篇文章的呢？"

朱德陷入了沉思，好半天才说：

"我们已经打破了反动派两次大规模的'围剿'，马上又要开始第三次，靠的就是铁的红军，所以要把红军建设好。"

"这第二次反'围剿'打得太痛快了！"康克清颇有感慨地说。

"是呀！毛主席还写了一首词呢。"朱德说。

康克清和朱德：心中都有一团圣火

对于词，康克清似乎很生疏，但听到朱德极力夸奖，就问：

"是什么词呀？"

"词是这样写的。"朱德说着就立即背诵《渔家傲·反第二次大"围剿"》：

白云山头云欲立，
白云山下呼声急，
枯木朽株齐努力。
枪林逼，
飞将军自重霄入。

七百里驱十五日，
赣水苍茫闽山碧，
横扫千军如卷席。
有人泣，
为营步步嗟何及！

朱德背诵得抑扬顿挫，津津有味，康克清还是摸不到要领，弄不清好在何处。几十年以后，当她重读这一名篇时，确知这首词写出了反第二次大"围剿"胜利的神韵，但在当时，她确实没有弄懂，眼睁睁地看着朱德，目光中有着难以说出的困惑和不解。

看着妻子这副样子，朱德急忙换了个话题：

"你这个青年干事当得怎么样呀？"

"还可以，"康克清说，"就是感到水平太低，要是能去学习学习就好了。"

朱德说："是呀！那就得看有没有机会了。现在的首要任务是做好工作，学习的事情再说吧！"

"嗯。"康克清理解丈夫的心情，点了点头。

1931年11月，江西中央革命根据地的军民们一片欢腾景象。他们刚刚庆祝过粉碎国民党反动派的第三次"围剿"，又迎来了中国共产党苏区第一次代表大会和中华苏维埃第一次全国工农兵代表大会。

朱德是带着胜利的喜悦参加这次会议的。国民党第三次反革命"围剿"又被粉碎了。那是多么激烈的战斗啊！不论毛泽东还是他，早在打破敌第二次"围剿"后，就估计国民党还会发动第三次"围剿"，可没有料到新的进攻来得这么快，以至敌人进攻时，我军各部还处于分散状态，况且红军只有3万余人，以3万对30万，是1：10呀！但红军稍经整顿，迅速完成了回师集中的战略任务，经过莲塘、良村、黄陂、老营盘、高兴圩、方面岭等战斗，就打败了敌人，毙敌17个团，3万余人。所以，才能有时间召开这样的会议。

会议是在叶坪村召开的。村中的谢氏祠堂，是一座砖木结构的建筑，前后三进院。院后有个竹木搭起的台子，台下有宽大的草坪，原先是进行宗族祭祀等活动用的，现在作了会场。在当时，要算是很阔绰的地方了。

举行这样的会议，在根据地是空前的。从时间上说，是很长的，共开14天，有600多名代表参加。会议通过了宪法大纲、劳动法、土地法、婚姻法等法律及专案，作出了中国共产党和中华苏维埃应争取建立抗日统一战线和号召救国斗争的决议。更使人们振奋的是，它宣告了中央工农民主政府的成立，毛泽东、朱德、周恩来等63人为中华苏维埃共和国中央执行委员会委员，毛泽东为主席，朱德为红军总司令。

康克清虽然不是正式代表，但她参加了这次会议，而且，她与曾志、彭儒、钱希均等人都参与了这次会议的筹备工作。她坐在草坪上的人群中。大会的每一项议程，都使大家欢欣鼓舞，激动不已。这是多么重大的事件啊！工农有自己的政府和为自己掌握印把子的政权了！

这一天，晴空万里，阳光普照，带着寒意的风也变得暖和了。康克清坐在台下，炯炯的目光注视着台上，等待一项新议程的开始。

她看到，朱德迈着有力的脚步走上台。他穿着整齐干净的灰布军装，戴着灰布军帽，打着灰布绑腿，脚上的草鞋也新修理过。虽然还是平时的打扮，但在妻子的眼中，他显得格外英武，格外精神。仔细一看，原来他的胡子新刮过。女人的心和眼睛，总是那么细，尤其对自己的丈夫。

朱德的双手向下按一按，那哗哗的掌声才慢慢停息下来。他

和蔼而又敏锐的目光扫视过全场，使劲咳嗽一声，便开始了他的讲话。

他讲话的题目是《红军问题报告》，浓重的四川口音，不时流露出来。他首先说，中国红军是在中国共产党领导下，在土地革命中产生和发展起来的。中国红军必须接受中国共产党的领导，才能日益发展和壮大，否则就要失败。中国红军的任务是打倒帝国主义，推翻封建阶级，建立全国苏维埃政权。

会场上很肃静，人们的脸向着台上，向着朱德，那些凝神而又喜悦的目光，全部集中到了朱德的身上。他讲得多么好啊，党的领导，肩负的任务，全都讲到了，而且讲得通俗易懂，明白透彻。

康克清一边看着朱德的手势，一边听他讲话，心里突然想到了读过的那篇《建设铁的红军》的文章，那上面也讲到："只有在共产党领导之下，才能正确地配合全国的革命力量，了解全世界革命运动进展的程度与中国革命的关系，定出完全有利于革命的策略，坚决地去执行和完成。"今天，他又讲这个问题，可见是十分重要的，也说明这是他的一贯思想。

"为了完成这一伟大的历史使命，"朱德继续说，"中国红军必须努力扩大数量，提高质量，加强无产阶级领导，加强政治军事教育……"

朱德的讲话，不时受到人们鼓掌欢迎。当他讲完向全场敬礼时，全场更是长久热烈鼓掌，响了很长时间。

康克清也很高兴和激动，既是为了自己的丈夫，又不单单是。

更使康克清心潮澎湃的是大会闭幕之前举行了授旗授章典礼。当宣布授予毛泽东、朱德、彭德怀等8人奖章时，全场响起了暴风雨般的掌声，场外的号手们吹奏起雄壮的军号。在这军号声中，康克清似乎听到了廖仁美的号声，她是红军的第一个女号手啊！那是第一次打开龙岩城的时候，朱德刚在中山公园里把从军阀陈国辉部队中缴获的100多支枪授给龙岩地方游击队后回到司令部，大嗓门的参谋长朱云卿就在门口喊起来：

"朱军长，看我带来个什么人！"

朱德停下脚，看到一个矮胖的黄毛小丫头。他迷惑不解地看着。

"她叫廖仁美，龙岩小池人，今年16岁。"朱云卿介绍说，"小池暴动时，她背着一把老掉牙的铜号，跟着暴动的队伍前进。在攻城的节骨眼上，她吹响冲锋号，鼓动战士们攻下了城。我就把她给带来了。"

"好啊！"朱德走上前握住那双小手，"你能不能吹给我听听？"

廖仁美没有说话，摘下身上背的军号，运足气吹了一段冲锋号。"吹得不错！"朱德看着眼前这个矮胖女孩子，"你怎么会吹号呢？"廖仁美不好意思地说："家里穷，从小就给人家当'等郎妹'。打柴下山时，为减轻背上的重量，就用青树叶吹山歌。夜校乐队里有个号手，我跟着学的。"

也许是小时候有着同样的命运吧，站在一旁的康克清格外同情面前的妹子，希望她能参加红军，成为一名女战士、女号手。

听了廖仁美的介绍，朱德对朱云卿说：

"好样的！让她到三纵队去当司号员吧，你看怎么样？"

"好啊！"朱云卿说。

朱德到隔壁司号班墙上摘下一把锃亮的军号，递到廖仁美的手上，说：

"你是红军第一个女号手，好好干吧！"

廖仁美激动得说不出话来，她怎么能想到，会用朱德授予的军号，在朱德和毛泽东、彭德怀等红军的领导人获得奖章时为他们吹奏呢！这些，是在康克清脑海中一闪而过的回忆。她的目光，始终没有离开台上。她看到，毛泽东、朱德、彭德怀等人，接讨闪闪的奖章，脸上也闪耀着兴奋的光彩。这是人民的奖励，党的奖励啊！

晚上，康克清久久地抚摸着那枚奖章，没有说话。

"这是对我的激励和鞭策。功劳应该是广大官兵的。"朱德说。

康克清明白丈夫的心思，默默地点了点头。

刘伯承通报批评康克清

就要离开前线到后方去了，夫妻分别，相对而坐。朱德和康克清都知道，处在战争年代，不管前方还是后方，哪里也不是安全之地。在这样的情境下，最担心的还是妻子。康克清又想到去年的那段分别，她担了多少心啊！出现在她梦中的，常常是血与火的战场，是枪炮声的轰鸣，醒来后泪湿枕被。而今又要分别了，时间多久，难以预料。女性的柔情，使她有很多话想交待，可又不知从哪说起。

朱德又何尝不是这样。频繁的行军转移，一个接一个的战役战斗，虽然他们不能像一般夫妻那样终日厮守，但总可以经常见面的，战斗胜利之后或闲暇时，对坐交谈，该是多么甜美。她又要走了，根据组织的需要，去担任180多人的女子义勇队的队长，那也是个不轻的担子啊！碰到难题要自己去解答，有了委屈要自己去冰释。该向她嘱咐一点什么呢？

他们心里都有很多话要说，但都相视无语，真是"此时无声胜有声"啊！

最后，还是朱德先说了话：

"你倒很像我，喜欢带兵。"

"我怎么能和你相比呢？"康克清说。

朱德看着妻子真诚的面孔，微笑着说：

"不管怎么说，这回算满意了吧？"

"是的。"康克清心里是喜欢那项工作的，但也不无遗憾，"就是要离开前线，不能和你在一起了！"

朱德知道康克清是挂念自己，就说：

"你放心去好了，我自己会照顾自己，去年几个月你没在身边，我不是很好吗？再说还有警卫员帮助我嘛！"

"还说呢，那一次你瘦多了，后来在罗坊病了一次，也是长期劳累的。"康克清说。

朱德笑了："革命就是累，你在身边我也是照样累。从参加共产党起，随时准备牺牲生命，累点算什么！"

康克清说："那你也得注意身体啊！"

朱德感激地点头："我要注意，你自己也多注意！带好女子义勇队，也不轻松咯。"

"那你认为我该怎么做呢？"康克清问。

朱德的目光扫视一下窗外，仿佛看到了正在勇猛战斗的部队。他颇有感慨地说："烈火炼真金，严将带精兵，治军必须从严。你要严格要求，才能带出一支真正的女子义勇队。"

灯光照着两个面孔，把他们的身影投射在墙壁上。

康克清晶亮的目光中，闪烁着异样的光辉。她默默地点着头，把朱德的话记在心里，充满了信心。

★抗战期间，朱德、康克清与美国进步记者、作家史沫特莱在延安机场

康克清和朱德：心中都有一团圣火

然而，当她来到雩都，见到了女子义勇队，不由得心里一愣。

这是怎样的一支队伍啊！全队180多名队员，大部分是农村姑娘。一部分是攻打赣州时出来做支前工作的女子，赣州没打下来，她们便留在部队；另一部分是苏区日益扩大中跑出来要求参加红军的；还有一些是红军家属。她们的年龄，多在十八九岁左右。中央军事委员会和江西省协商成立女子义勇队时，就提出了要求，把这些妇女集中起来培养，要使她们成为既懂军事又会做地方工作的妇女干部，然后分配到各地赤卫队、少青队中去做军事工作。一看到这样参差不齐的队员们，康克清更感到肩头担子的沉重。

"你可来了，我的康队长！"从身后传来一个声音。

康克清转过身，见是吴仲廉，赶忙说：

"听说你也来当指导员了，比我到得还早呀！"

说着，两个人拥抱在一起，像一对亲姐妹久别重逢。

吴仲廉比康克清大3岁。她出生在湖南宜章县一个城市贫民家庭，少年时在县城女子学校念书，后与伍若兰、曾志、彭儒等人毕业于衡阳女三师。吴仲廉生得清秀美丽，学习优秀，多才多艺，很有名气。1927年时参加了中国共产党，开始学习马列主义。马日事变后，她和张际春一起，带领20多名进步学生回到宜章县奇石彭家，秘密建立党支部、团支部。1928年1月，宜章农民暴动，奇石彭家参加起义，成立独立营。后来，这个营编入红二十九团，在朱德、陈毅领导下上了井冈山，吴仲廉就是其中的一员。

康克清是在红四军离开井冈山向赣南、闽西进军途中认识吴仲廉的。当时，吴仲廉担任红四军前委组织干事，负责誊写通知、命令。她的字写得好，工作很紧张，往往在军委会议后一个小时就把会议决定抄写多份发到部队，古田会议决议最初也是经她的手抄写出来的。康克清很尊敬和羡慕吴仲廉，认为她是个女秀才。所以，一听说吴仲廉要来当女子义勇队的指导员就非常高兴，没想到吴仲廉在她之前先到了。

"太好了，能够和你在一起工作。"吴仲廉说。

康克清放开吴仲廉说："我也很高兴，这回可以跟你学习了。"

"总司令怎么样？"吴仲廉不忘把她领上井冈山的人。

"他的身体很好！"康克清说，"就是太忙了。"

吴仲廉感慨地说："也难怪，国民党出动那么多部队'围剿'我们的根据地，他和毛委员一样，要指挥部队打仗，要想着根据地的建设，事情确实太多了，你可要好好照顾他呀！"

　　"在一起用不着我照顾，现在不在一起，更照顾不上了。"康克清说着笑了，"他生活上的事，都是警卫员管的。"

　　"也是啊！"吴仲廉说，"总司令在前线，我们在这后方零都，怎么能照顾得上。"

　　康克清似乎不愿多谈这方面的事情，说：

　　"还是讲讲咱们的女子义勇队吧！"

　　"党组织交给的任务，咱们两个就要完成好，把她们都训练成好样的军事骨干。"吴仲廉说。"那当然。"康克清说，"不过困难可是不少啊！"

　　吴仲廉说："这些同志的素质还是好的。她们都是自愿来的，就是打赣州时支前的那些人，也是不愿走而要求参加红军的。我找几个人谈过了，她们有决心和信心学好。"

　　"你这个指导员抓得真紧啊！"康克清高兴地说，"我还没来到，你就已经开始工作了。"

　　"我也在等你嘛，等你带来总司令的指示。快说说，总司令有什么交待。"吴仲廉说这话是真诚的，使用的却是开玩笑的口气，说完目不转睛地看着康克清。

　　康克清被看得有点不好意思，脸上掠过一抹红晕，郑重地说：

　　"总司令讲，只有严格要求，才能带出一支真正的女子义勇队。""讲得好！"吴仲廉大声说，"我们就按总司令说的，严格要求，把女子义勇队训练好。"

　　康克清挥了一下拳头，说：

　　"对，我们就这样做！"

　　她们确实这样训练女子义勇队。当时设置的课程有政治、军事、队列操练和文化课。吴仲廉负责政治课、文化课，军事课由一个从日本留学回来的人教，康克清兼管军事课和队列教练，课后还给学员作辅导。女子义勇队随红军学校搬到瑞金后，又增加了战地救护、普通卫生、医药知识和伤病员护理等课程，政治课也增加了如何做妇女工

康克清和朱德：心中都有一团圣火

作的内容。

每天清晨，康克清带领学员们出操。那些队员们身穿灰色列宁装，腰间扎着一样的皮带，膝盖以下打着整齐划一的绑腿，脚蹬白布条或麻绳打起的草鞋，齐耳短发塞进缀着红星的灰色军帽里。她们按照队长康克清的口令，时而迈着整齐的步伐行进，挺胸昂首，英姿飒爽；时而急速奔跑，甩动有力的双臂；时而又缓步而行，唱着嘹亮雄壮的歌曲。经过一段时间后，女子义勇队的政治、军事、队列、内务卫生、夜间查铺等，都得到了学校领导的表扬。

一天，女子义勇队从野外回来了。

康克清走在前面，胸脯挺得高高的，脸上洋溢着喜悦的笑容。早上出去的时候，她就向队员们动员说：

"这第一次实弹射击，对我们是一个重要的检验，我们要互相帮助，细心耐心，打出好的成绩！"

这次训练虽然只得了个总评良好，对于这些大多刚从农村出来的年轻女子们来说，已经很不错了，学校又一次表扬了女子义勇队。

随着康克清的脚步，队员们的双脚迈得十分有力，嚓嚓的脚步声，整齐雄壮。大街两边的群众，竖起大拇指，不停地称赞说：

"看这些妹子，个个都是好样的。"

走进学校后，男学员也都投来羡慕的眼光。康克清很得意，学员们更是得意。

回到学校后，康克清布置学员们擦拭武器后，就回到了队部，和吴仲廉一起谈论今天实弹射击的事。外面，传来一阵阵欢乐的歌声和笑声。

正在这时，有人急急忙忙跑过来，惊慌地说：

"队长，指导员，有人把枪搞坏了！"

康克清忽地站起来：

"怎么搞坏的？"

"她擦拭武器时，把枪机上的撞针弄断了。"那人说。

康克清着急了。枪，是多么宝贵啊！女子义勇队每4个人才有一支枪，而且还是不好用的。为了搞好今天的射击，这些好枪是临时从部队借来的。把撞针搞折了，整支枪就废了，连烧火棍也不如。这怎么了得？想到这里，她厉声说：

"去！让那个班长把那个战士领来！"

"你要冷静一些。"吴仲廉提醒说，"我到队里去看看是怎么回事。"

吴仲廉走后，康克清不但没有冷静，心头的火烧得更旺了。这怎么向部队还枪？这不是让女子义勇队在全校丢脸吗？她简直有点按捺不住自己了，非得好好批评一顿不可！

不大一会，班长把那个战士领来了。一个十八九岁的女孩子，眼里泪汪汪的，腮上挂满了泪珠，显然已经哭过一会儿了，两眼有些红肿。见到康克清，那女战士双手捧着断了撞针的枪支，哽咽地说："队长，你处分我吧！"

康克清顿时冷静了下来，心头的怒火也熄灭了不少。她感觉到，女战士的话，如同一根皮鞭，重重抽在她的心上。战士向我请求处分，是她知道了弄坏撞针是错误的，那么，我是她的队长，我难道就没有责任吗？如果在擦拭武器之前，我就向大家讲清楚，事故不就可以避免了吗？

"带她回去认真检查，然后在班会上检讨。"康克清对那位班长说，"要知道，枪是我们红军战士的生命！"

班长和战士走后，康克清立即到了学校，首先向领导汇报了这件事情的经过，然后说：

"出现事故的全部责任在我，因为我事先没有向学员们讲清楚。我请求学校给我处分。"

下午，校长刘伯承找康克清谈话，严厉地说：

"康克清同志，这个事故是严重的，你知道，我们红军的枪来得多么不易啊！"

康克清看着刘伯承，不住地点头，那意思是说，你批评得对。

刘伯承的口气变得恳切了："是的，只有先严以律己，然后才能严于对人。一个好的红军指挥员，不论在任何情况下，都不能有半点自满和松懈情绪。为能帮助你接受这次教训，我赞成你请求处分的意见。"

"我愿意接受任何处分。"康克清流泪了。

刘伯承温和地说：

"我们准备给你以全校通报的处分，有意见吗？"

"没意见。"康克清说。

当朱德得知这件事以后，亲切地说：

"你康克清这件事做得对嘛！还是那句话，严将才能带精兵，只有对自己严格的人，才能对部下严格，才有威信呀！"

上干队的女学员

上干队的学员们走出红军学校，前去进行野外演习，24岁的康克清走在这个队列里。女子义勇队结业后，康克清就留在红军学校的上干队学习了。这个队的队长兼政委是董必武，学员都是来自红军各单位的营团干部。

对于留在红军学校学习，康克清是很满意的。她曾多次向朱德说过，小时候家里很穷，农民运动兴起之后，才认识了为数不多的字，能学习一段时间就好了。朱德每次都表示支持，可总也没有机会。女子义勇队结业后，正逢上干队开学，她又一次提出学习的要求，朱德同意了。

也许正因为这是自己的要求，而且是参加红军后第一次进学校，所以康克清特别看重这次学习，她想通过这次难得的机会，提高文化水平和理论知识。因此，上课时她认真听讲，讨论时积极发言，操作时一丝不苟，学习成绩总是班里的前几名。

可是，对李德的课，她却觉得很难理解。这个共产国际派来的军事顾问，今天讲的是阵地战的战役部署、进攻及防御。说实话，李德在军事上并不是一个门外汉。这个出生在慕尼黑郊区的30多岁的日尔曼人，18岁时就应征服役，上了奥地利—意大利前线，后来还参加过保卫巴伐利亚苏维埃共和国的"街垒战"。第一次世界大战中，他参加德国军队与沙皇俄国作战，被俘流放到西伯利亚。十月革命以后，他参加了苏联红军，当过骑兵师的参谋长。又被选送到莫斯科陆军大学进修，是学校的高才生，在军事理论上是有一套的。课堂上，他每讲一句话，便由担任翻译的王智涛译成汉语。有时，他又夹杂一句谁也听不懂的"汉语"，连王智涛也翻译不出来，这就大大影响了他讲课的效果。

康克清对李德讲的理论没有听明白，心里还在琢磨。行进间，她

转脸看看走在队列后边的李德。他的头上罩一块白头巾，把脸也盖住了大部分，另外还戴一顶斗笠，据说是为了防止被敌特发现。她听朱德说过，李德这个人不了解中国的实际，按照外国的一套来指挥红军打仗，话语中流露出来的，是一种显而易见的不以为然。

到达作业场地后，李德坐在树荫下，叽哩哇啦地讲了一通。原来，他是要每个学员代表一个班或者一个排，演习营团方队的冲锋。李德的口令，是通过翻译王智涛的口喊出来的："进攻开始！"

王智涛骑在马上，学员们跟在马屁股后面奔跑起来。这些学员都是红军中的营团干部，有打仗的实践。他们在冲锋时都弯下腰，寻找有利地形，隐蔽前进。

李德看到这种情况，又哇啦哇啦叫起来。王智涛马上喊道：

"停止前进！"

"这样的进攻速度太慢，不应该弯腰蛇形前进。"

李德的话被译成汉语送进学员们耳朵里，大家的眼中流露出茫然的目光，似乎在说，向着敌人冲锋，怎么能不隐蔽自己呢？

李德似乎也发觉了人们目光中的疑问，通过翻译说：

"敌人已大部被我炮火消灭，剩下的残敌在我勇猛进攻下吓破了胆，你们应该有布尔什维克的无畏精神，大踏步前进。"

无论李德怎样解释，学员们还是难以接受。他有些生气了，不悦地说：

"第一次世界大战中，有的部队就以正步行进，从精神上压倒敌人，不放一枪夺取了阵地。你们难道连军阀的部队也不如？！"

这最后一句话刺伤了学员们的自尊心。他们心想，我们不就是用我们的办法打了许多胜仗，粉碎了反革命的三次"围剿"吗？但直觉又告诉他们，面前的这个高个头、大鼻子外国人，是共产国际派来的代表，怎么能不听他的呢？所以，他们还是按照李德的命令，三番五次地奔跑，累得气喘吁吁。

康克清也在奔跑。尽管她身体好，毕竟是个女同志，不一会浑身淌满了汗水，湿了内衣，额前的短发全被汗水浸湿了。她的心头也掠过一个又一个疑问。朱德、周恩来、刘伯承、叶剑英都来讲过课，他们有的讲马克思主义，有的讲战略技术，都不像李德这样呀！他们采取的多是讨论式的教导法。特别讲军事课时，让学员们自己谈以往的战斗体会，进行讨论；或者让学员们担任某次战斗的指挥员，制定方案，再组织大家讨论，最后由教员总结。那样既好懂又好记，大家学到的也是实实在在的指挥本领。不过，她没有说出来，因为朱德告诉过她，在学习上，要虚心，要注意学人家的长处，不要自满自足。那样，就什么知识也别想学到。李德的课，最后也有个讨论会。会上，学员们先是有些拘束，不敢发表意见。当有人开了头，大家就议论纷纷，说这样不切合红军的实际。

康克清问身旁的一个人："王耀南，你对李德的课有什么看法？"

王耀南从心里觉得李德这么搞不行，他也佩服康克清是个信得过的人，但又感到自己讲不出什么道理，说：

"累点，我不怕。人只会饿死，不会累死。年轻人再累，睡个安稳觉就没事了。我就怕学不到本事。"

康克清看着王耀南，猜到他心里有顾虑，就直截了当地说：

"我不赞成李德的做法。"

学员们讨论的意见不一致，谁也不服谁。

这些情况报告到了学校，学校领导在一次会上说：

"打仗还是要从我们的实际情况和条件出发，扬我军之长，打敌军之短。现在还是要敌进我退，敌驻我扰，敌疲我打，敌退我追。从南昌起义、秋收起义至今已7年多，我们战胜敌人的许多好经验，应当继承和发扬。将来我们有了飞机、大炮、坦克，也不能老是按一套格式打仗。"

在瑞金通往兴国的山路上，走着两男一女。女的是康克清，男的是王耀南和龙德明。他们的肩上挎着个简单的包，迈开大步，走得很快。

这次任务是红军学校校长刘伯承亲自交待的。他说：

"你们三人为一个小组，以总部的名义到兴国去调查，任务就是检查那个地区防御工事的构筑情况，由王耀南担任组长。"

他们3个人异口同声地保证完成任务。一则他们都是军人，军人以服从命令为天职；二则他们知道当前的形势，敌人正沿着盱江向广昌推进，对革命根据地发动了第五次"围剿"，许多学员提前结业奔赴前线，也有的同学被派到各地去检查。他们接受任务后立即就上了

路。4月的阳光，暖洋洋地撒落下来，早开的油菜花一片金黄，水田嫩绿的秧苗青翠可爱。几只蝴蝶飞来飞去，鸟儿鸣唱着从头上掠过。这是赣南晴朗的春天。

王耀南看看天色，对康克清说："大姐，累了吧？要不要歇歇？"

康克清抹抹额头的汗水，哈哈笑起来："你承认我这个大姐了？"

原来，那是王耀南刚来到红军学校时，康克清打趣地说："你应该叫我大姐。"

王耀南看看康克清，不服气地说："你该叫我同志哥才对咯。你多大了？"

"你多大了？"康克清没说自己的年龄，反问道。

"我实是22岁，该23岁了。"王耀南立即答道。

康克清说："怎么样，比你大吧。我今年24岁，已经过了生日。"

王耀南觉得先报岁数吃了亏，赶忙道："我说23岁，你说24岁；我要说25岁，你该说26岁了。你后报的岁数不算，不能叫大姐。"

"你不信，可以去打听嘛。"康克清说。

后来，王耀南真的向别人打听过，知道康克清确实比他大1岁。所以这时他说："你本来就是我的大姐嘛！"

龙德明开始不知道怎么回事，弄清缘由后，也跟着笑起来。

"说真的，大姐，要不要歇歇？"王耀南又问了一遍。

康克清笑着说："还是先问问你自己吧，要说走路，大姐我可不怕哟！"

"不是这个意思。"王耀南郑重地说，"前面是敌特活动较多的地区，我们要快速通过。"

"既然是敌特活动较多的地区，我们还是避开的好。"康克清说得很随便。

"避开？"王耀南有些犹豫，口气里有点不以为然。

见此情景，康克清诚恳地说：

"我们的任务是去兴国检查工作，自己受损失事小，完不成任务可不得了呀！"

龙德明也插话说："康克清同志说得对，我们不是怕，是要想着领导上交给我们的任务，不然回去后怎样向领导报告。"

王耀南一想，是呀！我们不是来拼命的，怎么能这样逞英雄呢？于是，他和康克清、龙德明商量后，改变了前进路线，绕开特务活动频繁的地区，顺利地到达了兴国。

真不愧是中央苏区的模范县！他们一到兴国，就感到气氛与别处不同，生产一片兴旺，群众斗志高昂。青壮年都上了前线，种田和拉脚的都是妇女、老人、孩子。田野里绿油油的秧苗青翠茁壮，黄灿灿的油菜花芬芳扑鼻。

王耀南、康克清、龙德明3人到达兴国后，军团长彭德怀、政委杨尚昆亲切地接见了他们，讲了作战意图，并希望他们认真检查，发现问题，就地解决。随后，在县、乡政府主席和驻军首长的陪同下，检查了主要的防御工事及指挥所。

来到一个山头上，察看几处工事后，康克清的眉头皱了起来。怎么能够这样呢？山上山下相连的交通壕，甚至和敌人进攻的方向平行，而防御工事间的交通壕，则挖得笔直，敌人用直射火器完全可以杀伤在交通壕内运动的人员。她指着前面一条交通壕说："如果敌人在这里开枪，你往哪里躲？这一枪会打死多少人呀！"

大家顺着康克清手指的方向看去，把壕内看得一清二楚，里面的人没处躲没处藏。

康克清的口气变得温和了一点，又接着说："敌人有飞机、大炮，就算他占不了工事，用炮弹、手榴弹打进来，也得死好多人呀！"王耀南也说："还有防御堡垒，本来就暴露了，还刷上白灰标语，就更暴露无遗了。"

"等于告诉敌人，这里就是我们死守的阵地。"龙德明补充说。

县政府主席听了康克清等人的话，也感到了问题的严重性，但又为难地说："我们的地方部队、赤卫队和少先队确实没有构筑工事的经

★ **青年时期的朱德**

029

验，就是我们，也不会啊！"

"这可怎么办呀！"乡政府主席说。

康克清皱了一下眉头，说："看来是大家没有修工事的经验。我提个建议，是否找一些骨干来开个座谈会，由我们的组长王耀南同志讲一讲修筑工事的常识。"

"这样太好了！"一位地方部队的领导满口赞成。

没用多长时间，各处的骨干们都来了，王耀南详细地对他们讲解防御阵地的组成和工事的地点选择及挖法。由于联系实际，现场操作，人们不但认识到过去工事的毛病，还学会了正确的挖工事方法。

最后，有人提出："已经挖好的工事怎么办。"

"重来？"有人说。

另外一个人说："全部重来，时间不允许呀！"

县、乡政府主席都很着急，但也不知怎么办才好。

"办法总能想出来，一个人不是生下来什么都会做。"

王耀南说着，拿起一小块石头，先在地上划出原来的交通壕，又在上面划一个"T"字，"T"字一横的两边各划一个圆圈，然后解释说："这是两个步枪工事。用这样的办法简单改造一下，就成了一道锯齿形交通壕，在工事里可以防止敌人直射火器的杀伤。"

康克清说："交通壕比较暴露的地段，可以加上个盖，成为盖沟。"

"碉堡的周围堆些土，既可以隐蔽，又能增加防弹能力。"龙德明也补充道。

县政府主席高兴地说："这下就好了，改造了旧的工事，学会了挖新的工事，太感谢你们来到这里进行具体帮助了！"

兴国县的人连夜行动起来，挥镐舞锹，紧张地改造着原来的工事。

望着人声沸腾、斗志昂扬的人群，康克清的脸上浮出由衷的笑容。她又想起了朱德，他现在正在前线指挥打仗呀！

"大姐，这次能圆满完成任务，真多亏了你呀！"王耀南说。

康克清不好意思地说："怎么能这样讲呢，咱们是三个臭皮匠。"

三个人都笑了。笑声，在长空里回荡。

完成王稼祥布置的任务

大雪纷纷扬扬飘落着，不慌不忙地覆盖了山峰、山坡。原先下的是雨，已经结了冰，再落一层雪，乍看一片洁白，很干净，但走在上面却滑得厉害，稍不留神就会摔倒，有的人裤子和上衣沾满了泥和水。这是红军总司令部10几名干部组成的宣传队，赶往前线慰劳部队。

康克清是这个队的领队。她迈动有力的双脚，小心谨慎地走在山路上，心里想着怎样圆满地完成这次突然而又紧急的任务。

早上天亮后，总政治部来人找到她，说："康指导员，王主任请你到他那里去。"

王主任是总政治部主任王稼祥。

康克清问："有什么事吗？"

来人说："不知道，反正是让你去一趟。"

康克清转脸看看朱德，那目光是在问："让我去干什么，你知道吗？"

"让你去你就去吧。"

朱德的声音很平静，既没有满怀热情地支持，也没有反对的表示。说完又沉思起来。

康克清知道，从毛泽东离开红军到中央政府主持工作以后，朱德常常在沉思默想。她曾问过朱德，毛委员为什么离开了红军呢？朱德心情沉重地说：

"这是党内的事情，你不要问，我也不能告诉你。"

她很理解丈夫的心情。自井冈山会师以来，朱德和毛泽东一直并肩战斗在一起，进赣南，到闽西，这中间虽然有过短暂的分别，有过意见不一致的时候，但他们之间的友谊却是真挚的，而现在毛泽东却不和他一起指挥红军了，尤其是在大敌当前，即将开始第四次反对敌人"围剿"的时候，他的心里怎么能好受呢？

康克清踏雪到了王稼祥的住处。王稼祥虽然面带笑容，非常热情，但却没有寒暄，而是开门见山地说：

"克清同志，我们想请你去完成一个任务。"

王稼祥是布置任务的口气，毫无征求意见的意思。康克清当然没有计较，虽然她是总司令的妻子，但她更知道自己是红军的指导员，而王稼祥是总部的领导，完全有资格向她下达命令，因而她问：

"是什么任务？"

王稼祥说："这两次战斗很重要，规模比较大，部队已有不少伤亡。你马上带总政治部的一部分干部到浒湾附近慰劳从战场上下来的伤员。遇到问题，能解决的就地解决，不好解决的，迅速上报。"

王稼祥所说的"这两次战斗"，是指金溪和浒湾战斗。两个月前，红军在取守势的情况下，选择敌人兵力薄弱的方向，以较小的代价占领了建宁、黎川、泰宁广大地区，并且占领了金溪和资溪。但不久就撤了出来。这一次，红一方面军第三军团和第二十二军乘敌调整部署之际，消灭了驻守黄狮渡的守敌，又一次占领了金溪。敌人迅速增调3个主力师进至浒湾，并以两个师向金溪进攻，一个师向黄狮渡进攻，企图围歼红军主力于浒湾，红一方面军分左右两个纵队，分别迎击敌人。

这些，康克清是知道的，但她还是想，怎么会让我去干这个呢？是没有人还是别的什么原因？她脑海中闪电般地划过这些念头，立即回答：

"我保证完成任务！"

"好！"王稼祥推推鼻梁上的眼镜，"你快召集那些人准备一下，马上就出发！"

走出王稼祥的住处，康克清把总政治部的10多个人召集起来，研究了慰劳的具体内容，拟定几个口号，还指定两名干事编几段宣传鼓动的快板，早饭后就出发了……

正走之间，迎面来了一队担架。伤员们的身上盖着薄薄的毯子或棉被，上面落了一层雪。而抬担架的人，气喘吁吁，脸上的汗水、泥水、雪水混在一起。

"前面打响了吗？"康克清走过去问道。

一个抬担架的人说："没有。"

"没有打响怎么会有伤员下来？"慰问队的人问。

"他们是前两天战斗负伤的。"抬担架人指着伤员说。

康克清忙问："前两天负的伤，怎么现在才送下来？"

抬担架人答："他们伤了不下火线，可伤势越来越重，不能随部队行动才后送的。"

康克清走到担架前，掀开毯子，看看伤员因失血过多而苍白的脸，心里阵阵疼痛，多么好的战士们啊！随后，她又将毯子盖好，把被子掖掖紧，对抬担架的人说：

"快送到后面去，路上要小心！"

担架队走远了，雪花还在飘落，天地间一片迷迷蒙蒙。康克清目送担架队消失在迷蒙的风雪之中，伸手摸摸挎包里的干粮。这是早上出发时带作路上吃的，是草袋装着的饭，已经冻得梆梆硬。她犹豫了一下，对宣传队的同志说：

"现在休息一会，把带的干粮吃了再走。"

人们就地坐下来，连泥和雪也不顾了。大家掏出各自带的饭团，使劲咬起来。没有菜，没有水，但仍然吃得很香，嘴角上挂满了冰碴子。有人吃过饭团后，随便抓一把雪放进嘴里，当做水解渴。

不知谁说了一句："我们这饭可是世界上少有的哩！"

另一个人答话说："城里的大饭馆保险没有。"

这些话把大家逗笑了，笑声随着风雪向远处飞去。

乒乒乒——乒乒乒——密集的枪声从山下传来。

听到枪声，大家立即站起来身来，向山头奔去。从这里，可以看到远处抚河边的浒湾镇。那里，升腾着团团烟雾，朝着四处扩散，连绵不断的枪炮声，就是从那里传来的。

"攻击浒湾的战斗开始了！"有个队员说。

另一个队员说："我们也应去参加战斗！"

"指导员，让我去吧！"

"让我去吧，指导员！"

顿时，要去参加战斗的声音响成一片，有的人甚至做好了随时冲下去的准备。

康克清既高兴又不满意。高兴的是，同志们都这么勇敢不怕死，渴望参加战斗。不满意的是他们忘记了自己担负的任务。她看看等着她表态的队员们，心想，这样下去，宣传队不是要解体了吗？领导上交给的任务怎么完成？于是她下了山头，站在一处山坡上，说：

"听到枪声就想战斗，这是红军历来的好传统。可是我们今天的任务是慰劳前方下来的伤员，如果都去参加战斗，谁来执行任务呀！"

这一句有力的问话，霎时平息了人们的要求声。大家都不说话了，默默地注视着面前的女领队。

雪还在下，风还在吹。康克清掠掠额前落下的短发，接着说：

"我们是革命军人，应当坚决执行命令。现在谁也不准离开宣传队，我们要赶快查明前方伤员后运的路线，确定我们在哪里做慰劳工作最合适。"

"对，我们坚决完成慰劳任务！"

"服从命令，听指导员的指挥！"

这有力的声音，在风雪迷漫的山坡上回荡。

宣传队的情绪稳定下来了。

山坡的一处，稍为平缓些，几条窄窄的小路通过这里。康克清带领的宣传队来到这个山坡。刚才，她说服队员们以后，就到不远处的一个部队包扎所去，问明了情况，决定把慰问地点选在这个后运伤员路线的交叉点上。

雪下得小一些了，天空还是阴沉沉的，风卷扬起的雪尘，扑打在人的脸上和身上。从浒湾方向传来的枪声，仍然很激烈。不一会儿，就有伤员被抬下来。两个人抬着担架，一步一滑，气喘吁吁地走过来。

宣传队的人立即迎上去，有的扶着担架，给伤员披被子，有的向伤员说着慰问的话，赞扬他们不怕流血牺牲的话，劝说他们安心养伤，早日重返前线杀敌立功。站在路旁高坡上的两个队员，打着竹板唱道：

红军战士真勇敢，

不怕流血不怕难。

打得敌人叫爹娘，

我军乘胜冲上前。

同志哥哟同志哥，

为革命受伤很光荣，

前方不用你惦念，

安心到后方去养伤，

养好伤早日回前线……

一副副担架，一个个伤员，在慰劳声和快板声中通过，向包扎所和后方走去。

忽然，从一副担架上传来吵闹声："我的伤不重，已经包扎好了，为什么不让我参加战斗，反而往后方抬？"

不知发生了什么事情，康克清急忙跑过去，见一个伤员正在担架上挣扎着要下来，盖在身上的被子，一个角搭了下来。康克清先把被角撩起来披好，然后又察看了伤口，见伤势很重。也难怪，红军战士历来是轻伤不下火线的，凡是抬下来的人，伤势都很重。这个战士也是这样。

康克清温和地说："你的伤不轻呀！只作了简单的包扎，还不能走路，怎么能去打仗呢？"

"我的伤不重，我要回前线去！"伤员大声喊道。

"你要听话！"康克清轻轻拍着伤员的手说，"到野战医院把伤治好，早早回来，就能多杀白匪军。"

伤员猛地蹬掉被子："我不去医院！我不去医院！"

康克清想生气，可马上控制住了自己，赶忙帮他披好弄乱的被子，哄小孩似地说："天这么冷，你要是感冒了，可就麻烦啦！"

这时，又有不少担架抬过来，有个宣传队员指着康克清对伤员们说："她就是红军总司令部的康指导员。"

一个伤员伸出手敬礼道："总部首长这样关心我们，等伤一好，我马上就回前线。"

原先那个吵闹的战士，也安静了。

康克清忙说："是呀，总部的首长非常关心你们，让我们代表他们来慰问伤员同志，希望你们好好养伤，早日伤愈。"

康克清和朱德：心中都有一团圣火

在转脸的瞬间，康克清看到一个战士在流泪，便走上前，帮助他擦干眼泪，看了看抬担架的人，目光的意思是在问："他为什么在流泪呀？"

担架员理解了康克清的意思，说："这位红军同志很勇敢，一条腿被炸断了。"

康克清的心里一动，这样年轻就失去了一条腿，终生将是一个残废，他怎么能不难过呢？看着他苍白脸上的莹莹泪光，怎不让人心痛？康克清伸出冻僵的手，轻轻抚摸战士被炸断的腿，感觉得到微微的颤抖。

"你为革命打白匪军负伤，全苏区人民和红军都感谢你。你的伤到医院一定能治好，将来若不能打仗，还是有许多工作能做的。"

这亲切安慰的话语，好像寒冬腊月吹来了熏风，吹干了伤员脸上的泪珠。他望着站在面前的康克清，微微点了点头，脸上绽开了一缕笑意。

康克清还想说点什么，突然有个队员从前面跑回来，到了身边报告说：

"前面的担架不走，后面的队越排越长，已有半里多路了。"

"怎么回事？"康克清问。

队员答："不知道是什么缘故。"

康克清真想批评几句：为什么不去前面查清了原因再来报告？但她没有说出口，嘴里却说：

"我去看看。"

她小跑着到了前面，大声问道：

"怎么不走了？"

"上不去呀！"有人指指前面的高坡说。

这是一个二十多米的高坡，原先下的雨结了冰，再盖上一层雪，又陡又滑。她往上走了几步，总是站不住脚，心想，抬担架就更困难了。有两副担架跟在她的后面，没走两步就滑了下来，差一点把伤员摔了出去。她赶忙过去，连扶带推，总算上去了。上面有石头的地方，坡度稍为平缓些，较为好走一点。

康克清站在这里看了看，想找一条别的路，可是没有，就这一条路，就这一段难走。下面，排着一溜长长的担架队，伤员们有的在喊叫，有的瑟瑟发抖。这么多重伤员不能在冰天雪地里久停呀，何况浒湾那边的战斗正在激烈地进行，还会有伤员下来，意外的情况也得预防。

必须很快解决这个问题！康克清皱了一下眉头，在心里默默地对自己说：在山坡上开一条台阶式的通路。于是，她连滑带跌地从山坡上滑下来，溅起的雪水泥浆落满了全身。她顾不上拍拍衣服，就大声喊道：

"宣传队的同志，快到这边集合！"

一声令下，宣传队员们呼啦啦站到了康克清的周围。人数不多，队伍不庞大，站得也不整齐，但一双双眼睛盯着女指导员——他们临时的领队，看她怎样处理面临的难题，那表情，是非常严肃的。

康克清的目光扫视着她的宣传队员们，说："现在，这么多担架堵在这里，伤员们怎么能受得了？我们必须很快开出一条路，迅速把伤员送到包扎所去！"

人群寂静，群山寂静。冷风吹动，雪花飘荡。

"我们每人去找一件工具，马上开路！"

康克清这最后一句话十分有力，立刻变成了人们的行动。

她自己则很快找来一把小铁锹，带头挖起来。

雨水和着雪水，把泥土冻得硬梆梆的，一锹下去，溅起泥块冰凌。接着是石头，锹劈在上面，迸射点点火星，不一会虎口就被震麻木了。康克清心里着急，顾不得腰酸臂痛，不停地挖着，偶尔抬头抹抹额头的汗水，看到人们虽然忙碌紧张，但进度很慢，心里更是火燎一样。队员们见女指导员这样，也是手脚不停，恨不得立即开出路来，把伤员送走。

"他们是总司令部来的人。"担架队的一个人说。

另一个人指着康克清说："那个领头的女的，听说是朱总司令的太太，了不起！"

"他们干得太慢了，咱们也抽些人去干吧。"

这个提议得到了响应，每副担架留一个人看伤员，另一个人去开路。

"欢迎你们帮忙！"宣传队员们热情鼓掌。

"这可是雪中送炭啊！"康克清说过之后，自己暗自笑了。这个比较文雅的"雪中送炭"，她是从朱德那里学到的。

为了在人多的情况下也不乱，康克清进行了一番分工。她抽出6个

★一九一八年，朱德在重庆

身强力壮的人，轮流在前边开土，其余的4人一组，跟在后面平整台阶。由于组织得好，效率大大提高。用了不长的时间，就把20多米的上山台阶路修了出来。康克清从上到下察看一遍，把不牢固的地方加了工，才指挥担架队通过。

这时，浒湾的战斗还在激烈进行，不断有伤员抬下来。康克清带领宣传队员们分散在路两边，时而扶住担架，告诉他们脚要踏稳，手要抓牢；时而安慰伤员，劝他们安心养伤。饥饿、寒冷和疲劳，统统忘在了脑后。

远处，有两副担架抬过来，看旁边跟着警卫员，康克清猜到是领导干部，就走了过去。到跟前一看，是十师师长李锡凡和十一师师长陈光。这两个人都认识康克清，康克清也认识他们。

李锡凡是头部受伤不能说话，便用手表示感谢。

陈光点点头低声说："谢谢你和总司令，请转告总司令放心，浒湾一定能打下来。"

康克清点点头。她想问问前边的战斗情况，但话到嘴边又转而说：

"请你放心去养伤，争取早日回来。"

说完，她挥挥手，让担架快点走。这时，跟在担架后边的陈光的警卫员说：

"康指导员好！"

康克清叫住警卫员，小声问道：

"仗打得怎么样？"

"打得很激烈，黄狮渡已拿了下来，正在攻浒湾。"警卫员说。

"还有哪些领导负伤了？"康克清问。

警卫员语气里充满沉痛地说："我听说赵博生军长牺牲了，其他还有什么人，我不知道。"

赵博生牺牲了？康克清很悲痛。这位宁都起义的核心组织者，原为国民党第二十六路军的参谋长，是调到江西"围剿"红军的，他在宁都起义之后加入了中国共产党。朱德曾找赵博生谈过话，就是在那时，康克清见到过赵博生。后来，第二十六路军编为红军第五军团，赵博生任参谋长兼第十四军军长，生活朴素廉洁，处事多谋善断，没想到他竟牺牲了。

　　由赵博生，康克清又想到了季振同。她记得，宁都起义后不久，朱德也找季振同谈过话，还讲述了自己从旧军队走上革命道路的体会，激励这位冯玉祥的手枪旅旅长革命到底。朱德还和周恩来一起，介绍季振同参加了中国共产党。后来，季振同要求到苏联去学习，离开部队时留下了心爱的青鬃马，萧劲光把这匹马送给了朱德。可是，不知为什么，他却被说成谋反而被逮捕。历史常常是很复杂的，有时候，从那个年代里走过来的人，也未必都很清楚。

　　康克清还想问点什么，看担架已经走远，忙对警卫员说：

　　"快去吧，好好照顾你们师长。"

　　警卫员答应着跑去了，康克清又继续慰劳其他伤员。

　　雪虽然不下了，浓云仍遮蔽着天空，所以天黑得特别早。前边的枪声停了下来，来人传话说，红军已经占领浒湾，伤员暂时停止后送。

　　康克清长长舒了一口气，疲倦的脸上绽开一丝笑容。她抹抹额头的汗水，对宣传队的人说："走，我们跟随部队到浒湾去！"

　　3天后，康克清完成任务，奉命回到总司令部，进门就向朱德叙说几天中的见闻，说战士们如何负伤不下火线。可是，朱德疲倦的脸上没有露出惯有的笑容，而是沉重地说："是啊，我们的战士是勇敢的，可这一仗并没有打好！"

　　康克清有点奇怪，但又不便深问，默默地看着朱德。

　　"这样打下去，怎么得了啊！"朱德自言自语地说。

　　屋里很静，谁也没有再说话。

他俩和战士一起拣田螺

"康克清，走咯！"

朱德在门外喊道，声音虽然不高，但亲切洪亮。

康克清答应着走出房门，看到朱德站在院里，曙色撒满军衣，映着他黝黑喜悦的脸膛，手里拎着个竹篓子。

"干什么呀？"康克清一下没有反应过来。

朱德说："抓田螺去呀！"

康克清想起来了，今天是端阳节。

昨天傍晚，通信排的战士们正在打草鞋，互相聊着天，朱德走到他们中间，坐下来边打草鞋边问：

"明天是端阳节，大家不想法子开开斋吗？"

开斋就是打牙祭，就是搞点荤的吃，谁不想呀！可他们都知道，反动派对根据地实行了严密的封锁，平时连青菜、豆腐都很难吃上，哪里还敢有更多的奢想。大家看着总司令，以为他是在开玩笑，一时不知说什么好。正在旁边的炊事班长老胡说：

"总司令，我也在为这事发愁呢。"

朱德哈哈一笑，说："吃不上鸡鸭鱼肉没关系，我们可以就地取材，弄点荤腥来过节嘛！"

这么一提醒，战士们顿时活跃起来，有的建议去打野鸡，有的提出打野猪。有人立即摇头说：

"这都不现实，野鸡野猪很难碰上，再说也没有那么多子弹，我们的子弹还得留着打白狗子呢。"

那怎么办呀？战士们你看看我，我看看你，都没了主意。朱德看看战士，对通信员徐达桂伸出3个指头，做了个抓的动作。徐达桂马上领会了朱德的意思，大声喊道：

"对呀，拣田螺！"

"好啊！"战士们一齐响应……

他还记着拣田螺的事呀！康克清心里想着，嘴里说：

"好的，这就走。"

红艳艳的太阳出来了，桔红色的光焰，均匀地撒落在翠绿色的稻田里，微风吹来，稻叶上的水珠儿闪烁摇动。朱德和康克清一起走在田埂上，远远就看到战士们赤着脚拣田螺。

战士们也看到了朱德和康克清，一齐打着招呼。

这个说："总司令，到我这里来，这边田螺最多，密密麻麻的，到处都是！"

那个喊："指导员，我这里田螺大，一个有半斤哩！"

朱德和康克清边答应，边脱下草鞋，下到了水里，和战士们一起拣起田螺来。

朱德捡起一个田螺放进竹篓里，问身边的一个战士：

"你知道端阳节是怎么来的吗？"

那个战士摇摇头。

朱德又问另一个战士："你知道吗？"

"不知道。"另一个战士脸上有点红了。

旁边的一个战士说："是呀，我们年年都过端阳节，还真不知道它有什么讲究呢。总司令，端阳节到底是怎么回事呀？"

"是这样的。"朱德将一个田螺拣起来，甩掉上面的泥水，说：

"古时的楚国有个大诗人和政治家叫屈原，他十分热爱他的国家。由于统治者的腐败，楚国灭亡了。屈原在悲愤的情况下投汨罗江死了，这天就是农历五月初五。楚国人民非常痛心屈原的死，每年这一天都纪念他，便朝江里扔粽子。"

战士们听得很认真。

原来是这样的啊！康克清在心里想。她又想到在家里时，每逢过端阳节都比平时忙，早早地淘好糯米，选好红豆，用苇叶包好粽子在锅里煮，今年家里仍是这样的吧。可惜现在没有糯米，没有红豆，也没有时间，不然她也会亲自带领战士包粽子的。

朱德接着说："当然咯，我们现在没有条件包粽子，就用这田

螺来过节吧！等将来革命胜利了，我们掌握了政权，再包粽子，过端阳。"

"对！将来我们一定好好地过端阳。"战士们异口同声地说。

徐达桂举起一个田螺，向着朱德说：

"总司令你看，我这个田螺有3斤重！"

朱德抬头看看，故意逗趣地说：

"呵，小徐拣了个田螺精，带回去当老婆吧！"

徐达桂的脸红了，其他人哈哈大笑起来，康克清也笑了，笑出了眼泪。欢快的笑声，在田野里飘荡。

这天中午，炊事班做了3个别具风味的菜，一个韭菜辣椒炒螺丝，一个咸水醋焖整田螺，一个清炖螺丝汤。平时，朱德虽然和战士们吃一样的饭菜，都是打回去吃的。今天，他拉着康克清，专门来和战士们一起吃饭。看到桌上摆的菜，他大声夸奖说：

"咱们老胡的手艺真高啊，用田螺做了3个菜。"

"这是总司令的启发呀！"老胡说。

朱德端起碗说："来，我们以汤当酒，庆祝端阳节！"

"干杯！"战士们的碗和朱德、康克清的碗碰在一起，发出清脆的响声。

战士们一人喝一口汤，又吃起菜。朱德却没有喝，他端着碗，眼前却出现了一个人的形象。

有一个人们都叫她辣椒嫂的中年妇女，曾风风火火地闯进总部，泪水潜潜地往下掉，大声说："总司令，我们冤枉啊，求求你给做个主吧！"

朱德忙说："不要哭，你有什么事坐下慢慢说。"

从她哽哽咽咽的叙说中，朱德明白了，她的丈夫罗敲仔是个泥瓦匠，带着一个徒弟长年累月串村做手艺，家庭成份本应定为手工业者，但由于辣椒嫂平日里心直口快，得罪了农会的干部，便被划成了地主，她是特意找朱德告状的。

朱德没有马上表态，让辣椒嫂先回去，然后亲自抽空到村中作了调查，证明辣椒嫂说的全是事实。便找到了农会的干部，以罗家为例，语重心长的说：

"要正确执行党的政策，凡是成份划错了的，要纠正过来。"

几天后，朱德又找来了农会主席老王，开门见山地问：

"罗敲仔的成份改了没有？"

农会主席没想到朱德还记着这个事，支支吾吾地回答：

"改……改了，改成了富农。"

朱德不高兴了，严厉地说：

"有错不愿改，改又改得不彻底，这不行啊！我们共产党讲实事求是，是什么就是什么嘛！"

农会主席脸红红的，一句话也说不出来。

朱德缓和了口气，说："你回去和其他干部商量一下，看看罗敲仔家到底应该定什么成份。"这是10多天前的事了，此刻朱德还记在心里。康克清了解这件事情，更理解丈夫的心。为了不影响战士们的情绪，她催促说：

"快尝尝田螺的味道吧！"

朱德没有吃，沉思了一会，对徐达桂说：

"你去请农会主席老王到这里来一下。"

徐达桂飞跑而去，时间不长，就和农会主席一起来了。老王见到朱德就说：

"总司令，我们已经把罗敲仔家的成份改了，改成手工业者，并且退还了没收他家的全部财物。"

"好啊，这才叫实事求是！"朱德的脸上绽出了笑容，举起汤碗说，"来，我请你喝酒。"

老王还以为真是酒呢，端起碗喝了一口，咂咂嘴，说：

"这是……"

朱德笑了："人说以茶代酒，咱这是以汤代酒嘛！"

"好！好！"老王说着笑起来。

朱德夹起韭菜辣椒炒螺丝肉放进嘴里嚼着："味道不错哩！"

康克清对老王说："你也尝尝。"

6月的赣南，火辣辣的太阳照射下来，酷热难当。朱德住的屋子，也处在这样的酷热包围之中。

此时，他上身穿一件衬衣，有几处打了补丁，但洗得很干净，脊背上被汗水溻湿了一片。他似乎没注意这些，伏在白木桌上，右手捏住笔，急促地写着，笔尖划在纸上，发出嚓嚓的响声。过一会，他停下手中的笔，抬起头来，两眼看着面前的窗子，一片蓝天映过来，一缕阳光射进来。他坐着，一动不动，默默地凝思着什么，两道浓黑的眉毛打着结。

康克清从外边走进来，看到丈夫这副样子，知道他在思考，就放轻脚步，没有出声。他在想什么呢？

是的，朱德在思考。国民党反动派的第四次"围剿"虽然被打破了，可仗打得多么艰难啊！作为红军的总司令，朱德最清楚不过了。那是冒着极大的风险才取得胜利的。当时，蒋介石调动50万大军、2000架飞机进攻中央苏区，并且自任总司令，直接指挥。可是远在上海的临时中央却不顾客观实际，一再电令周恩来和朱德，要红军先发制人，攻占国民党重兵把守的南城和南丰。周恩来和朱德都认为在当时条件下这一命令是错误的，提出了集中兵力在运动中各个歼灭敌人的方针。可惜这个方针没有被接受。于是，他们先按中央的命令包围强攻南丰，经过一整夜激战，歼敌不足一个营，自己伤亡却超过300人。他们根据敌人死守待援和援敌三路分进的实际情况，决定将强袭南丰变为佯攻南丰，毅然命令部队主力从南丰撤围，向南丰、里塔一线以西地区秘密转移，然后再移到东韶、洛口地区，采取了调动敌人于山地运动战中予以歼灭的方针，先后在黄陂、东陂两次战役中消灭"进剿"军3个主力师，俘敌万余名，粉碎了敌人的第四次"围剿"。

当时，部队带着大批战利品转移，朱德是最后一批撤离的。路过一个祠堂时，发现乱草堆里扔着几十条枪。有个参谋捡起几支，拉了拉枪栓说：

"都是些破枪。"

朱德却说："那就这样还给敌人了？这样的破枪，地方赤卫队还当作宝贝哩！修一修，总比烧火棍强嘛！得之不易，弃之可惜呀！"

他让警卫员砍来竹子，做成扁担，和随行人员一起把枪挑走了。

战后，朱德专门写了一篇文章，名为《黄陂东陂两次战役伟大胜利的经过与教训》，总结了第四次反"围剿"的经验和教训。但他自己觉得，那教训还说得不深刻，就想再写一篇文章，详细谈谈红军应有的战略和战术问题。

所有这些，康克清是不知道的，因为她没有和朱德在一起。战斗的过程中，她听到了从前线传来的消息，失利让她担心，胜利让她振奋。当她看到朱德从前线回来后不像前3次反"围剿"胜利后那么高兴时，心里就似乎感到了情况的严重。她不清楚朱德在想什么。她走到桌边，问道：

"你在写什么呀？"

"哦，是你回来了。"朱德转过脸，把写好的纸推了过去。

康克清拿起稿纸，首先看到一个醒目的标题：《谈谈几个基本战术原则》。文章提出的第一个战术原则就是："红军人人要以唯物的辩证法来研究和运用战术。首先要知道事物是变动的，情况是迁移的，决不容有一成不变的老章法来指挥军队。我们的作战决心必须根据任务、敌情和地形来定下。任务、敌情和地形既然是时常变换，因而我们决心就不同，而运用战术的原则也就更不同了。"

对这些道理，康克清觉得懂得一些，但又不十分明白。便说：

"敌人的'围剿'不是已经被打破了吗？还写这个干什么？"

朱德抬头看看，康克清的目光是纯洁的，真诚的语气里有着几分幼稚和天真。心中不由地说，多单纯的青年人啊！他真想把这次反"围剿"中在如何打和怎样打的问题上的分歧，以及他在实践中的体会，还有即将到来的新的反"围剿"告诉她。但都没有讲出口，而是微笑着说：

"这是个很深的道理，也是我的体会，你以后总会明白的。去做你的事吧，不要管我。"说完朱德又伏在桌上写了起来。

康克清并没有走开，而是在桌旁坐了下来，目不转睛地看着朱德手中的笔在纸上划动，那么缓慢，那么凝重，仿佛有千斤重量似的。她曾经多次这样看着她尊敬的丈夫伏案书写，可从来没有像这一次这样。

看着看着，她眼前出现了警卫员向她描绘的生动画面。

一天凌晨，战斗打得正激烈。朱德对总部警卫连的指导员说：

"走，到前面去看一下蒋介石的兵力部署，了解一下敌情。"

这位连指导员想到前边炮火连天，枪林弹雨，对总司令的安全不放心，有些犹疑不决。朱

★朱德元帅

德则爽朗地笑着说：

"知己知彼才能百战百胜。"

一路上朱德问连队的情况，当知道这个连的连长受伤住进了医院，就要这位连指导员勇敢地负起责来，语重心长地说：

"你现在既要做政治工作，又要带队伍打仗，困难不小呀！"

接着，还具体讲解了在敌强我弱的情况下，如何扰乱敌人，牵制敌人的行动，消耗敌人的战斗力……

看来，仗打得好了，文章才好写；仗打得不好，文章也难写。康克清这样想。

对朱德来说，完全可以写出更多的文章，他既有丰富的带兵打仗的实践，又能够写得出来。

早在1919年，他就同滇军第二军军长赵又新等人参加"怡园诗社"，并组织"东华诗社"，"振华诗社"，常常聚会赋诗言志，在

《江阳唱和集》中，就有他的18首诗篇，"誓将铁血铸中华"，"倾心为国志无违"，"岁寒劲节矜松柏，正直撑天永不移"的诗句，既表现了他的豪迈气概，又显示了他的文采。可是，后来他把全部时间和全部精力，都投入到伟大的军事斗争之中，无暇顾及到写文章的事，甚至连体会最深的东西也没有去写。

看到朱德连头也不抬，伏在案上疾速地书写，康克清怕扰乱丈夫的思绪，就轻步走出了房间，顺手把门掩上。她的心里，也沉甸甸的。

康克清不同意处分钱壮飞

康克清和王龙凤两人肩并肩，缓缓走在村外的小路上。她们谁也没说话，只是沉默地走着，走着。

康克清抬眼看看远处，太阳将落，如同一个燃烧的火球，挂在西山尖上，桔黄色的霞光为远山、近树和村庄涂上一层灿灿的金色。此时的康克清正想着怎样和身边的这位姑娘说说，可是说些什么呢？当她把目光从远处收回来，注视着王龙凤时，心里猛地一惊。还是一个小姑娘啊！十五六岁年纪，长得这样单薄。不过，她也看到，这妹子中等个头，圆圆脸庞，眼睛明亮清澈。从红军学校毕业回来任总司令部指导员已有一段时间了，她不止一次地见到过这个妹子，总是把她当成个孩子，没有认真看过，现在才发现这姑娘长得确实很漂亮。

王龙凤是医务所的女护士。有人反映，她和二局报务员萧青峰接触较多，有暧昧的关系，不正常的谈笑。有个人找到康克清说：

"康指导员，大家对王龙凤和萧青峰有反映，你得管一管呀！"

为了弄清情况，康克清首先想和王龙凤谈一谈。

少女的心，如平静的池水，对任何一缕风，都有着说不出的敏感。王龙凤似乎已经猜测到了指导员为什么找她，可能要谈什么问题，所以一直低着头，两眼看着自己一双交替前行的脚尖。她的嘴唇紧紧闭着，倔强地准备着迎接即将来临的一切，仿佛无声地说：参加了红军，连死都不怕，还怕什么！

康克清发现了女护士的神情，心里有点不悦，怎么能这样呢？在这一瞬间，她又想到了朱德和战士们一起交谈的情景，平等亲切，好像战友促膝谈心，很难看出总司令和士兵的区别。只有会爱兵的人，才会带兵。这是朱德常说的话。很短的时间里，康克清的气消了，她不是以指导员的身份，而是以女战士对女战士的姐妹之情，温和地说：

"小王同志，听说你和萧青峰同志之间的关系有些不正常，是吗？"

王龙凤没有说话，抬起头看了康克清一眼，又低下了头。

康克清又问："你很喜欢萧青峰，是吗？"

"我不知道，只是愿意和他多说些话。"王龙凤说。

"他也喜欢你吗？"康克清问。

王龙凤低声说："他常来。"

康克清说："听说你们在一起时，说了些超过一般同志关系的话，有没有呀？"

王龙凤点点头，没有说话，脸上红了。是不好意思？还是霞光的照射？

她已经承认了。康克清想，事实大概就是这样。对于一个女孩子，不能再多问了。她转而说："红军战士，不论男的还是女的，都是阶级兄弟姐妹，应该团结友爱，你说对不对？""嗯。"王龙凤还没有说话。

"你现在年龄还小，"康克清进一步说，"不应该过早地去想个人的婚姻问题。再说，咱们军队中也有规定，在目前的条件下，也不适宜去考虑这个问题呀！"

王龙凤抬头看了康克清一眼，很快又低下头，踢了一脚路边的石头。

康克清知道王龙凤的心里还没有想通，接着说：

"旧社会，咱们穷人家的女孩子是受欺负受压迫的，除了当童养媳，还能有别的什么路呢？共产党和红军解放了我们，咱们要自尊自重，要革命到底。过早地结婚，会带来很多麻烦的。"

这些话，语重心长，说到了王龙凤的心里。她走了几步，犹豫一下问道：

"指导员，他总来找，我该怎么办呢？"

是呀，怎样处理这样的事呢？康克清在心里重复着女护士的问话。她也没有遇到过这样的事情，也没有处理这种事情的经验，她想了想，说：

"你自己想清楚了，想通了，萧青峰那里，我还要找他谈的。"

太阳落山了，暮霭升起来，周围变得越来越暗。她们一起往住处走，轻盈的脚步声，轻叩着路面，偶尔传出亲切的笑声。

第二天，康克清又找萧青峰谈话。在指导员面前，萧青峰把真实的情况全讲了出来，和王龙凤讲的一样。红军战士，对任何问题都是诚实的。

"你是干部，又是党员，"康克清说，"不应该和这么小的女孩子谈那样的问题，如果王龙凤是你的妹妹，你会赞成她这样做吗？"

萧青峰的脸红了，说：

"这件事是我主动的，不关她的事，要处分就处分我好了。"

"关键不在于处分，而在于认识不认识这样做的不对。"康克清说。

经过谈话，查明了事实，为了教育本人，也为了教育大家，分别给了王龙凤和萧青峰两人以批评教育和口头警告的处分。

康克清很满意，她觉得，对这件事的处理是对的，是按照实际办事的。朱德听说后，也称赞妻子做得好，他说："是什么问题就是什么问题，只有按实际办事，才能使人口服心服。"

可是没有想到，就在一切都处理完了以后，总支部书记、三局局长翁瑛却提了问题，他说："应该给钱壮飞以警告处分。"

这是小题大作，康克清心里想着，嘴里却问："为什么？"

"因为钱壮飞是二局局长，"翁瑛回答，"萧青峰是二局的人，又是党员，他犯了错误是钱壮飞平时对下面管教不严的结果，是失职行为。"

对钱壮飞，康克清是了解的。他原在上海中央特科工作，后打入敌人内部，顾顺章叛变后，是他及时搞到敌人电报，才使得上海党中央首脑机关及负责人没有被一网打尽。来到苏区后，他从缴获的电台搞起，想出用白格填空子的办法，破译了敌人的电报。她还看过钱壮飞和李克农、胡底三人演的《红色间谍》，滑稽而生动，再现了他们在上海的斗争生活。她还看过钱壮飞画的漫画。一个战士一只脚踩着狗的腰间，双手揪住狗的尾巴，另一个战士两手持棍，奋力打击狗头，用以说明红军的守备队和攻击部队担负的任务同样重要。还有一幅画叫"只见小鸡笑，哪见大鸡哭"，画的是一只小鸡和一只母鸡，母鸡没有粮吃在哭，小鸡吃得饱在笑，善意地批评了用米喂鸡的不对。这都说明钱壮飞是很注意做思想工作的。更主要的是他自己以身作则，不计名利。前方二局和军委二局合并时，他由局长改任副局长，毫不计较，尽心尽力做好局里的工作。虽然他领导下的人犯了错误，怎么能处分他呢？

康克清看着翁瑛，说："事情已经处理过了，怎么能再去处分钱壮飞呢？还是不要这样做为好。"

这些话的口气是温和的，并且带着明显的商量的口吻，但翁瑛仍然坚持自己的意见：

"我还是决定给钱壮飞以警告处分！"

康克清说："你这样做是错误的，你个人决定无效！没有经过我同意，又未经过支委讨论，这不符合组织原则。我是上级委派的指导员，有权处理此事；我的处理没有什么不对，而且当事人双方都没有什么意见。"

"我们要对革命负责，要提高到原则高度来看待。"翁瑛也不让步。

"你硬要提高到原则高度来看待，是没有说服力的。"康克清提高了声音，语调也变得严厉了，"钱壮飞是军委领导下的党员，照这样推理，你也可以追究军委的责任吗？"

翁瑛不好再说什么了。

康克清的心里却想得更多。我们有些人，为什么非要借着别人的错误做文章呢？难道处分了别人就说明自己好吗？她想到在红军学校学习时，有个女学员因缺乏军事工作的经验，犯了一些错误，然而她否认几个被罚的同志是反革命却是对的。有的人不听她的意见，反而在毕业前把她开除了。这样做就对吗？……

康克清和朱德：心中都有一团圣火

051

朱德嘱咐："不能给人家扣帽子！"

又是一个平静而又不平静的晚上。

康克清从屋里走出来，对朱德说："我出去一下。"

朱德刚从外面回来，黑红的脸膛上有着明显的汗渍。晚饭后，他和机关的人一起打了篮球。这是他最喜爱的体育项目，从青年时进成都师范学体育时，就开始了打篮球，后来不管是戎马倥偬，还是留学国外，都没有间断过，只要有空，就要打上一场。现在的场地不好，球也不好，但他还是常打。在球场上，他总是说：

"小伙子们，在球场上没有总司令，你们得拼命抢啊！"

可是，那些年轻的干部战士，知道他的年龄大了，又是总司令，谁好意思真的和他抢呢？他虽然也看出来了，但为了活跃部队，为了锻炼身体，就不管那么多了。出上一身汗真痛快呀！听到康克清告诉他要出去，便顺口问道：

"干啥子去嘛？"

"三局有个小组要开会，我去参加一下。"康克清回答。

正在这时，警卫员端来了水："总司令，洗洗脸吧。"

"好的。"朱德说。

警卫员放下水盆站到一边。

朱德捞出泡在水里的毛巾，双手使劲拧干，边擦脸边向康克清说：

"人家小组里开会，你这个指导员怎么也去参加？"

康克清说："今晚的小组会是有个同志要调走，大家对他进行帮助，我能不去吗？"

"要得，要得！"朱德把擦过脸的毛巾放进盆里，哈哈笑了起来，很快又收住笑，说，"你们的批评帮助是要得的，可不能给人家扣帽子哟！"

"这我知道。"康克清边说边往屋外走。

朱德目送康克清消失在暮色里，微笑地点了点头。实践的锻炼，又经过红军学校的学习，她的水平确实提高了。怪不得刘伯承说："康克清有能力当一名团政委。"

这些，康克清当时并不知道。她急急忙忙地向三局走去，心里想着即将开始的小组会。

昨天，三局的刘生雄找她，要求说：

"指导员，给我调换个工作岗位吧。"

康克清看着面前的刘生雄，说：

"三局是通信联络的，工作很重要呀，你为什么要调走呢？"

"我在这里搞不好人事关系。"刘生雄说。

"为什么搞不好呢？"康克清嘴里这样问，心里却想道，我们一些从农民入伍的年轻战士，在没有经过长期艰苦锻炼之前，总是难以克服思想上的狭隘等毛病，刘生雄是不是也这样呢？刘生雄低下了头，没有说话。

康克清见刘生雄的样子，又接着说："搞不好关系，也可能有别人的责任，但你首先应该想想你自己有什么责任。如果思想上没解决问题，调走了也不行，到了新的单位还会搞不好呀！到那时怎么办？再要求调走？"

"在这里，我是搞不好了。到新的单位我一定搞好，你就同意了吧！"刘生雄又是保证又是哀求地说。

"到哪里去呢？"康克清既是对刘生雄说，又像是在问自己。刘生雄可怜巴巴的腔调引起了她的同情。是啊，同在一个单位工作，关系却搞不好，是够别扭的了。

刘生雄对康克清的话似乎产生了误解，以为离开三局，便没法安排了，便赌气似地说："指导员，让我到前方去当战士我也愿意。"

"好吧，我同意你走。"康克清说得果断干脆。

刘生雄高兴了，忙问："什么时候走？"

略为迟疑了一会，康克清说："明天动身也可以，但先要开个会。"

康克清边走边想，来到三局的一间屋里。

屋子很小，泥土的墙壁和房顶，原先是一间老的房子，现在为三局所用。室内中央的一张木桌上，摆着一盏昏黄的小油灯。几个人围在灯前，借着灯光，可以看到他们的表情很严肃。刘生雄也坐在其中，心头有一种说不明道不出的滋味。

看到康克清走进来，人们都立起身，参差不齐地说："指导员来了？"

"你们来得早呀！"康克清笑着说，迅速扫了一遍灯光下的人，在刘生雄的身上停留的时间长一些，接着就迅速地移开了。

"你坐这儿，指导员！"有人说着递过来一个小竹凳。

康克清推开了竹凳，和其他人一起坐在地上："这儿好！"

小组长是个年轻的干部。他看着康克清坐下，又看看别的人，说："指导员，开会吧？"

"好吧。"康克清点点头。

小组长简单说明了开会的内容和目的，要求大家积极发言。

刘生雄坐在那里，心跳得很快。对这样的会，他的心中没有底，不知道人们会说些什么，所以一双目光里流露出惶恐，一会看看灯光，一会看看康克清的脸色。

康克清虽然没有对着刘生雄，但刘生雄的眼神，她都看到了。她的心里也很复杂，但努力不让脸色表现出来，而是注意听着大家的发言。

大家的发言是很热烈很直率的，一个接着一个。有人一针见血地指出刘生雄的问题；有人也结合自己的实际，作了自我批评和检讨，说明搞好关系人人有责任；有人则从人事关系造成的不愉快，讲了团结的重要性……

刘生雄一边听着同志们的发言，一边观察康克清。他看到，指导员虽然比平时严肃一些，但是很平静。他放心了。指导员是个严格要求的领导，也是个关心爱护部属的干部。他自己就有着切身的体会。

今年春天，刘生雄接到家中的来信，说他的哥哥在战斗中牺牲了，他感到非常难过。哥哥是和他一起参加红军的，还曾经给过他不少帮助。读着信，他的眼前不时闪现哥哥的形象。更使他难受的是，那个只有半岁的小侄儿没有奶吃。那些天，他吃不好，睡不好，总是想着这件事情。

康克清听说后找到他，问道："刘生雄，听说你家里遇到了困难？"

刘生雄从口袋里掏出信，递给康克清，说："我能有什么办法呀！"

康克清很快读完了信，手拿着信纸，望着远处的山峰，思索了一会儿，说："你哥哥为革命牺牲了，大家的心里都会难过的。他为革命献出了生命，我们要像他一样，为革命的胜利而继续战斗。"

"这个道理我懂得。"刘生雄说，"可是他的儿子……"

康克清赶忙打断他的话说："你哥哥的儿子，是革命的后代，我们怎么能不管呢？"

怎么管呀？刘生雄心里这样问，嘴里却没说出来。

康克清掏出笔，在信上写了一行字，递给刘生雄说："先这样办吧，你到医务所去领点东西寄回去。你知道，咱们红军现在也很困难，没有更多的东西来养他。"

刘生雄拿着康克清批了字的信，跑到医务所，领了大小7瓶牛乳罐头，捎回家中，孩子得救了，家里人非常高兴。

从这件事上，刘生雄看到了康克清对人的关心，所以昨天他才找到她要求调换工作的。

等人们都讲完后，康克清才说话。她首先讲了红军是中国共产党领导下的工农劳苦大众的队伍，每个参加红军的人，都是自愿为穷苦人打仗的，应该团结得像一个人一样，不应该搞不好关系。接着，她提高声音，批评了刘生雄：

"你很固执，思想又狭隘，怎么能处理好人事关系呢？现在遇到了问题，你不想法去解决，却无组织无纪律，想当自由兵，这不是一个红军战士的态度！不丢掉这些毛病，到哪里也搞不好。"

康克清的话很严厉，但在刘生雄听来，却如锤敲心。指导员的话，使他想到了在家时母亲、姐姐又气又爱的话，是恨铁不成钢呀！想着想着，他哭了，泪水一滴滴从两腮滚落下来，湿了一片军衣。

室内很静，人们的目光一齐集中到康克清的身上。只见她的双眼映着油灯，闪闪发光，炯炯有神。她眨动一下眼睛，语重心长地说："同志们，我们整天战斗在一起，生活在一起，比兄弟姐妹还要亲啊！……"

夜深了，康克清才回到住处。

正在灯光下对着地图出神的朱德，转过脸来问："会开得咋样了？"

康克清将会上的情况说了一遍。

朱德笑着点点头："不错，应该这样做。康克清呀，你的水平真提高了。"

"还不是你教的！"康克清脸上微微泛起红晕。

明亮的灯光，照着朱德和康克清，把他们的身影投射在墙壁上。

第二天匆匆吃过早饭，康克清戴上军帽，扎紧皮带，潇洒而又英武。她的着装向来严整。

"在我们总司令部，张经武和康克清的军风纪最好。"担任总参谋长兼五局局长的刘伯承，不止一次这样说。

康克清急急走出房门，脚步迈得很大很快。

康克清是很紧张的。她要召开支部大会、军人大会，她要做宣传工作，她要找人谈话，鼓励人们用革命精神去战胜困难……忙忙碌碌的身影，没有闲着的时候。如果不是年轻身体好，真会被累垮哩。

也难怪，她的担子实在太重了。从红军学校毕业回到总司令部任指导员后，要管的事情自然很多。当时的总司令部有两个部6个局，作战部有内外收发、机要参谋和各局工作人员，还有警卫班、通信排、医务所、饲养班、炊事班，共计100多人，她的工作要保证领导干部的身体健康和安全，要保证警卫员有高度的警惕，通信员及时传递的工作效率……思想政治工作的艰巨，是可想而知的。

就在这时候，朱德又对她说：

"康克清，你要抓一抓伙食呀！"

乍听这句话，康克清还有点儿不理解：

"我是指导员，是做政治工作的，怎么要我去抓伙食呢？"

"伙食重要啊！"朱德说，"咱们这个总司令部，有领导和干部，也有战士，他们只有吃好，身体健康，才能干好工作嘛！"

作为指导员，这是总司令的指示；作为妻子，这是丈夫的提醒。

康克清一想，是呀，我的政治工作，不就是保证干部战士有很高的觉悟，圆满完成所担负的各项任务吗？抓好伙食，也是份内之事呀！

不过做起来可就难了。红军所处的环境极差，短油缺盐，缺衣少食，要抓好伙食，谈何容易！

"并不是要求你给大家弄什么好的吃，这个你是办不到的，就是我这个总司令也没有办法。"朱德说，"但是你要让炊事员想办法调换一下品种，注意讲究卫生，等等。"

这样一来，康克清就更忙了。

东方的太阳越升越高，灿烂的阳光辐射过来，照亮了高山、水田和房屋。等到人们开始一天的工作时，康克清已经巡查过了医务室和通信排，正走在通向伙房的路上。从那天朱德说过要抓好伙食以后，伙房成了康克清时时关注的地方。

远远地，炊事班的人围在一起说着什么。她走过去，问：

"有什么高兴的事啊！"

"是指导员呀，你看看。"炊事班的人边说边用手指指地上。

地上，放着一担新鲜蔬菜，鲜嫩嫩水灵灵的，看样子是新挑来的。

康克清高兴了："呵！从哪里买来的？"

"是管理员去买的。"一个炊事员说，"为了买菜，管理员天不亮就走了，现在才回来。"

管理员名叫李桃，是专管伙食的。他站在一旁嘿嘿笑着，额头的汗水还没干，在阳光下一闪一闪的。

康克清赞扬地说："你太辛苦了！"

"不辛苦。"李桃说，"首长们白天黑夜操心，那才叫辛苦呢！"

康克清蹲下身，抚摸着新鲜的蔬菜，又问："这菜贵吗？"

李桃答："我按指导员说的，多走了一些路，所以很便宜。"

她是这样说过。当时军委的正副主席和战士们吃的是一样的饭菜，谁也不特殊。康克清知道，领导同志的事情更多，常常到深夜还不能睡觉。为了保证他们的身体，她就对李桃说："你要搞点新鲜蔬菜，多换换品种，调剂口味。"

这个李桃果然这样做了，多好的管理员啊！

"好啊！"康克清站起身，拍拍双手上的水，大声赞扬道。

李桃的脸红了，一个劲地搓着手。

康克清鼓励他说："要继续这样做下去，不过也要注意身体，早

上起得太早了，白天也可以睡上一会儿。"

"没事。"李桃说。

离开李桃和几个炊事员，康克清向不远处的大缸走过去。忽然，她看到一个战士的鼻孔里冒出一缕烟。那战士也发现指导员看他，忙将手中的烟扔到了脚下，使劲踩灭。

康克清喊住了那个战士："你不是戒烟了吗，怎么又抽上了？"

那个战士不好意思地笑了，脸上红红的，说：

"太难受了，就抽一点。"

"要有决心嘛！"康克清和蔼地说，"你看，总司令都戒掉了，你年轻轻的还戒不掉呀！"原来，康克清当指导员后，看到不少青年战士也抽烟、喝酒，就发动大家戒烟戒酒，不吃辣椒，同时还经常检查，后来，连朱德也不抽烟了。

那个战士一听说朱总司令也戒了烟，就立正说："再也不抽了，你看着吧，指导员。要是再发现我抽烟，你就处罚我。"

康克清笑了："还是得靠自觉。咱们红军战士要自觉，光处罚有什么用呢？"

看着那个战士走后，康克清来到水缸前。这里，有一个很大的木桶，里面装的是木炭和砂石，有个战士正把刚挑来的水倒进木桶内。刚挑来的水是混浊的，经过木炭和砂石的过滤，再流出来就变得很清了。

挑水的战士看到康克清，说："指导员，你说的这个办法真好！"

康克清笑了："这哪是我的办法呀，是总司令想出来的。"

有一天，朱德对康克清说："咱们喝的水很不卫生，得想个办法。"

历来很尊重朱德的康克清，这一次却不以为然。有什么办法可想？这里祖辈都是喝河里的水，我们又不能不喝河里的水？

"我们是红军，不但要为穷苦人打天下，还要为穷苦人做出个榜样嘛！"朱德说。

康克清还是没说话，她还没有想出个办法来。

朱德看着妻子。是啊，她从农村来到部队，有很高的觉悟和很大的干劲，可见到的东西还是太少了。这怎么能怪她呢？对她来说，自己不仅仅是丈夫，也是总司令，不论从哪个方面说，都有责任提醒和帮助她。

朱德说：“你可以和炊事班的同志商量一下，能不能把挑来的水过滤后再吃。”

朱德这么一说，康克清马上明白了。在她的家乡，都采用过滤的办法熬盐制硝。于是，她找到炊事班，搞了个大木桶，放进木炭、沙石，先将河水倒入桶里，过滤后再饮用，比起原先的干净多了。

挑水的战士听说是总司令想出来的办法，就说：“咱总司令真行啊，不但能指挥打胜仗，对吃水这样的事也想得这么周到这么细致。”

康克清的心里很高兴，但嘴里却什么也没说。因为总司令是她的丈夫啊，她不愿让战士看到她心头的隐秘，便告别了战士，到了洗衣班。

洗衣班是总司令部的，专门负责给领导同志洗衣服。全班7个女战士，5人是福建龙岩的，还有两人是台湾的，都是20多岁的女青年。康克清和她们很熟悉，常来和她们聊天，讲革命道理。

看到康克清走来，洗衣班的女青年非常热情，争着说：“指导员，我们都想你了！”

“是吗？”康克清边说边坐下来，拿起衣服就洗。

“指导员，你洗衣服的动作真熟练！”有个女子说。

“我也是穷人家的女孩子嘛！”康克清说，“很小的时候我就下地干活，回到家里就做饭洗衣服。”

有个女子停住了手，注意听康克清讲话，然后说：

“我们还以为你是一位小姐呢，又会认字，又会讲话。”

康克清哈哈笑了起来：“那是你们看错了，我在家不是小姐，现在也不是太太，和你们一样是红军战士。我的这么点文化，也是来到红军后才学的。”

“指导员，你不是总司令的太太吗？”有个女子问。

康克清抬起湿漉漉的手，指指那个女子，说：

“鬼妹子！”

女子班长的年龄比其他人大一些，她看看康克清的衣服，说：

“指导员，你的衣服也脏了，脱下来洗一洗吧？”

康克清摇摇头："不用了。你们的任务是替首长洗衣服，他们太忙了，我可不是首长呀，怎么能让你们洗呢？还是我自己回去洗吧！"

"是呀，指导员从来就没有在我们这里洗过衣服。"一个女子说。

"这有什么可说的，我自己会洗嘛！"康克清说着，使劲搓起衣服来。

其他人也忙着洗衣服。

笑声，说话声，不时从洗衣班飞出，传得很远很远。

周恩来说康克清是女司令

　　滚滚奔流的赣江，在春天的阳光下向远处流去，细碎的浪花闪耀着五彩的波光，清风吹来花的芳香，偶尔有舟船破浪而行。

　　对这条江水，康克清非常熟悉，她的家乡罗塘湾就是江边上的渔村，生父是一个渔民。村前有座白塔，离村不远的地方有个惶恐滩，民族英雄文天祥曾在这里战斗过。但此刻的康克清顾不上想这些，她要到良口一带去，继续检查工事和碉堡的情况。

　　这里属武索区，江对面就是敌人的占领区。区里陪同的人说：

　　"那里经常有敌人过江来骚扰，你们人少，最好不要去了。"

　　怎么能不去呢？这是中央军委副主席周恩来交待的任务啊！康克清的耳边又响起了周恩来的话："我们想让你带两个同志到赣州东北部去检查工事，你看行不行？"

　　执行这样的任务，这回是第三次了。第一次是在红军学校时，受刘伯承校长派遣到兴国一带检查工作；第二次是在总政治部时，奉王稼祥之命到前线去慰问伤员。她也知道，第五次反"围剿"的形势越来越严峻，中央苏区日益缩小，原来是后方的地方成了前方，但她还弄不清楚此去的具体目的。

　　周恩来看着康克清，温和地说：

　　"据说那边工事碉堡里的枪眼，不是朝向敌人，而是朝着我们自己。你去看看，如果真是这样，就尽快查实纠正并追究原因。"

　　康克清对周恩来是十分尊敬的。她不止一次听朱德说过周恩来的才干和为人，以及在周恩来领导下参加南昌起义的情景。起义的头一天晚上，身为军官教育团团长兼南昌公安局长的朱德，根据周恩来为首的前委的决定，部署好军官教育团的战斗任务后，以请客为名，将敌人第三军二十三团团长卢泽明、二十四团团长萧日文和一个姓蒋的

副团长邀请到伪市长李尚庸的住宅，饭后打麻将。深夜，朱德借故离开，埋伏的起义军一拥而入，扣押了这几个指挥官，为解除敌军这两个主力团创造了条件。

她还亲眼看到过，周恩来到达苏区后第一次见到朱德时的亲热情景。他们的两双手紧紧握在一起，久久不愿放开，叙说着三河坝失败后的经历，互相询问身体情况。朱德还把康克清介绍给周恩来，周恩来高兴地说：

"陈毅同志到上海汇报时说到过你们，我祝贺你们这对革命的伴侣。"

也许与此有关吧，所以当康克清第一次见到来苏区的邓颖超时，也特别亲热。她们互相拥抱，激动得流出了泪水。邓颖超大姐姐般地问到康克清家在什么地方，家中还有什么人。后来康克清在红军学校学习时，还听过邓颖超讲的课。

"请周副主席放心，我坚决完成任务！"康克清信心十足地说。

"好！"周恩来赞扬道："不过，要注意安全，注意身体！"

对于这次执行任务，朱德也很支持，谆谆地告诫她说：

"康克清呀，你上两次任务完成得不错，这次也要完成好哩！要到实地去看看，弄清了情况再作结论。"

按照周恩来和朱德说的，康克清领着两个人一路上检查了工事和碉堡，发现并非像所说的那样，不过是有些碉堡的枪眼开得过大，内外一样宽，不利于防御。至于造成的原因，多半是由于缺乏军事常识。当她指出这些问题后，很快就得到了纠正。

良口一带的情况怎样？如果不去那里，就很难知道，回去后怎么向周恩来和朱德交待呢？

"我们负有任务。只要那边有苏维埃政权，有赤卫队，就一定要去。"康克清呆断地说。康克清的口气这么坚决，区里的人不好再阻拦了，便说："那好吧，我们派一个人给你们带路。"

沿着赣江的岸边，康克清等3个人在向导的引领下，大步前行，傍晚时分到达了棠梓。棠梓是个不大的集镇，在夕阳的照射下，显得有点儿萧条冷落。狭窄的街面上，有不多的行人，脸上都流露着不安的神色。这里的群众怎么会这样呢？康克清感到迷惑不解。她问向导，得到的也是摇头不知。这时，有几个红军战士从身边走过去。

乡政府设在镇内的一座小院里，房子很破旧，门前冷冷清清。康克清等人进到了院内，乡政府主席和武索区黄武游击队长游联煜迎出来，把他们领到一间屋内。游击队长送上茶水，乡政府主席说：

"你们一路上辛苦了。"

康克清打量一会儿坐在面前的两位领导人，自我介绍说：

"我们是红军总部派来的，我叫康克清，到你们这里来检查一下工事的情况。"

乡主席的心里咯噔一惊：她就是康克清呀！他听说过，红军总司令的妻子康克清原来是一位农村姑娘，几年来练得能文能武，成为有名的女将，没想到这么年轻呀！他目不转睛地看着总部派来的红军总司令的妻子，心头油然升起一股敬佩之情。

康克清虽然不知道乡主席心里想什么，但从那目光里也能猜出几分。在中央苏区，谁不知道朱德的名字呢？赫赫有名的总司令，而她的名字，又是和朱德连在一起的，不论到哪里，只要一说到她是朱德的妻子，人们就会格外敬重。这使她感到自豪，也有一种隐隐的不安。"今天晚了，你们先住下来，明天再去检查吧？"乡主席以征询的口气说。

游击队长的话有点儿吞吞吐吐：

"住在这里，万一有什么情况，怕是不安全吧？！"

听到他们两个人说的不一样，康克清立即想到在街上看到的人们惊慌的脸色，问道：

"这里是不是有什么情况？"

乡主席看看游击队长。游联煜犹豫一会，说："前天白军从那边过江来抢劫过，烧了两户红军家属的房子，临走时说还要来。"

原来这样！康克清顿时理解了主人的心情，忙问："什么时候！"

"他们说明天。"游联煜回答，想了想又补充说，"是不是来，也不敢肯定。"

康克清看到乡主席和游联煜说到这些时既不着急，也毫无办法，有点儿无动于衷。这种态度，引起了她的不满，问道：

"你们看着白匪烧杀抢劫，为害百姓，怎么不打？"

康克清话中质问的口气，游联煜听出来了，但他没有在意，反而

为女红军的疾恶如仇而高兴，解释说："白匪有两支队伍100多人，我们只有50几条枪，从来没有打过仗，也不知道该怎么打。"

"那也不能眼看着白匪军糟蹋老百姓呀！"康克清说，"刚才我来时，在街上看到群众都心神不定，原来是害怕敌人来呀！"

游联煜脸上泛起一抹红晕，经康克清这么一说，感到很内疚，身为游击队长，却不能保护群众的安全，有愧呀！

"康同志，你是总部派来的，见过世面，打过大仗，请你指挥我们打一仗，可以吗？"

对于游联煜的这个提议，首先表示反对的是乡主席。他心想，你这不是让总司令的夫人下不来台吗？她批评你不打敌人，你就让她来指挥。乡主席想了想，和缓地说：

"康同志刚来到这里，对什么都不熟悉，怎么能指挥呢？"

同来的人也向游联煜投去不悦的目光。你这个游击队长怎么能这样说呢？如果打好了，大家都高兴；如果打不好，回去可怎么交待呀！

但康克清可不这样看。她认为游联煜提出让她指挥打一仗，是合情合理的。人家没打过仗，也不懂该怎么打，是想看看应当怎样打仗嘛。再说，红军也有帮助地方游击队的责任，便说：

"好吧，我来指挥，我们大家共同来打好这一仗！"

"好！"游联煜高兴地说，"康同志，你说怎么打吧，我们听你指挥。"

"不是我说怎么打，是咱们商量怎么打法。"康克清说，"我看，先弄清敌我双方的兵力，再去看地形，然后研究如何打法。"

乡主席也说："我们听康同志的。"

于是，他们开始商量怎样打好这一仗。

一切安排就绪，康克清被领进一间房内时，已经到了下半夜。

乡主席说："康同志，你太累了，就在这里休息吧！"

送走乡主席、游击队长和其他人，康克清坐到凳子上，才感到确实很累，疲劳向她袭来。可是她无法入睡，也根本没有睡意，在心里一遍又一遍思考着敌我双方的情况。

常来骚扰的敌人有白军武索靖卫团长邵延龄的90多人，武索守望队长高占祥的70来人。他们虽然是一群惯于打家劫舍的土匪，战斗力不强，没有吃过亏，所以狂妄自大，但比起我们的游击队来，还算是有战斗力的。而我们这边，总共只有120多人，赤卫队和少先队用的又全是梭镖，即使点火放枪的土铳子也不过10多支，幸好有军分区执行巡逻任务的一个排，帮了大忙。

那是在研究敌我双方兵力的时候，她忽然想到进村时看到的几个红军，就问乡主席：

"他们是哪里的？"

乡主席说："他们是军分区执行巡逻任务路过这里的，今晚就住在附近。"

"去个人把他们的排长请来。"康克清说。

有人跑步而去，不一会就和排长一起来了。

排长很年轻，看上去不过十八九岁，个头不高，但很机灵。他曾经到总部去过，一见面就认出了康克清，走上前立正敬礼，大声说：

"我就是排长，康克清同志有什么指示？"

康克清一愣，他怎么认识我？但她没顾得多想，直截了当地说：

"听说江那边的白匪军明天要到这边来抢劫，我们想打他们一下，你们排能不能参加？"一听说要打仗，排长立刻来了情绪，爽快地说："我们排愿意接受您的统一指挥。"

随即，他们一起去看了地形，晚饭后又召开了班以上的干部会。接着，康克清作战斗动员，她分析了形势和打得赢的条件，强调说："同志们回去后要仔细检查武器，严密封锁消息，防止坏人走漏风声，要服从命令听指挥，严格遵守战场纪律。"

"还有一个最有利的条件，"那位排长说，"这次有总部派来的康克清同志的指挥，我们一定能打胜。"

这话引起了一阵热烈的掌声。

现在，康克清耳边仿佛又响起了那哗哗的掌声。不过，她的心里仍是忐忑不安。她不害怕也不怯阵，只是仍感到突然。她虽说经过不少大小战斗，也带人抓过逃散的零星白匪军，可是单独指挥几十人以上的战斗，这毕竟是第一次啊！此刻，康克清才真正理解了朱德为什

么在战斗之前总是对着地图出神，吃不好饭，睡不好觉，甚至连话也不愿说。

康克清走到窗前，看到东方已经发白，四周一片寂静，微风吹来，夹着湿润润的凉意。透过这黎明的曙色，她仿佛看到左、中、右3路部队已经进入了规定的埋伏位置，挎包里装着干粮，心里记着联络信号，焦急地等待着战斗的开始。

突然，远处传来了枪声，康克清立即警觉起来。这时，跟她的两个人和乡主席都走了进来，看到桌上的油灯还亮着，知道康克清一夜没有睡。

"快告诉部队，等查明情况再行动！"康克清对一个人说。

看到那人答应着走出屋，她又对另一个人说：

"派人去侦察一下。"

时间不长，派去侦察的人回来了，向康克清报告说，敌人趁夜间从良口偷渡过来，天一亮，就在那边进行抢劫了。

情况变了，康克清头脑中立即作出了反应，同时马上想到了朱德文章上的话："情况是迁移的，决不容有一成不变的老章法来指挥军队。我们的作战决心必须根据任务、敌情和地形来定下。任务、敌情和地形既然是时常变换，因而我们决心就不同，而动用战术的原则也就更不同了。"

康克清来回走了几步，让人把乡主席和游击队长找来，说：

"敌人来的目的，主要是抢掠财物，过去没有吃过亏，暂时也还不知道我们准备打它。对我们来说，现在是个好时机。我们把原来的部署改变一下，仍然分成左中右3路，向敌人发动进攻。"

人们都同意这样的分析和打法。

于是，康克清把军分区的一个排放在中路，由她亲自率领，勇猛向敌人扑去。左路和右路的游击队、少先队和赤卫队，看到红军这样，都受到鼓舞，一齐冲向敌人。顿时，枪声乒乓，梭镖闪闪，喊声阵阵，烟尘滚滚，交织在一起，连成了一片。

敌人以为还会像过去一样，因而毫不准备，猛然遭到这样的打击，乱作一团。他们一边喊着"红军来啦！""快跑！"一边仓皇地逃到了炉子山东面的小山上，一路丢下了5具尸体和一些枪支。

康克清领着部队冲到山前，从三面围住炉子山东部。敌人在山上据险抵抗，红军和游击队、少先队、赤卫队在山下射击。由于敌人居高临下，康克清指挥的队伍武器较差，多数人缺乏战斗经验，又处在暴露地段，攻击一时难以奏效。

"这样打下去，会增加无谓伤亡的。"康克清心里这样想着，便命令停止进攻。

康克清的头脑很冷静，这样的相持局面不能继续下去。她伏在一处，仔细地观察着敌人的动静。山上弥漫着硝烟，什么也看不清楚。

"这里太暴露，康同志，你要隐蔽一下。"旁边的同志劝道。

康克清没有动，心里想的却是她听说的和亲眼见到的朱德在战斗中的情景：为了战斗的胜利，他总身先士卒，毫不顾及自己的安危。我虽然不能和他相比，可我现在也是一个指挥员，置身在战场上，也应该像他一样。各级指挥员都应在自身任务范围内进行侦察。她感到朱德好像就站在身边，谆谆地提醒她。

硝烟散去，炉子山东边静悄悄的。康克清看到，这是赣江边上的一座小山，没有挺拔的高峰，也没有茂密的树林。在这一瞬间，她的决心定下来了。

"游联煜同志，你带领游击队从左右两边包抄过去，把敌人的退路打断，防止他们逃跑。我和排长带人从正面攻上去。"康克清布置了任务。

游击队长领命而去，带着游击队、赤卫队、少先队迅速实行包抄。康克清和那位排长商量一会，等待完成包围后就发起攻击。

正当他们等待的时候，游联煜派人来报告说：

"康同志，敌人已经逃跑了！"

"追！"康克清对身旁的排长说，急忙站起身来。

顿时，一排红军战士向江边跑去，嘴里大喊：

"追呀！别让白匪军跑了！"

康克清跑在战士们之中，她的喊杀声，和战士们的喊杀声汇聚在一起。

等他们追到江边，敌人的最后一条船已离开岸边10多米远，那仓

皇逃跑的狼狈样子，还能看得清清楚楚。江边的地上，堆满了牲畜、财物，这是敌人抢了没有来得及带走而丢下的。有个人看着江面，遗憾地说：

"让他们跑掉了。"

康克清的心里也感到惋惜，但也没有办法了。她说：

"打扫战场吧！"

"他们再也不敢来了！"游联煜说。

"也不能麻痹呀！"康克清温和地说，"他们主要是狂妄自大，没有准备，更不摸我们的底细。"

乡主席说："是的，他们怎么也不会想到是红军总部来人指挥的。"

"你是我们的女司令！"

这位排长的话，含义很明白，是对比朱德说的。丈夫是总司令，妻子是女司令。

其余的人也跟着叫嚷："对，是我们的女司令！"

康克清的心里一动。看看那位排长，没有说什么。她觉得不好说。一个人匆匆跑过来，向康克清报告说：

"康同志，我们牺牲1人，轻伤5人，缴枪5支。"

这时他们还不知道，敌人死伤了20多人。

回到总指挥部，康克清将检查的情况向周恩来作了汇报，汇报中也说到了这次战斗。周恩来听完后向坐在旁边的朱德说：

"总司令，你看，克清同志也是一名女司令了。"

"你也这样说呀！"康克清讲了那位排长的话。

周恩来大笑着说："好嘛！英雄所见略同。"

朱德没有说什么，但他脸上喜悦的笑容，表现了心中的赞扬。

康克清都看到了。

陈琮英和任弼时：
并肩穿越炼狱

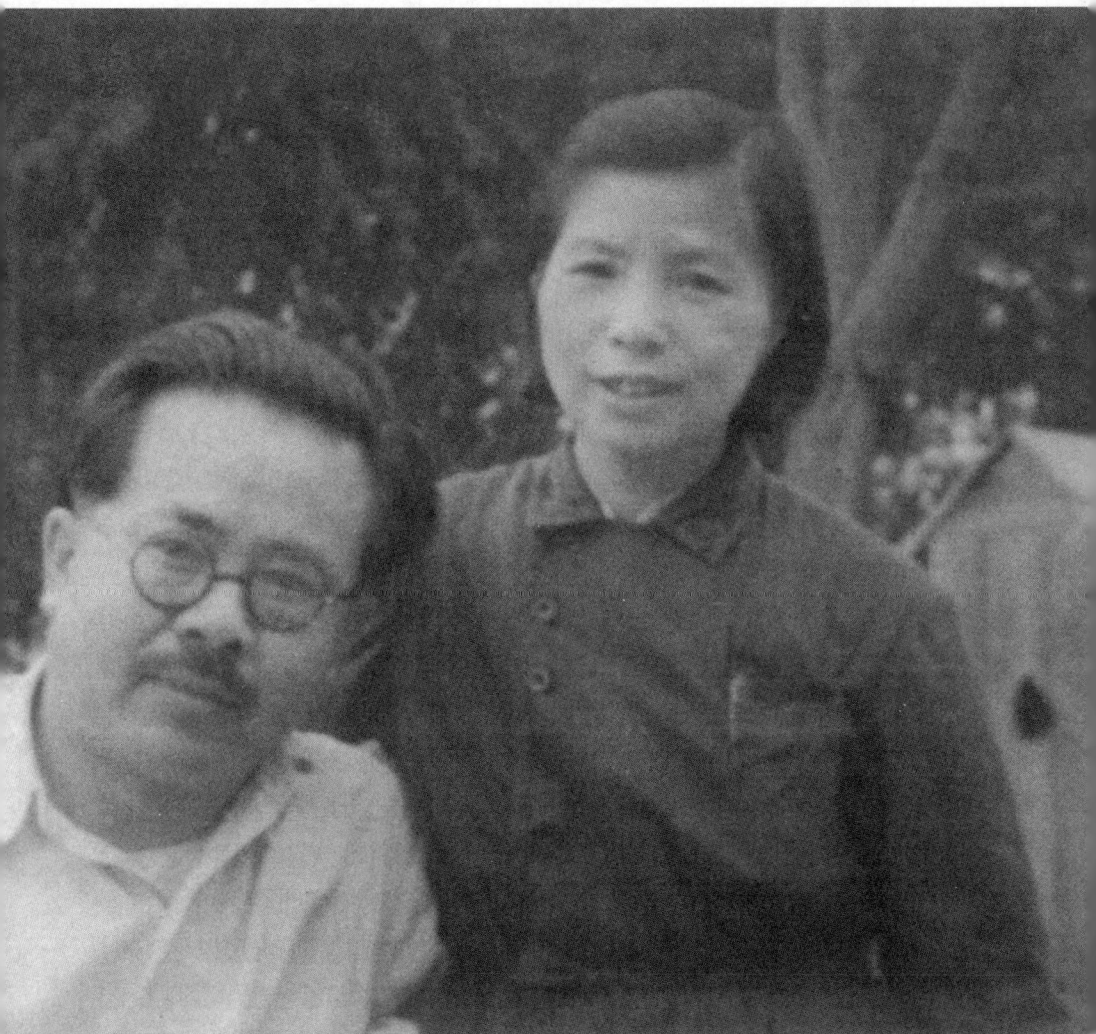

我有一棵可爱的玫瑰

1926年早春的上海。黄浦江的码头上，还没有一点儿春天的景象。灰蒙蒙的水，灰蒙蒙的建筑和锚桩，一片荒凉杂乱。几条破旧的客船，有气无力地停靠在岸边。浑浊的波浪击打着船舷，发出一声接一声的喧响，推得船不停地摇动。鸥鸟贴着水面低飞，不时撩起一朵朵水花。

任弼时急匆匆地来到码头，又急匆匆地买好船票，把手中提的箱子放到了船上。然后，他才掏出手帕擦拭一下脸和脖子上的汗水、雾气，望着水天相连的远处，两眼喷射出兴奋的光彩。终于有时间回故乡去了，很快可以见到母亲，见到琼英了。

他时时想念着故乡。怎么能不想呢？离开那里差不多六年时间了。不论是去苏俄的途中，还是在莫斯科东方大学的校院里，他思念那四间土木结构的房屋，思念清浅的白沙河，思念高高的隐珠山。在不知多少个深夜的梦中，他呼唤过多病的父亲，勤劳的母亲，善良的琼英，天真的妹妹们，醒来后一颗心浸在淡淡的怅然里。以致罗亦农经常开他的玩笑，说他的家乡观念太重，人情味太多。他听后笑笑，不加任何解释。

在他想念的人中，陈琼英占有特殊的位置。在莫斯科的时候，他就听说琼英边做工边学文化，猜想她一定受了很多的苦，就想早一点见到她，问问她这些年的情况，看看她学习文化怎么样，有了多少提高。这些，都只能深深地埋在心底，不能向别人说。要是让同学们知道了，更会打趣他呢。

1924年8月，当他带着"用功，思想有进步"的鉴定，和陈延年、郑超麟等人作为第二批回国人员的途中，在莫斯科开往海参崴的火车上，在海参崴驶往上海的船舱内，他就在心里计划好了，回国后

陈琼英和任弼时：并肩穿越炼狱

先去湖南一趟，一则看望父母，二则和琼英成亲，他已二十岁，琼英二十二岁，特别是她的年龄已经不小了。甚至他还想到，是把琼英接出来呢，还是让她留在家里。接出来可以互相帮助，互相照顾；留在家里，她能照顾父母，自己可以少一些后顾之忧，一心一意地投入到革命工作中去。各有利弊，一时难以决定。

可是，到达上海以后，事实完全改变了他的想法。那天，他找到了党的机关，见到了睫毛浓黑、眉心很宽的邓中夏同志。这位比他年长的负责人，紧紧握住他地手，热情地说："欢迎你！欢迎你！你来得正好，我们正需要干部呢，你愿意做什么工作？"

任弼时感到心里暖暖的。从入党的那天起，他就把自己献给了党的事业，没有考虑过谋得个人的利益。听到邓中夏这么问，他坦然地说：

"服从党的分配，需要我干什么，我就干什么，尽我最大的努力去干好。"

邓中夏对这样的回答很满意，连声说：

"好！好！这才是共产党员应取的态度。这样吧，你先到上海大学去教俄文，那是我们党创办的大学。你可以利用教课的机会介绍十月革命的情况，讲解马列主义知识。我们党现在很需要马列主义的理论知识啊！"

"要得，我就到上海大学去。"

"别急，我还没说完呢。当教授，这是公开的，还有不公开的，你还得参加社会主义青年团的工作，团中央也需要人。恽代英在团中央当宣传部长，负责《中国青年》杂志，你给他写一些宣传马列主义的文章嘛！"

"行！这个我能够做到。"

"噢！我忘记问了，你个人

★1926年3月任弼时和陈琼英在上海结婚时的留影

还有什么事情要办吗？"

任弼时想说准备回湖南去看看，把结婚的事办了，可又觉得这件事太小了，就没有提，而是回答说："没有什么个人事情要办的。"

"没有，那就开始工作吧。现在，也不是我们处理个人问题的时候，你说是吗？"

就这样他立即投入了紧张的工作。随即，他参加社会主义青年团中央局的会议，被决定担任青年团江浙皖区委委员，张伯简、俞秀松为候补委员，张秋人为区委书记。接着，青年团中央局的宣传委员会下设一个编辑部，聘任弼时、张伯简、何味新、邓中夏、张秋人、恽代英、林育南七人为编辑员，负责编辑《中国青年》和供给《团刊》、《平民之友》稿件。

任弼时感到很忙。白天，他到上海大学去授课，晚上，就在灯下写作《列宁主义要义》、《李卜克内西》、《怎样青年群众化》等文章，并抽空到党组织在曹家渡纯善里以"平民学校"为名举办的培训工人基层干部的"五十二号训练班"去讲课，同时还经常参加会议，白天黑夜都是紧张繁忙的，一直没有时间回湖南。

任弼时本来想，等忙过一段后再说，可不久，中共中央政治局决定召开青年团第三次大会，团中央委任恽代英、任弼时、张伯简、张太雷、项英、林育南、张秋人七人组成筹备委员会，重新议订大会的议程。于是，他又投入到会议的忙碌准备工作之中。

正在这时，传来了父亲任振声因病去世的消息。任弼时极为悲痛，他很想回去为父亲料理后事，但上海大学开学在即，又在忙着筹备青年团三大的事，再加上当时他每月只有二十五元的津贴，除去伙食费所剩无几，经济十分拮据，没有路费前去奔丧。他只好给母亲写了一封信，请求宽恕，想等以后有机会回去时再当面解释。青年团的三大结束时间不长，五卅运动爆发了。1925年2月，日商纱厂罢工后，工人曾按照协议复工，但日本资本家竟任意开除工人、克扣工资。5月上旬，工人再次罢工，日资本家借口存纱不敷关闭工厂，停发工资，工人前往要求发工资，资本家竟开枪杀害了工人顾正红，打伤工人十余人。任弼时根据党的指示，立即组织青年投入斗争，游行示威，声援工人。他还撰写了《上海五卅运动及中国青年的责任》等一系列文

章，并亲自到街头去散发传单，推动群众性反帝运动的发展，就更没有时间回去探亲和成婚了……

弼时望望天空，还是灰蒙蒙的。看看船上，已经坐了很多人，有老人，有小孩，一对青年人并肩坐在一起，小声说着什么。触景生情。弼时想到这次回去，就要与陈琮英结婚，或者把她领出来结婚。于是，他又想到了一些令人哭笑不得的事，那就是经常有人要给他介绍女朋友。也难怪，他的公开身份是大学教授，秘密身份是团中央的负责人，有名望有地位，又年轻英俊，大家看到他却是一个人生活，就引起了一些好心朋友的关注。

一天，有个同志找到他，寒暄几句话，直接了当地说："弼时，我看你一个人生活挺冷清的，给你介绍个女朋友怎么样？"

弼时一听就摇头，但又不想把和陈琮英的关系告诉那个人，就搪塞地说："现在事情这么多，正经事还忙不完呢，哪有时间去考虑那个问题。"

那人以为他说的不是心里话，就进一步说："我给你介绍的人不错，长得漂亮，有文化，还是个思想进步的积极分子呢。"

"唔，我不是说的这个，我是说我现在还不想谈这个问题，以后你就知道了。"

那人猜测弼时可能不满意，继续说："如果你觉得不合适，我们再另外给你物色，不要一口回绝嘛！我们干革命也不是当苦行僧，找个爱人也是允许的，再说也有利于革命工作。"

看到这个同志这么真诚，真诚到了不相信自己的话的程度，弼时只好摊牌了："不是这样，是我老家已经有了爱人，我有时间就回去结婚，怎么能再在这里找呢？"

"你家有了爱人，别骗人了！谁不知道，你十六岁出国，回国后又一直没有回过家，哪儿冒出个爱人来？除非是童养媳！"

那个同志惊讶了，怀疑的目光上下打量着任弼时，好像要看出什么破绽来似的。任弼时坦然自若，大大方方地说："你说准了，就是童养媳，她到我家去时才十二岁，正等着我呢。"

"怎么没听你说过呀？"

"这个事还要登报宣传吗？要不是你不相信我的解释，光想当红娘，我还不打算告诉你呢。"

"现在在哪里？多大岁数了？"

"在长沙，和她父亲住在一起。她比我大两岁，今年已经二十四了。"

那位同志用迷惑不解的眼光看着任弼时，他不信面前这个出过国的青年人，竟然如此忠实地遵守着"父母之命，媒妁之言"的旧式婚姻的安排，就笑着说：

"这是家庭包办啊！你要考虑到以后的家庭生活啰！"

任弼时也笑了：

"确实是家庭包办。过去和

★任弼时和周恩来、邓颖超、陈琮英在莫斯科合影

现在，咱们中国的大多数人都是家庭包办。可我们两人的包办不一样，我对她有感情，她对我也有感情。如果说开始是包办，后来就不是了。至于先自由恋爱，然后再结婚，我是不可能了，留给后代们去享受吧。"

"她能配得上你吗？"

"这要看怎么看了。单从文化上看，她确实配不上。我到外国去学习过，她原来一个字也不认识，听说后来上了职工学校，能读懂信了。可从全面看，她完全能配得上我，可以说正是门当户对。我们的爱情，可以说是在贫困的土壤里播种，在患难的岁月中成长的。你说我能抛弃她再另找条件比她好的吗？"

任弼时的这些话，包含着他和陈琮英在长沙时的往来，但没有说出来，那个同志还是以赞叹的口气说："也是呀！也是呀！你这叫'贫贱之交不可忘，糟糠之妻不下堂'呀！"

是啊！对于古人的这两句话究竟应当如何看待呢？中国是古老的，它的文化传统和道德观念也是古老的，几千年的大浪淘沙，几千年的积聚沉淀。后人应取分辨的态度，去其糟粕，取其精华。全

盘接受或全盘否定，都不一定恰当。就说"贫贱之交不可忘，糟糠之妻不下堂"这两句话吧，如果是指不讲信仰只讲情义，不看感情，只盲从于父母的包办，当然是不对的。但如果是讲贫贱时交的朋友，即使后来变得富贵了，仍然不忘昔日情谊；患难过来的夫妻，到了幸福时男的或者女的也不因喜新厌旧而甩开对方，这又有什么不好呢？

任弼时当时也许没有想这么多，也许他想了而没有说出来，只是对着那位同志笑而不语。

"弼时，你发觉了没有，有的姑娘可把你当成追慕的目标了呢？"

"是吗？"

任弼时猛地一惊。原来他并没有注意到，今天听那位同志一说，平时的一些情景又浮现出来，引他品味。

——那是在上海大学，下课之后，不少同学到他寝室里来，打听各种事情。其中有个女同学，穿着旗袍，剪着短发，柔声细气地问：

"任教师，听说您见过列宁，是吗？"

他抬起头，看到的是一双含情的目光，目光后面的清澈眸子里，似乎还有什么想说的话。他本想好好说说列宁，可在这样的目光下，他把自己的话大大作了凝炼："对，我见过列宁。不过，许多到那里去的同学都见到过。"……

——那是在"五十七号训练班"，有个工厂女团干部，总是围着他问这问那的，甚至问到他的爱人什么样，怎么没有和他一起来，想不想在上海找一个。看来也是一种打探吧，幸而当时他没有直接回答，而是用别的话又开了……

可是，任弼时又不愿把这些没有确切证据的印象说给那个同志听，于是，便摇了摇头，说："我真的没有发觉哩。如果有人再和你说起这件事，你就向他们解释吧，我，是下了决心一定要和她结婚的，这个决心不会改变了，可以说是非她莫娶。"

"好！但愿她也是个非你莫嫁的姑娘。"……

越是这样想，任弼时就越有些急躁，巴不得船快一点开动，早一天送他回到他的故乡，回到他的亲人身边。这一次，可是组织的决定啊！

五卅运动之后，敌人很恐慌，英、美帝国主义把大批军舰开进吴淞港，巡警布满上海街头。上海大学被砸得稀烂，门口筑起了反动军队的岗哨。在这样情况下，党的活动被迫转入地下，任弼时的处境相当危险。他从上海大学搬了出来，一个人活动非常不方便，尽管他出来就得化装，以各种不同身份的人出现，但还是得常常搬家。有一次，夜间回来被暗探盯住，他在寒冷的街头兜了一夜圈子。为了应付这种局面，他需要有个家庭来作掩护，组织上就让他回湖南去结婚，把妻子接出来……

现在，就要坐上开往家乡的船了，很快就可以见到她了。任弼时的心情，就像江中的流水，平静里激荡着层层浪花。

★1939年，任弼时、陈琮英和莫斯科出生的女儿远芳在一起

正在这时，突然跑来一个同志，把任弼时拉到僻静的地方，气喘喘嘘嘘地小声说："组织上通知你马上到北平去开会。"

任弼时开始还有点不大相信，以为是和他开玩笑，睁大眼睛，自言自语地说："是真的吗？"

"是真的，刚刚做出的决定，就让我立即赶到这码头来通知您。这不，船票都给您买好了。"

来人肯定地说，并作了解释。任弼时望着水天苍茫的远处，毫不迟疑地说："好的，我马上到北平去开会，为了防止有人注意，这些东西我还是自己带着，你赶快回去吧。"

来人走后，任弼时转身上船，把随身带的东西搬到了另一条开往天津的船上。有人惊奇地看他，他笑着点点头：

"啊，我上错船了！"

一声汽笛长鸣，船开了。驶出好远，任弼时还在遥望南天，心里默

默地说：

　　请原谅我吧，姆妈，儿子已经献给了革命！

　　请理解我吧，琼英，我们很快就会见面的，到那时，我们将长期生活、战斗在一起！

六年期盼的终点

这是上海市内一家普通的饭店。没有耀眼的装饰，没有豪华的厅堂，但是比较整洁，桌椅板凳擦得干干净净。

肩上搭着白毛巾的男招待员，热情殷勤地迎送顾客。在十里洋场的大上海，它并不引人注意，但又不显得寒酸。

任弼时和陈琮英早早地来到了这里，他们要在此请人吃饭。

任弼时穿一身合体的灰色西装，领带打得很标准，新理过的头发，梳得很整齐光亮，兴奋的脸上，容光焕发。

陈琮英上身是一件湘绣边的褂子，下身着黑色长裙，足登尖尖的皮鞋。她乌黑的头发向后梳着，长长的刘海遮在额前，一双秀美的大眼睛里，迸射出羞怯和幸福交织在一起的光芒，愈发显得娇小玲珑。

她再不是前几天的样子了。任弼时看看走在身旁的陈琮英，心里这样想。真是个新娘子，打扮起来这么漂亮呀！

那天，他在北京开过中共中央的特别会议，就忙着赶回上海。一路上，他还想着会议的情况。中国共产党应从各方面作好北伐战争的准备，这是会议上作出的决定。"北伐的纲领，必须是以解决农民问题作主干"，党的任务，是要在北伐必经的湖南、湖北、河南等地加紧开展群众工作。任弼时心想，做好这些工作之后，一定赶在北伐战争开始之前，抽空到湖南去一趟。决不能再拖了，北伐战争一开始，又没有时间了，不知得到什么时侯。怎么能让陈琮英再等呢？

可当他风尘仆仆地踏进住房时，一眼就看到了陈琮英，正在屋子里打扫卫生，清整东西。她穿着蛋青色的带大襟的中式小褂，深蓝色的洋布裙子，白袜布鞋，显得朴素大方。他开始还有点不相信，定睛看了一会，确实没错，就是陈琮英，便惊喜地叫了一声：

"琮英！"

陈琼英听到熟悉然而又是变粗了的声音，抬头一看是她日夜想念的人，也惊呆了，站在那里，好半天没动，然后才用在任家做童养媳时的称呼，嗫嚅地说：

"二南哥！"

弼时听到这好久没有听到了的声音，笑了，忙说："不！别再这样喊。咱们就是夫妻了，是同志嘛！不是哥哥和妹妹的关系。"

夫妻？同志？陈琼英懂得夫妻是指什么，可对于同志两个字的确切含义，她还说不清楚，但她还是顺从地点了点头。她相信弼时，认为他把夫妻和同志放在一起说，肯定是好事，绝不会是不好的意思。

任弼时深情地看着陈琼英，发现她很瘦弱，尖削的下巴，深陷的眼窝，一双粗造的手。这是艰难生活的熬煎，是辛苦的劳碌所致。这位男子汉的心里一酸：她受苦了！不过，任弼时也看到，陈琼英比六年前分别的时侯更美了。也许这就是女大十八变，越变越好看吧。任弼时想。

陈琼英也深情地看着弼时，发现他已长成了一个青年人，颧骨微微突出，整洁的衣着，亮闪闪的眸子，透出男子汉的气概。和六年前相比，他英俊魁梧了。陈琼英的心里感到有好多话想说，可又不知从哪说起，眼睛里蓄满了热泪。这是久久思念积聚的泪水，这是突然相逢激动的泪水，这是饱含往日辛酸和此刻幸福的泪水！

任弼时走过去，握住陈琼英的手，说：

"告诉我，琼英，你怎么自己一个人来了？"

陈琼英反而有点迷惑不解，问：

"你不知道呀？那个同志不是说是你让他去接我的吗？"

我让他去接你的？任弼时沉吟一会，忽然明白了，解释说：

"是这样的，我本来要去接你，已经到了码头，又临时有事到北平去了，可能他们就去把你接了来。"

陈琼英心中的疑团解开了。他的那位同志真好，那么和蔼亲切，一路上对自己照顾得那么周到细致。

见到陈琼英，弼时又想到父亲母亲和岳父，就问："姆妈好吗？"

"身体还好，就是太想你了，常常念叨你什么时侯才回去，不知能不能见到你了。"

任弼时沉默不语，眼眶湿润，半天才说："是啊，阿爸就没见到！"

陈琮英顿时难过起来，悲痛地说："阿爸去世时总喊你的名字！"

"真的吗？他是怎么去世的？"任弼时着急地问道。

琮英抬手擦擦眼睛，沉重地回答："你走后，他的身体一直不好，前年得了一场病，就去了。阿妈和我的阿爸还好，培月她们也好。"

任弼时紧紧握着拳头，眼中落下滴滴泪水，凝视着窗外。沉默了好大一会，才哽咽着说：

"他辛苦奔波了一辈子，没有得到过一天休息。我离国时写信说，来日当可得大同世界，可他没有等到。我一定要记住他，更好地做事情，让他老人家在九泉之下放心。"

琮英点点头……

任弼时和陈琮英在一张桌子边坐下。桌上已经摆满了餐具，酒瓶、酒杯、筷子和碗。他们看着这些东西，相视而笑，意思是心照不宣的。

招待走过来，对着任弼时问："先生，什么时候上菜？"

"唔，再等一会，我们的客人还没来呢。"

招待走出去了，陈琮英对任弼时说："他们怎么还不来呀？"

"会来的，很快就会来的。不要急！"

陈琮英看看桌子说："在这里吃饭太破费了。不如请他们到家里，我做饭菜，那样就省得多了。"

弼时的目光在桌子上扫视过一遍，停在陈琮英的脸上，笑着说："这是咱们的喜日子，应该庆祝，他们也想利用这个机会热闹一番，花点钱也值得。另外，那样也不方便，弄不好会招惹麻烦的。"

任弼时说的是实话，陈琮英也很清楚，他们结婚以后，不少人来看过，有男的，也有女的，大多数人她都不认识，弼时就一一向她介绍。尤其引起她注意的是，这些人都很警觉，从不打听什么，而且经常有人到外边去观察动静。

"弼时呀，结婚是件大事，总应该请客吧！"

昨天，随着这爽朗的声音，走进来一个潇洒开朗的人，跨进房门就笑着说。任弼时对陈琮英介绍说："这是太雷同志。"

"我叫张太雷，虽然没见过面，可早听说你了，怎么，等弼时等急了吧，好在是现在终于等到了，我祝贺你们！"

没等陈琮英说话，张太雷一连串地说了这么多。陈琮英的脸红红的，低着头说：

"谢谢你！谢谢你！"

"光嘴上说谢谢可不行，得拿出行动来嘛。哎！弼时，我刚才说的话你还没有回答哩，到底请不请客呀！"

任弼时忙说："那当然，那当然。明天中午，我就在对面的饭店里请客，行不行？"

"行啊！行啊！"

"那你想办法帮我把秋白、罗迈、一飞、代英、作民他们都请来。"

"好的，我一定把他们拉来，好好热闹热闹。"

"那就这样定下了，到时候可别让我白等啊！"

张太雷嘴里答应着，在屋里走了一圈，看到房间内只有一张床、一张桌子和一个破书架，别的什么也没有，感慨地说："这里是太寒伧了点。也没有办法，就是这么个条件嘛。是啊，天下还不是我们的，不过，就是将来天下成了我们的，也不能像资产阶级那样花天酒地，只图享受，还得记住今天的苦斗。你说是不是，弼时？"

"对的，将来一定要教育我们的子孙记住这一点，别忘了我们这一代人的艰辛。"

"听到了吧，我的小妹妹，弼时已经想到了子孙哩。"

张太雷对陈琮英开起玩笑，陈琮英脸又红了……

"啊！我来晚了吧。"

任作民一脚跨进门，嘴里大声说。一看只有任弼时和陈琮英坐在桌边，他又笑了。

任作民是任弼时的族兄，陈琮英是认识的，她忙站起身请他坐下。任弼时说："他们还没有来，我们先来了，准备欢迎大家呀！"

"用不着欢迎，我们来了，来祝贺你们的新婚大喜！"

说话的是瞿秋白。和他一起走进来的，是他的爱人杨之华。杨之华走到陈琮英的身边，拉住她的手，边摩娑着，边目不转睛地看着，看得陈琮英有点儿不好意思，忙请杨之华坐下。

杨之华是个活跃的人，坐下后就向陈琮英问这问那，问家里的情况，问她到上海后生活上习惯不习惯，还有什么困难。陈琮英不认识杨之华，但感到她亲切和蔼，心里热乎乎的，只是点头。

随后，张太雷来了，恽代英来了，还有几个人也来了。瞿秋白看看张太雷，意思是开始吧。张太雷也明白，在这样的环境里庆贺结婚，既要热闹，又不能用的时间太长，就压低声音说："任弼时和陈琮英二位结婚，我们向他们祝贺！婚宴现在开始。秋白，你代表大家讲点什么吧？"

瞿秋白抬起右手，把鼻梁上的眼镜轻轻往上推一推，干咳了一声说："我们的新郎和新娘，是从患难中走过来，经过长久的等待才结婚的。过去，他们是一对有情人，而今终成眷属，真是可喜可贺！人生得一知己者足矣！我们都来祝他们永远做一对革命的夫妻，白头偕老，互相帮助，团结前进，为了我们都已认定的目标，奋斗到底！"

"好！"

大家齐声说，接着是一阵掌声。由于杨之华拍得最起劲，人们的目光都集中在她和瞿秋白的身上。

因为，除了陈琮英之外，在场的人都知道，瞿秋白和杨之华就是一对革命的夫妻。杨之华在与包办成婚的丈夫分手之后，就到上海寻求新的生活道路，在上海大学社会学系听课时认识了在党中央宣传部工作并兼任上海大学社会学系主任的瞿秋白。后来，杨之华加入了社会主义青年团，被组织上分在国民党上海执行部妇女部工作。一天，杨之华接到指示，向孙中山先生的顾问鲍罗廷夫妇介绍上海妇女运动的情况，担任翻译的就是瞿秋白。他们第一次合作，就配合默契。杨之华谈得周详而有见地，瞿秋白译得流利、准确。不久，在向警予、瞿秋白的帮助和介绍下，杨之华加入了中国共产党。在互相接触中，杨之华感到了瞿秋白深藏在心底的热情和诚恳，不计名利、甘愿从事平凡而又具体工作的精神；瞿秋白也感到杨之华是一个有着革命理想，既温柔又体贴人的女性。两颗心靠得越来越近，终于在1924年冬天结了婚。在风风雨雨里，他们互爱互敬，互相理解。每天，杨之华从外面回来，瞿秋白总是要询问她一天的工作，谆谆嘱咐她注意安全，讲究方法。瞿秋白患有肺结核

病，经常咳嗽不断。杨之华望着丈夫瘦弱的身影，憔悴的面容，就默默地帮助他整理誊写稿件，并且承担了全部家务。她还买来丈夫喜欢吃的花生米和茴香豆，放在书桌旁，待他深夜饿了时吃一点。她还及时煎好汤药，催着丈夫及时喝下去。他们，确实是互相帮助，团结前进的……

这些，陈琮英还不知道，但瞿秋白讲的话，她听明白了，还有人们对着瞿秋白夫妇的目光，她也看到了。此时，她的心里既幸福又激动。

"同志们，多喝点！"

任弼时端起酒杯，催着其他人。

大家都端起酒杯，杨之华也让陈琮英喝，陈琮英抿了一点，看看坐在身边的任弼时，心想，和他在一起的人都这么好，怪不得他没有变心呢！……

婚宴结束之后，任弼时和陈琮英送走客人，才最后离开饭店，来在大街上。天已经黑了，在这花花绿绿的十里洋场，到处是变换各种色彩的霓虹灯，是耸峙拥挤的高楼大厦，密密麻麻的街巷，如同大山里的峡谷。一些绅士淑女们看到西装革履的任弼时和衣着有些土气的陈琮英，都投来惊异的目光，有的甚至向陈琮英掷去白眼，使她感到浑身不自在。

任弼时原想带着新婚妻子在这大上海的夜色里走一走，可是无意间发现了那些目光和新婚妻子的情绪变化，想说点宽慰的话，又觉得场合不对，便说："你太累了，咱们快回家吧？"

"嗯。"

回到他们那间七平方米的新房里，坐下来之后，任弼时才问陈琮英："刚来到这里，你还不习惯吧？不过不要紧，慢慢就会适应的。"

"不习惯倒没有什么，只要和你在一起就习惯，就是那些白眼让人受不了。"

"不要怕！我们是在这里斗争的，你既然和我结了婚，你也要学会斗争！"

陈琮英两眼看着墙壁，听着任弼时的话，对"斗争"两个字感到很新鲜。不知不觉，她的目光落在悬挂着的照片上。那是他们的结婚合影。她坐在椅子上，任弼时站在旁边，左手扶在她的左肩头，右手放在她的右臂上，多么亲密啊！当时，她让任弼时坐着，她自己站着。按照家乡的习俗，怎么能让丈夫站着而妻子却坐着呢？但任弼时说，男女是平等的，谁站着都一样，你远道赶来，应该坐着。于是，照下了这样一张结婚照。她很喜欢这张照片，便挂在了墙上，为新房增添了喜庆的气氛。

任弼时看到妻子在看照片，心里一动，以商量的口气说：

"琼英，明天就把照片拿下来吧。做我们这种工作的，不能把照片这样挂着，啊？"

望着丈夫坚毅刚强的面孔，陈琼英心里热乎乎的。想到他那句"你也要学会斗争"的话，她心里完全明白了，低声说：

"我马上就把它拿下来。我一定跟你一块学会斗争。

你前面走，我在后面跟着！"

"不，我们是一起朝前走……"

有人说，结婚是爱情的高峰，也是爱情的开始。且不管这句话对不对，任弼时和陈琼英确实是这样的。在这蜜月中的夜里，他们对坐着，互相注视着，没有狂热的接吻，没有长久的拥抱，可是无限话语，都在闪亮的目光中传递了。多像古诗所说的"此时无声胜有声"啊！

为丈夫日夜奔走

1928年11月的上海，冰凉的冷风，宣告了冬天的即将到来。枯黄的落叶，纷扬飘落，一片萧杀景象。陈琮英收拾过房间，目光不由得扫视一下门外，自言自语地说：他现在在哪里呢？快该回来了吧？

她挂念的是丈夫任弼时。这一年的6至7月，中国共产党在莫斯科召开第六次代表大会，制订了反对帝国主义、封建主义，实行土地革命，建立工农民主专政的革命纲领，并且指出党的任务是争取群众，准备暴动。任弼时因留守中央工作没有参加这次会议，仍在会上继续当选为党的中央委员。新当选的总书记向忠发、政治局委员蔡和森及候补委员李立三先期回国，留守工作结束。任弼时根据中共中央的指示，到安徽省委所在地芜湖去视察工作。当时，国民党的势力十分猖獗，中共的很多组织遭到破坏，不少领导干部和党员被杀害。在这样的形势下，去恢复和整顿党的组织，不但任务艰巨，也非常危险。已经成为社会主义青年团员和党的秘密交通的陈琮英，是了解这些情况的，因而时时为丈夫的安全担心。

床上的女儿苏明睡醒了，大声哭起来，她急忙走过去，把孩子抱在怀里，轻轻擦去她眼角的泪水。这是他们的第一个孩子，长得很可爱，白嫩的脸蛋，透着粉红，大大的眼睛，清澈明亮，胖胖的小手，如同藕节一样嫩。她和丈夫都很喜欢女儿。特别是任弼时，不管工作怎么忙，回到家时总是抱一抱，亲一亲，好像这样能减去他的疲劳似的。要是他在家，听到女儿的哭声，肯定抢着要抱，可是他现在还没有回来。

陈琮英轻轻摇晃着怀里的女儿，看着她嫩嫩的小脸，那眉毛、眼睛、鼻子、嘴巴，是像自己呢，还是像任弼时？

她多次看过，也说不清楚。苏明受到爱抚，睁着还盈满泪水的大眼睛，对着妈妈破啼为笑，一双小手又抓又挠。不懂事的孩子啊，哪里知道妈妈心里的焦虑呢？

砰砰砰。有人敲门，敲得很急很响。陈琮英立即判断出这不是任弼时，心猛地一沉，犹豫一下，便抱着苏明走过去，一只手打开了门。门开处，站着一个人，自称是长沙第一纱厂工程师任理卿派来的，说着递上一封信。

任理卿是任弼时的堂叔，两家住在一个院里。任理卿比任弼时大九岁，但两个人的关系极好。陈琮英不但认识任理卿，还看过他和任弼时一起演的文明戏，他演"路透社"记者，任弼时演一个妇女。任理卿曾在上海住过，任弼时的大妹任培月到上海时先住在他家里，陈琮英去看过。

任弼时从苏联回来后，在上海见过他，他还向任弼时提出过参加中国共产党的要求。任弼时对他说，凭你现在的条件和名声，不入党会比入党发挥的作用大。他同意了。

现在，他派人送信来有什么事呢？

陈琮英接过信，把女儿放到床上，便读起来。信写得很简单，说：你的丈夫"病"了，需要治疗，你立即来一趟。

陈琮英读过信，就知道弼时出事了，想问问具体情况，但又不了解送信的是什么人，可靠不可靠，便转而说：

"谢谢你！谢谢你！"

送信人走后，陈琮英立即向党组织作了汇报。党组织的负责人对陈琮英说：

"我们也知道弼时出事了，详情还不清楚，正在设法了解。从任理卿信上写的话来看，他可能知道，你立即到长沙去，根据实际情况，全力营救。我们通知湖南的党组织帮助你。"

陈琮英同意了。

陈琮英抱着一岁多的女儿苏明，急急忙忙赶到上海火车站。已是傍晚，偏偏没有了开往长沙的火车。她抱着女儿在站台上跑来跑去，心里像火燎的一般。

天快黑了，她找车站上的人，说丈夫病了，她要赶快回去，不然就可能见不到了。

那人看到面前这位穿着不起眼的妇女，怀里还抱着个孩子，也动了恻隐之心，指着一列货车说："客车没有了，你要是急，就坐它走吧，只是太冷了。"

"太好了！谢谢您！"

说着，陈琼英看看怀里的女儿，用衣服把孩子包好，就爬上那列拉煤的火车。不能再等了，一分钟也不能再等了！救人要紧。她要救的，是党的一位领导人，是自己尊敬的战友，心爱的丈夫，是孩子慈爱的父亲。只要能争得时间，她什么也不顾了。

初冬的天气，已经十分寒冷了，何况又是在夜间，在飞驰的火车上。四周一片漆黑，模模糊糊的树木、村庄和田野，从两边一掠而过，偶尔几声汽笛呼叫，格外凄凉。

冷风吹来，刺脸砭骨，不一会，手脚就冻僵了。她紧紧地抱着女儿，母女俩互相取暖。苏明开始还哭，后来连哭的气力也没有了，在母亲的怀里不停地抖动。琼英低声对女儿说："孩子，坚持住，咱们要去救你阿爸！"

火车在飞奔，车厢剧烈地摇动，颠起的煤块，不时向母女俩打过来。陈琼英护着苏明，头上和脸上都砸出了一片片鲜血。她不顾自己，抚摸着女儿的一道道伤口，流下了串串泪水，心里却思绪翻滚。革命，确实不容易啊！

她刚到上海时，还是出于对丈夫的信赖。结婚之后，北伐战争就开始了，任弼时号召广大青年参加北伐军，领导青年工人和学生开展策应北伐的罢工罢课斗争，紧张又繁忙。然而，这些工作又只能秘密进行。任弼时有时把胡子蓄得很长，有时又刮得精光；有时穿长袍，有时又换上学生装以迷惑敌人的侦探。

特别令她难以忘怀的，是一年多以前，蒋介石发动四·一二政变，屠杀共产党和倾向共产党的人民，四·一二政变、马日事变的消息不断传来，许多熟悉的同志牺牲了。她是党的秘密交通员，经常要送信给一些秘密联络点，让同志们转移。在那些日子里，她看到任弼时外出得更多，回到家里后，也是沉思默想，忧虑重重。她不止一次地问丈夫怎么啦，任弼时总是说，现在到了历史的岔路口，革命向何处去呢？应该拿起武器，继续坚持斗争，绝不能屈服。可是党内有的领导同志却放弃领导权，不愿开展武装斗争，复杂哪！

一次，任弼时到武汉去参加中共第五次全国代表大会，又在那里主持召开了已经改为共产主义青年团的第四次全国代表大会，当选为团中央书记。回来后，他高兴地对妻子说：

★1946年，任弼时与家人在花园合影

"现在好了，我们党决定单独领导武装斗争了！"

"是吗？早就该这样了！"

陈琮英从自己做地下工作受的气中，也觉得憋得慌，应该有枪，干起来痛快。

"现在我们的力量还小，秘密工作还得做。不论哪一种，都是危险的，都要准备吃苦和牺牲。"

为此，弼时还专门到鄂南指导农民暴动，到湖南考察秋收起义，她和同志们都劝他注意安全，可他总不顾自己。过去都没有出事，这一次却……

火车快到长沙了，陈琮英把女儿抱得更紧，又在心里计划着到长沙后的活动。

陈琮英到达长沙时，正是早晨。熟悉的故乡，以阵阵寒气，迎接了远道归来的女儿。她心情急迫，雇了一辆三轮车，直奔第一纱厂，

陈琮英和任弼时：并肩穿越炼狱

找到任理卿，开口第一句话就问："叔，快告诉我，是怎么回事？"

任理卿把陈琼英母女领回家，让她们吃了饭，才拿出任弼时写的字条，语调沉重地说："弼时被捕了，我赶忙叫你来，就是要和你商量怎样营救他的，应该早想办法。"

陈琼英点点头，心里却想，他是怎样被捕的，怎么还能送出信来？此时的陈琼英，既不是那个童养媳，也不是那个织袜女工，而是一个共产党员，一个机警的女交通员。

任弼时到达芜湖后，一是传达中共"六大"精神，二是处理芜湖市委反对省临委的风潮。他先召集临委的成员开会，传达了"六大"精神，又参加市委会议，找人谈话，了解情况，批评了省临委的工作，并调整人选，处理了个别人。恰在这期间，省临委秘书处、团省委机关先后被破坏，临委秘书长被捕，临委机关不得不转移，任弼时决定到南陵县巡视工作。

任弼时是和团省特委书记林植夫一起到南陵的。他化装成商人，头戴礼帽，身穿咖啡色夹袍，改名胡少甫，住在城关的南美旅社。第二天，他去参加城关地区党团骨干会议。

会议地点在县城西北香油寺古刹。这里一面倚城墙，一面临一条小河，河上有金、银二桥通向香油寺，附近是三国时东吴都督周瑜夫人的衣冠冢小乔墓。下午三时，南陵县党团负责人王德芳领着任弼时和林植夫到达小乔墓。

国民党县党部事先已发觉，暗中派人盯梢，还在金、银桥附近埋伏了卫队。任弼时发觉不妙准备散开时已经晚了，当场被捕。

又过一天的晚上，南陵县法院和国民党县党部进行会审，任弼时说自己是长沙伟伦纸庄学徒，到南陵催账款，顺便去看小乔墓的，其他人也没供出他。敌人没有证据，就以"共党嫌疑分子"之名，把他押往芜湖。

在开往芜湖的船上，任弼时碰到了同乡彭佑亭。他是当年长郡中学的工友，此时正做贩丝线的生意。任弼时也认出了彭佑亭，就趁押解的士兵不备，编了几句话，写在一张纸条上，扔给了彭佑亭，并大声对押解的士兵说："我姓胡，叫胡少甫，是长沙伟伦纸庄的学徒，是来这边收账的……"

富有正义感的彭佑亭，一听到任弼时的话，他就明白了意思，又打听到一些情况，便在中途下船，赶往长沙，把纸条交给任理卿并讲了情况。

陈琮英知道这些，心跳加速了。尽管平时任弼时常向她说，随时有被捕杀头的危险，要她做好思想准备，可是当他真的被捕，她还是感到突然和惊恐。但几年来跟随任弼时的经验，使她很快又镇定了下来。她对任理卿说："我接到你的信就赶来了，您看怎么办呢？"

"你向你们的组织汇报了吗？他们要你怎么办？"

陈琮英虽然知道任理卿思想进步，倾向于共产党，但也不宜把什么都告诉他，就说："汇报过，可是党组织又不能出面，就让我来找您，商量个办法，把他救出来。"

听说是共产党让陈琮英来找自己的，任理卿心里很欣慰，这说明共产党是相信他的。沉思了一会，他说："既然弼时说他是伟伦纸庄的学徒，他的口供也会是这样的，我们要从这方面想办法。你是不是先去和岳云说说，请他应下来，然后才好办。"

陈岳云是陈琮英的堂兄，小时候跟任弼时的父亲上过学，思想开明，支持任弼时的革命行动，任弼时到苏联去学习时就得到过他送的箱子。这次，当琮英找到他，向他说明情况后，他毫不犹豫，一口答应了下来："你放心好了，妹妹，要是有人来查问，我就说培国（任弼时的原名）是纸庄的学徒，到安徽去收款的。"

陈琮英很感动。她知道，这不仅仅是堂兄妹之情，而是人民对共产党的信任啊！但她又考虑到，这样做有可能会招致很大的风险，就说："这样吧，哥哥，这些日子你先到外地去躲避一下，把印章也带走，我再另刻一个，到时候我出面当老板，和他们对质。一旦出了事，你也不会遭到灾祸。"

"不，这时候我怎么能躲开呢？只要能把人救出来，就是有什么灾祸我也不在乎。"陈岳云真诚地说。

陈琮英还是坚持自己的主意："就这样吧，有了祸，反正我也跑不了，何必多牵扯进去一个人呢？"……

在这同时，任理卿又帮助琮英请来了何维道律师。何维道是任理

卿的姐夫，长沙有名的四大律师之一，在各处都有熟人。他表示愿意尽力支持。

把长沙的事情安排好以后，陈琼英将女儿苏明托人照顾，自己陪着何维道律师前往安庆了。

安庆，是安徽省当时的省会。陈琼英与何维道到达这里以后，找到一家旅店住了下来。这时的陈琼英，是以伟伦纸庄东家的面目出现的，穿着打扮都很讲究，何维道的身份则是被聘请的律师。

"我去找找熟人，通过关系，争取把案子从特刑庭转到省法院，这样就好办一些了。你就在旅店里等着吧。"

何维道对陈琼英说。陈琼英则说："我要以东家的名义去探监，见一见他。"

"也好。这样能多知道些情况，不过要多加小心，千万不要让他们看出破绽。"

这一天，陈琼英要了一辆车，来到监狱，见到了任弼时。

此时的任弼时，被押在饮马塘特种刑事法庭的看守所里。看守所有"知"、"过"、"必"、"改"四个囚押犯人的号子，任弼时被关在囚禁政治犯的"知"字号房，他已受过多次审讯。

"你叫什么名字？"

"胡少甫。"

"哪里人？"

"湖南人。"

"什么职业？"

"长沙伟伦纸庄的学徒。"

"到这里来干什么？"

"替老板收账。"

法庭见总是这几句话，又无懈可击，便动用了吊灯、跪铁链子、压杠子、顶砖头等酷刑，把任弼时折磨得死去活来。但从敌人的审问中，他发现这里并没有掌握到什么东西，所以，他一口咬定原来的口供，绝不因为敌人的威胁和利诱而改变。他在心里告诫自己：可怕的不是敌人，而是我们自己意志的不坚强。顶多不过是死嘛！对此，他也作好了思想准备，那就是他入党宣誓时所讲的，为共产主义而献身，直到宝贵的生命。

陈琮英在见到丈夫的一霎那，心里如同刀割的一般。

多少个白天和黑夜，她盼望着和丈夫的相见，却没有想到会在监狱里见面。她看到他的身体很虚弱，头发蓬乱，脸上憔悴，撕得褴褛的衣衫上，透出片片乌黑的血迹。她真想上前去轻轻抚慰一下他的伤口，洗去那些血污，问候一句："还痛吗？"可是却不能。因为旁边就有凶神恶煞的看守在场。她镇定一下自己，转而以东家的口气，弦外有音地大声说："叫你来讨账，你怎么去玩呢，惹出了这么大的麻烦。我是从长沙赶来保释你的！"

从陈琮英走进来，任弼时就注意到了，特别是陈琮英对着看守说的那句"我是长沙伟伦纸庄东家，是来看徒弟胡少甫的"，他听得更清楚，判断陈琮英已知道了他写的纸条，是赶来营救他的，所以，当听到陈琮英的问话，他回道："收完账后，我就到小乔墓去玩一玩，哪想到就被他们错抓来了，说我是什么共党，可又找不到证据，也不放，东家来了就好了！"

"不要着急！店里的人都记挂着你，我还请来一位有名的何律师来为你辩护，你很快就会出来的。"

陈琮英这些话所包含的意思，任弼时当然都听懂了，心里有了数。他又故意问道："可以和东家一起回去吗？我很想念家里的人！"

"看他们还怎么审讯再说吧。"

趁看守不注意，陈琮英压低声音说："组织上已按你的供词作了营救的安排。"

任弼时无声地点点头。他看到妻子疲惫憔悴的脸色，知道她一定在四处奔波，受了很多苦。他也想安慰她几句，想问问女儿的情况，可是在看守的监视下，什么话也不能说呀！他向妻子投去坚毅和信任的目光。这目光里，既有共产党员的刚强，又有领导者的信任，还有丈夫的温情。从这目光中，陈琮英得到了巨大的鼓舞和力量。

何维道律师来到安庆后，通过熟人的关系，设法把任弼时的案子从特刑庭转到了省法院。在开庭审讯时，何维道出庭辩护，谴责南陵

县党部滥捕无辜，要求法庭查核胡少甫的身份，无罪开释。

休庭后，何维道对陈琮英说："这里的事情差不多了，你快回长沙去，说不定他们什么时候会去对质。到时候，你既要沉着镇定，又要理直气壮，一定不能出什么破绽！"

陈琮英也觉得是这样，点点头同意了，说："这里，就全拜托您了！"

又过了些日子，安徽省法院派人到长沙对质了。他们看到，出现在他们面前的，是一位个头不高、派头却十足的女东家。他们很傲慢地问："你是纸庄的什么人？"

"我是东家，还到你们安庆去看过我的徒弟呢。"

陈琮英早已作了准备，不卑不亢地回答。

"胡少甫真是你们店的伙计吗？"

"是的，纸庄的人都可以作证。"

"那他跑到我们南陵去干什么？"

"去收账呀！你们问过胡少甫，我到安庆时也说过。还有我请的何律师，在法庭辩护时不是也说了吗？"

"你们在长沙怎么会到那里去收账？"

"做生意嘛，谁买就卖给谁。不过说来话长，我们纸铺和那里有点关系，所以先给货，后去收的钱。没想到这位徒弟玩心太切，就闹了误会，让你们大冷天跑到这里来。"

来人看到没有什么破绽，就以恶狠狠的口气说："你说的都是真的吗？"

陈琮英看到那些人的模样，心里又好气又好笑，以软中带硬的坚定口气说："那还有假，当然都是真的。"

来人不相信似的，跟着又追问一句："你们纸庄可以担保吗？"

这显然是威吓。陈琮英心想，对你们有什么担保不担保的问题，嘴里却说："一切全由我们纸庄担保，我负全部责任！"

在这坚定的话语面前，来对质的人没有话说了，有个人带头站起身来。陈琮英看到他们要走，就让旁边的人拿些钱来，笑着递过去，说："大冷天的，你们辛苦了！本想请你们喝杯酒暖暖身子，又怕耽误你们的公事，这点小意思，请收下吧，也好在路上买点酒和菜。"

他们犹豫片刻，就接了过去，悻悻地走了。

送走安徽省法院来对质的人，陈琮英顿时感到疲劳极了。她坐在椅子上，刚才沁出的冷汗浸湿了内衣，贴在身上，凉凉的。

这时，任理卿来了，走进门就问：

"没有出什么问题吧。"

"没有。这一关总算应付过去了！"

任理卿看着陈琮英眼睛里闪着异样的光彩。共产党真能

★任弼时和陈琮英在延安窑洞前合影

培养人啊，就是这个童养媳，才出去两年的时间，竟然骗过了法院的那些人，了不起啊！他心里这样想，没有说出口，而是告诉陈琮英：

"我姐夫从安庆来了信，说那边一切进行得很顺利，有希望很快无罪释放出来。"

陈琮英疲倦的脸上露出了笑容，感激地说："多亏了你们帮忙，要不然，还不知会怎么样呢。"

陈岳云也来了，他对陈琮英说：

"妹妹，这些日子真把你累坏了，让你嫂子给你做点饭，吃了好好歇几天。"

"不！我明天就赶回去。"

"这么急呀！你就歇几天嘛！"

有人把苏明抱来了，陈琮英抚摸着女儿，说："真的，我们明天就回上海去！"

房间里，陈琮英一个人坐在桌子边，红肿的泪眼，盯着床上。被子没有叠，几件孩子的衣服整齐地放在枕头边。她久久地看着，心里

★任弼时和陈琮英在去河北平山西柏坡途中

在不停地呼喊："苏明……我的孩子，你……怎么走了呢？你的……阿爸还没有看到你呀……"

陈琮英带着女儿刚回到上海，苏明就病了，先是发烧，小脸红红的，像火炭一样烫人，接着是喘气急促。她忙送到医院，经诊断是肺炎，因风寒所致。

她一听就知道，这风寒是到长沙去的路上受的。那天夜里她就担心过，孩子会冻病的。到长沙后，她就日夜找党组织，找亲戚朋友，又去了一趟安庆，没有时间顾得上好好照料孩子。起初孩子很好，她还暗自庆幸，孩子真经得起折腾，莫非她也像她的爸爸一样坚强。没想到，大人有了希望，孩子却病倒了，而且病得这么厉害。

孩子先是住在家里，陈琮英天天抱她到医院去看病，后来就住进了医院。陈琮英不止一次央求医生，无论如何要治好她的女儿。可和她的希望相反，苏明的病越来越重，最后竟死去了。看着那小小的尸体被拉走，她一颗当母亲的心碎了。回家后，她的泪水还是不断，双眼仍然红肿，像两颗熟透了的桃子。

砰！砰！砰！响起敲门声。

陈琮英前去开门，看到是任弼时回来了，她呆呆地看着丈夫，说不出一句话。

任弼时拖着极为虚弱的身子走进屋内，没见到妻子的笑眼，没见到女儿扬起的小手，便问："咱们的女儿呢？"

听到这问话，陈琮英心中更难受。她猛扑到丈夫怀里，哭得更厉害了，泣不成声地说："我……没有……带好……苏明。"

任弼时没有明白过来，问："苏明怎么啦？"

"她死了。"

"死了！怎么死的？"

"到长沙去的路上受了风寒，回来后得了肺炎，送到医院去没有治好。"

任弼时像被当头击了一棒，顿时蒙了。在回来的路上他还想，到家后一定要好好亲亲女儿，可是她却死了。这个在敌人监狱里没有流过泪的硬汉子，此刻却悲痛地哭了，心颤抖得很厉害。亲爱的孩子啊！你生在这样的年月，小小年纪，没有在阳光下奔跑，没有背起书包走向学校，没有好好梳洗打扮少女的丰姿，就为救爸爸而献出了花朵似的生命！爸爸从事的是为人民解放的伟大事业，却没有能保住自己的女儿，原谅爸爸吧，原谅爸爸吧，我亲爱的孩子！我的小苏明！

"这不怪你，也不怪我，怪这个黑暗的社会！"

任弼时慢慢擦去自己的泪水，轻轻抚摸妻子哭得一耸一耸的瘦削肩头，没有再说别的话。说什么呢？什么也不需要说，她也明白，他们是孩子的父母，但更是党和人民的儿女。难受，是他们的天性；坚强，是他们的性格！

任弼时又一次擦着泪水，看到桌子上有一份油印的材料，就顺手拿起细细看起来，嘴里喃喃地说：

"为了千千万万个孩子，我要赶快投入工作。"

陈琮英关切地说："你刚出来，应该休息休息。"

他抬起头，看看她，温和地说："我在监狱里已休息得够长的了。"

……不久，关向应在中共中央政治局会议上报告说：

为了营救任弼时，国际济难会拨给特费八千元。

囚住他的身，锁住她的心

细雨连绵，连绵细雨，淅淅沥沥地下个没完没了。整个上海市被笼罩在这迷迷蒙蒙的冷雨之中。街上，水沿着路边，几乎流成了小河；檐脚的滴水，落在墙根，发出劈劈叭叭的响声，一夜未停。是雨声的惊扰，还是心中有事睡不着，窗外刚放明，任弼时就折身起来，穿衣下床。

陈琮英想到丈夫夜里睡得很晚，抬头又看见外面正在下雨，就柔声地说："你再多睡一会儿吧。"

"不睡了，还有事呢。"任弼时边洗脸边说。

"我去给你做饭。"

"不用了。"

任弼时边说边放下毛巾，拿起一个冷硬的大饼，又倒了一碗开水，大口地吃起来。

吃过之后，任弼时穿好衣服，将一份文件装进口袋，在窗边站立着。他注目窗外还在飘落的绵绵细雨，先是皱起眉头，接着又露出一丝喜色。在这样的天气里，敌人暗探的盯梢也许会松一点，我们开会可能会安全一些。

他要去参加的，是共青团江苏省委扩大会议。

从安庆回到上海后，任弼时就被派到江苏省委，负责省军委和联络沪西区的工作，后来又代理省委书记，并分工联系沪东区、淞浦区和济难会。今天，他就是以代理省委书记的身份去参加共青团省委扩大会的。

陈琮英看到丈夫要出去，再一次叮嘱说："要注意安全！"

的确，形势很险峻。上个月，由于奸细的告密，彭湃被捕了。这位曾经在海陆丰建立过中国第一个苏维埃政权的农民运动专家，在敌

人的威逼和利诱面前，大义凛然，坚贞不屈，于8月31日被杀害于龙华警备司令部。同时，党组织也遭到严重的破坏，任弼时所负责的江苏省委的工作，也遇到了极大的困难……

陈琮英望望窗外说："这天气！会恐怕开不成了吧。"

任弼时沉思一会，转过头说："不，会一定要开！今天的会很重要，风雨无阻。"

说罢，他拿起一把雨伞，就向门口走去。临出门时，他又转回头来，对着屋里的陈琮英关照说："我中午回来吃饭，下午还要到另一个地方去开会。"

陈琮英答应着来到门口，看到弼时已经走了老远，那疲倦单薄的身形，渐渐消失在茫茫秋雨之中的拐弯处。对此，她已经习惯了。哪一天，她不都是这样恋恋不舍地送他出门，然后又揪着心等他回来。一直到他笑嘻嘻地推开门站到屋里，她的一颗提到喉咙的心才算放了下来。特别是上次被捕之后，她更是这样。但她并不埋怨。因为在丈夫的教育和影响下，她也懂得了要为共产主义的理想奋斗。她把全部爱献给了丈夫，也献给了他所从事的事业！

任弼时走后，陈琮英很快地收拾了一下房间，就提起竹篮出了门。在街上，她很机警，不时地观察着周围的动静。在一家小铺里，她买了十个铜板的面，四个铜板的雪里红，然后才往回走。快到十二点的时候，她已经做好了饭菜，等着丈夫回来。

十二点过了，任弼时没有回来。一点过了，他还没有回来。三点、四点过了，他仍然没有回来。直到晚上，任弼时也没有回来。陈琮英的心里不安起来：是不是出了什么事情？她躺在床上，辗转难眠。

他这个人呀，就是这么个脾气。从敌人的监狱里出来之后，党中央的同志来看望他，嘱咐他要好好休息，他嘴里答应，可没过几天，就急着要求参加工作。在他的一再要求下，中央安排他参加江苏省委的领导。当时的江苏省委，面临着非常复杂的局面，许多地区的工人和农民运动，由于受"左"倾盲动主义的影响，接连遭受挫折，白色恐怖严重。任弼时进入工作之后，整天参加会议，找人谈话，处理各种事情。陈琮英看他实在太累了，劝说道："你刚刚出狱，还没有完全恢复过来，这样下去会累垮的。"

任弼时满不在乎地说："你放心好了。我这个人是属骆驼的，背得越重，走得越远，越有精神。如果停下来，说不定真会垮的。"

陈琮英看到，任弼时虽然被捕过，但为了工作，一点儿也不怕危险。一次，交通员跑来说，浦东来人了，并告诉他，那里还要组织一次新的暴动。任弼时的心里不安起来。前不久，那里举行过一次武装起义，结果失败了。如果再举行，条件成熟吗？能取得胜利吗？他当即冒着危险，到旅馆去找浦东负责人刘晓，详细询问暴动计划和组织上的准备，并找当地农民谈话，了解敌我力量、干部与组织情况等。当天夜里，他又亲自找到旅馆，向刘晓耐心分析浦东组织受到的破坏还没有完全恢复、力量不足以及农民经过上次失败后的畏惧心理等实际，指出在条件还不成熟的时候就发动暴动，无疑是冒险行为，不但不能成功，还会遭到巨大损失。深刻透彻的解说，终于说服刘晓取消了暴动的计划，避免了不应有的损失……

冷风瑟瑟，细雨潇潇。已经深夜了，陈琮英还在等着任弼时归来。有几次，她把风吹门响的声音，当成了任弼时的脚步声。以往，他有时也是这么晚才回来，陈琮英听到脚步响，就立即走过去把门打开，疼爱地说："又是这时候才回来？"

"没办法，会没开完。"

"给你搞点东西吃？"

"算了。"

任弼时说着，揉揉眼睛，倒一杯开水，喝下后就上床睡觉，立即进入梦乡。

陈琮英多希望像以往一样，丈夫这时突然出现在她面前啊！可是却没有。

直到第二天早上，任弼时还是没有回来，也没有音信。陈琮英着急了，赶忙跑到党的机关去打听。李维汉操着浓重的长沙口音，心情沉重地告诉她："弼时同志被捕了。"

"啊！又被捕了？"

陈琮英瘫坐在椅子上，顿时感到身上被雨水打湿的衣服更凉更冷。

李维汉看看陈琮英。他理解这个女人的心情，是替丈夫担惊害

怕，就安慰她说："不要着急，组织上正在设法营救他。"

怎么能不着急呢？陈琮英回到家里，还念叨着：他现在在哪里？他现在在哪里？

任弼时在汇山路巡捕房拘留室里。这是一个大统间，三面墙壁，一面铁栏杆，室内是阴湿的水泥地。他到这里不久，几个洋巡捕和警官就把他带到审讯室内，先是一顿皮鞭、皮鞋雨点似的落在他的身上，然后，他们拿出从任弼时身上搜出的一张月票，得意地狞笑着大声问："还想掩饰吗？哼！招供吧！"

这月票确实是任弼时的，上面贴着他的照片。可是地址却是假的，写的是培德路培德里×号。这是出于地下工作的需要而填的假地址。敌人根据月票去调查，当然找不到这个地方。

看着那张月票，任弼时心里很高兴，这说明敌人没抓到别的证据。

上午，任弼时离开家后，冒雨赶到公共租界的华德路竞业里，团省委扩大会议在此召开。这里靠近杨树浦的工厂区，一幢石库门的二层楼，住着郭亮烈士的遗孀李灿英及四岁儿子郭志成，对外身份是保姆，实际上是共青团省委秘密机关。

任弼时到达后，没发现周围有异常现象就推开石库门。这时，从门后闪出几个暗探，抓住了他。他故意滑倒地上，乘势机警地将带在身上的文件吞进了肚里，同时将一只鞋蹬脱在门口，以提醒后来的人：这里出事了……

任弼时见巡捕没有抓到别的线索，就放心了，坦然地摇摇头，说：

"没有什么可以招供的。"

"我们去查了根本没有这个地方。"

"那个房子被火烧掉了，所以你们找不到，这没有什么奇怪。"

"你……你胡说！"

巡捕话音未落，又一阵皮鞭抽来，打在任弼时的脸上身上，留下一道道血红的印痕。

任弼时神情坦然地站立着，两目炯炯地说：

"我没有胡说，你们可以再去查嘛！"

巡捕没有从月票上找到证据，又是一阵拳打脚踢，打得任弼时鼻口喷血，扑倒在冰冷的水泥地上。

两个彪形大汉走过来，又把他拖到另一个房间，使用了电刑。任弼时感到身上如万箭刺肉，头脑发胀，眼球外突。房屋在摇晃，电灯在旋转，身子像掉进深渊，周围一片黑暗。他咬咬牙告诫自己：周恩来的住址我知道，李维汉的住址我知道，但这是机密，一点也不能告诉敌人……

　　想着想着昏了过去。

　　清醒过来之后，任弼时发觉自己正在潮湿阴暗的单人牢房里，身下是一堆烂草，旁边的便盆散发着难闻的臭味，铁栅栏的门外，狱警的皮鞋响过来，又响过去。透过栅栏，可以看到围墙外教堂顶上的十字架。任弼时觉得浑身疲惫不堪。他想翻翻身子，脊背上疼痛难忍，用手一摸，有鲜红的血。他咬紧牙，使劲翻了个身，侧身躺好后，呼呼喘着粗气。

　　恩来、维汉……他们一定很焦急。他们肯定知道我已经被捕了，说不定正在想办法营救呢。恩来直接领导的中央特科是很有办法的，人员机警，内线又多，救过很多同志，也惩治过不少叛徒。只是千万不要为了救我一个人，使其他同志遭到不幸啊！

　　"弼时，吃饭吧！"

　　依稀中，任弼时听到了妻子的声音。她又受到一次精神打击。这个表面上瘦弱的女人，在关键时刻，竟有着那么惊人的巨大力量！别看她在自己的面前，有时会流泪哭泣，而在危险来临时，却勇敢得如同一只猛狮。就说半年前吧，她走长沙，奔安庆，在法庭派的人面前对质，都凛然不可侵犯。女儿夭折的打击，她也经受住了。多好的妻子！多坚强的女性！

　　他的思绪又飞向遥远的莫斯科，来到了工会大厦的圆柱大厅。缭绕的黑纱，低回的哀乐。列宁安卧在百花丛中，他站在列宁的右肩边上，看着那刚毅的面孔，紧闭的眼睛，翘着的胡子，庄严地举起拳头，默默地向伟大导师宣誓：决心将人类最壮丽的共产主义事业进行到底！此时，这誓言又在他的耳边回响，给他增添了无穷的力量，使他把个人的一切都置之度外……

　　就在任弼时浑身伤痕处于昏迷状态的时候，周恩来领导的中央特科迅速行动起来，很快查清了任弼时被捕的原因。

在此之前，巡捕抓住了上海反帝大同盟党团书记、华侨青年张永和，从他的西服口袋里搜到一个竞业里的地址，就以此为线索前去搜捕，因此逮捕了任弼时，只是嫌疑，没有凭据。随后，即请了上海著名的律师潘震亚进行辩护。

同时，巡捕房派人又一次来到了培德路培德里。这一次，出现在他们面前的，是一所小商人的房子，这是党组织通过内线了解到任弼时的口供后，特意精心布置的。扮作商人的陈琮英早早地守在这里，大大方方地"接待"了前来调查的人。

有了上次在长沙伟伦纸庄对质的经验，陈琮英这一次沉着镇定多了。

"他是你的什么人？"敌人指着月票上的照片问。

陈琮英不慌不忙地回答：

"他是我的丈夫。"

"他到哪里去了？"

"不是被你们抓去了吗？你们为什么要无缘无故地抓他？"

来人避开陈琮英的话，转而又问："你们一直住在这里吗？"

"早就住在这里，一直没有搬过。"

"那上次来为什么没有见到你？"

"房子烧毁了嘛，现在才修好，我才回来，这不是见到了！"

陈琮英见来人没再说什么，就问："我的丈夫什么时候回来？"

"等着吧。"

"我可是请了律师的。"

"哼！"

巡捕没有找到缝隙，又走了……

巡捕找不到任何证据，便把任弼时送进上海西牢，后来才进行了这样的判决：

姓名：彭德生

年龄：25岁，身高5尺6寸

职业：无业

籍贯：江西

住址：无固定住址

案情：危害国家安全。29.11.22判决40天减刑释放，29.12.25

任弼时是圣诞节这天出狱的。他身体极度虚弱，步履艰难地回到家里。陈琮英看到，丈夫的背上有两个拳头大的窟窿，向外流着脓血。她眼含泪水，轻柔地为丈夫作了擦洗。

任弼时听过陈琮英讲述这段时间发生的事情，微笑地看着妻子瘦弱的身躯，为她的成长而高兴：

"我要感谢党的营救，也要感谢你的勇敢和机智呀！"

此店，不欢迎顾客

1930年5月，在武汉法租界附近一条热闹的街上，有一对夫妻租下了一座小楼的楼下，男的是任弼时，女的是陈琮英。

此时，任弼时出去了，只有陈琮英一个人在家里。她依着房门，看大街上熙熙攘攘的人流从眼前涌过来拥过去，感到深不可测。早在来这里的途中，她看到身穿长袍马褂、脚着青布鞋、完全是世家子弟的任弼时站立甲板上，望着滚滚的长江流水沉思，就问："你在想什么？"

任弼时的心情很复杂。他出狱十二天后，就列席中共中央政治局会议，讨论共产国际关于"中国进入到了深刻的全国危机的时期"的指示，决定在湖北举行暴动，并派任弼时到湖北视察。他提出的方案与原来设想的不同，与李立三发生争论。由于形势变化，组成新的湖北省委，任弼时为书记。一路上，他思考的都是怎样开展工作。听到陈琮英的问话，他感到一时也讲不清，就小声说：

"我们的任务很艰巨，那里也很危险！"

陈琮英当然知道，当时的武汉，也处在白色恐怖之中。几天来，她看到各处都贴着捉拿共产党和进步人士的"通辑令"，特务、叛徒活动十分猖獗，夏明翰、向警予就是在这里牺牲的，一个月前，湖北省委常委毛春芳、秘书邓斌遭到杀害，还有一些人被捕或失去联系，下落不明。

眼前的人流里，就有不少鬼头鬼脑的人。但是任弼时不怕，偏偏把住处选择在这里。

任弼时夫妇到武汉后，与贺诚夫妇主持的中央军委长江秘密联络点华中大药房取得联系，省委打算安排他们住在一条僻静的小巷子里，可是任弼时没有同意，他说："那里倒不一定安全，在人多的地方找个住处，钻到敌人的鼻子底下，可能更便于隐蔽，越是热闹地方越能躲过敌人耳目。"

人们觉得他说的有道理，也就同意了……

陈琮英正这样想着，女房东走了过来。她看看面前这位矮小的女房客，感到很好奇：他们怎么只住着，不见做什么事情呢？她来到陈琮英跟前，搭讪地问："你们是做什么的？"

陈琮英看看女房东，心想她可能疑惑了，就按照事先商量好的口径说："我们是画像的。"

"噢！你们是画像的？"

女房东看看屋内，自言自语地说。那口气里，似乎还有些不相信，言下之意是说，既然是画像的，怎么屋子里没有画好的像，连纸笔也没有呢？

正好这时，任弼时回来了，抱着毛笔、画纸和颜料等东西。陈琮英笑嘻嘻地迎上去，接过东西，说："你可买来了，刚才房东还问我们是干什么的呢。"

这机智的话语，任弼时完全听懂了。他看看妻子，把脸转过来，对向女房东，指着纸和笔说："我们不会干别的，靠着画像这点小手艺糊口。这些东西真难买，跑了多天，到过许多地方，也没有买全。"

女房东满有兴趣地看一会，就转身走了。

陈琮英对任弼时使了个眼色："看来还得早点开业呢，不然会引起女房东怀疑的，更躲不过外边的眼睛。"

"对！现在就开始。"

任弼时说着，打开一张宣纸铺在桌子上，又拿出笔和颜料，很快就画了一幅画，画面上是苍劲的松柏，鲜艳的红梅。然后把它挂在屋内的墙上，站在近处看看，退后几步瞧瞧。

欣赏一会之后，任弼时又拿出一张画像纸，开始画起人像来。陈琮英站在旁边看着，心里想到当童养媳时看到的那个图画本，不由得笑了，没想他那时学的画画，现在却派上用场，成了掩护身份的外衣。

任弼时画着，心里也感到有意思。当初学画的时候，只是觉得好

玩，有兴趣。中学快毕业时，有同学说他可以开"画像馆"，以此为职业，养家糊口，他不以为然。没想到，成为职业革命家以后，竟真的开起"画像馆"来了。不过，他的心里还是得意的，毕竟可以用此来掩护，更好地从事革命工作。

这幅人像刚画了一半，他突然想起什么，便放下笔，向妻子交待几句，就走出了房门，汇进那熙熙攘攘的人流。

走在大街上，任弼时对刚才的举动又斟酌了一番，对自己说，画像，是掩护的手段，我可不是来画像的啊！

"弼时同志，你的身体怎么样？"

任弼时第二次出狱后，负责党中央组织工作的周恩来到家中看望他。这位浓眉大眼、英气勃发的领导人见面就亲热地问。

"已经好了，就是需要工作呀！"

"什么已经好了，背上的那两个窟窿才刚刚不流脓呢。"

周恩来看看他，又看看琼英，朗声地笑起来：

"看吧，假言被揭发了。琼英呀，你真是个贤妻良母。"

"不流脓就是好了嘛。恩来，我该干工作了。"弼时忙说。

周恩来打量一会任弼时，口气变得郑重了："弼时同志，我来的目的，一是看望你，二是也想和你谈谈你的工作。"

"太好了！让我干什么，你快说！"

任弼时一听说工作，就来了精神，催促周恩来道。

周恩来笑了："你呀，还是老脾气，这么性急。好吧，我来告诉你，你已两次被捕，特别是这次在上海的被捕，组织上认为你已经暴露了，不宜再在上海工作，中央决定组成新的湖北省委，想让你到武汉去，担任长江局委员、湖北省委书记兼武汉市委书记，你有什么意见？"

任弼时很感激组织的关心，说："中央考虑得很周到，我到武汉去，很快就走。"

周恩来沉默了一会说："那里的白色恐怖也很严重，开展工作，困难不少，你的担子重啊，要有思想准备。"

"请中央放心，我一定尽最大努力去做！"……

任弼时这样走着想着，机警地打量着来往行人和街两旁的店铺。

一切，还这么熟悉。

的确，对这里他并不陌生。两年多以前，他曾在这里工作和生活过。他在武昌小学的礼堂内，参加过中国共产党的第五次全国代表大会，在会议上激昂发言，当面指出陈独秀自动放弃无产阶级在民主革命中的领导权是错误的；他在这里主持召开过中国共产主义青年团第四次全国代表大会，在会上作了报告，确定共产主义青年团的任务是在共产党的领导下，组织工农青年积极参加革命斗争，发展农村土地革命，建立工农武装，促进工农

★任弼时和陈琮英在石家庄

和小资产阶级的联盟，为工农利益而奋斗；在这里，他出席过中共中央紧急会议，起草了团中央《致党中央政治意见书》；在这里，他参加过党中央的紧急会议，宣读了团中央《致党中央政治意见书》，当陈独秀撕毁《意见书》时，他当面批评陈独秀这是"心虚理亏，没有真理"的表现；在这里，他参加过中共中央召开的"八·七"会议，作了支持毛泽东主张的发言；在这里，他和许多人作过长谈，交换对时局的看法；在这里，他一个人走在长江边上，久久踱步凝思……多么惊险而峥嵘的年月，多么艰苦而愉快的生活！而今，当时参加会议的同志，有的献出了宝贵的生命，活着的人，也不在这里。值得欣慰的是，还有一批坚贞不屈的同志在战斗，自己的妻子陈琮英，也是个坚强的女性，是个好助手。

他的思绪又回到了正在面对的现实。武汉三镇的党员不足八十人，江岸铁路工人中只有党员二人，全市只有阳夏、武昌两个区委，而武昌区内的工厂党组织在五月活动中受摧残后，只有几个学校有少数党员，而敌人的防范戒备又十分严，怎样开展好工作呢？任弼时加

★任弼时和陈琮英在石家庄合影

快了脚步。

来到中山路，他朝华中大药店的楼上看了一眼，那盆花正摆在窗台上，才走了进去。

贺诚把任弼时领进室内。见任弼时来了，有人就说：

"你刚住下，就休息几天吧。"

任弼时笑着说："不是休息的时候啊，现在谁能休息呢？咱们江西根据地的同志没有吃的没有穿的，还得整天打仗，他们更艰苦更紧张啊！我们这里好多了。"

"那里怎么样了？"有个人问。

任弼时说："那是一块自由的天地。开始在井冈山，后来井冈山被敌人占了，我们的红军又在赣南、闽西开辟了根据地，比过去的地域更大了。不过，敌人也是时刻准备军事'围剿'，妄想消灭我们。我们在白区做地下工作的人，应该把工作做得更好。"

"那我们应该怎么干呢？"

"马上把党的组织恢复起来，迅速开展工作。"

听到任弼时这话，有个青年问："那我们什么时候开展工作？"

"现在不是已经开始了吗？"

大家相互看看，都笑了起来。

任弼时环顾一下大家，又说："要兢兢业业，埋头苦干，要发动群众，团结大多数，不要唱光杆子戏。"……

时光荏苒，一天又一天过去了。

这一天，任弼时出门后，陈琮英扫完地，把桌子上那张没画好的人像上落下的灰尘扫掉。自从那天画了一半以后，任弼时就再没有拿笔，他也根本不想把它画完，故意放在桌子上让人看到。

这时，女房东又走了进来，看看挂在墙上的那幅画，摸摸桌子上未完成的人像画，奇怪地对陈琮英说："你们怎么既不画像，也不挂牌子，好像根本不打算接待来画像的人似的。"

听了这话，陈琮英心里一动。也是啊，我们来到这里这么长时间了，还没有来画像的人，生意这么冷清，会引起人怀疑的。但她毕竟是一个经过秘密工作锻炼的人，从丈夫的身上，她既学到了共产主义的信仰，也学到了沉着、大胆和机智。于是，她忙解释说："我们才学画，画得还不太好，想过一个时候再挂牌创号，免得先把名声传出去，影响以后的生意。"

"哦，原来是这样！"

尽管房东没有再说什么，但这些也许是无意间说的话，却又一次引起了陈琮英的警惕。她想等丈夫回来，好好和他商量商量。

任弼时回来得很晚，他一走进屋，陈琮英就看到他的脸色很难看，急切地问："你怎么啦？是不是病了？"

任弼时摇摇头，心情沉重地说："又有同志被捕了！"

陈琮英情不自禁地"啊"了一声："是吗？怎么回事！"

刚才，任弼时向中山路的华中大药店走去。远远地，他发现楼上一扇窗子前作暗号的那盆花没有了。他心里一惊：出事了！他连忙改道向别的方向走去。到底出了什么事？有没有同志被捕？他放心不下，找到一个同志那里去打听，才知道去和苏区来人接头的同志被捕了。

任弼时讲了这些情况，陈琮英的心里也很难过。被捕的那位同志她也熟悉。但她还是控制住自己的感情，把女房东来的情形和说的话告诉了任弼时。

妻子的话，引起了丈夫的深思。是啊，我怎么就疏忽了，没有想到这点呢？联想到近日的情况，他的脑海里浮起一个个疑团。

前些天，主持中央工作的李立三发来指标，说是要举行全国总暴动，并确定，南方由李富春负责，长江一带由任弼时负责，准备实现红军在武汉的会师。接到了指示后，他就和负责长江局军事工作的关向应等人商量，许多人对此都有疑虑。

任弼时听了大家的发言后，说："对国民党反动派决不能让步，但也不要轻易发动罢工等斗争，更不能冒冒失失举行暴动，这样干，胃口太大了……"

这些，任弼时当然不好对陈琮英说。这是党的纪律。

他思索一会，沉吟道："看来，如果长期不开业，倒会引起特务暗探的注意。那咱们就把牌子挂出去吧。"

陈琮英点了点头，但又不无担心地问："如果真的来很多画像的人，怎么办？"

"那你就狠狠地要价，他们就不会画了。"

第二天，画像馆的招牌正式挂出来了。一些人看到招牌，就前来画像，还有人来洽谈业务。陈琮英一方面热情接待，一方面按任弼时说的办法，漫天要价。这办法果然很灵，来人看这么贵，又一个个走了。而任弼时，又全副身心地投入党的工作，不但党的组织很快恢复起来，而且有了新的发展……

就这样，这个奇怪的画像馆，安全无恙地存在于敌人眼皮子底下的闹市区。画像馆里的一对夫妻，用四只眼睛、四只手，团结千百双眼睛，千百只手，与邪恶势力进行着无畏的挑战。

周恩来说："只有你做最合适。"

呱呱坠地的哭声，如同一支美妙动听的乐曲，在陈琮英苍白疲倦的脸上，荡漾起一层幸福的笑容。她看着那红嫩嫩的、毛绒绒的小脸蛋，一种做母亲的自豪和喜悦，充盈在心头。又有了一个女儿！任弼时如果在眼前的话，看到孩子不知要有多高兴呢。可惜他到中央苏区去了，七天前才走的。

七天前的那个春夜，温馨而又宁静、甜蜜的气氛弥漫在小小的房间里。往常时候，在这个家里，或是急切的等待，或是小声地交谈，或是忙碌地工作。而这天的晚上，却笼罩了一层淡淡的离愁别绪。恩爱的夫妻，忠诚的伴侣，又要分别了。依依惜别之情，颤动在他们各自的心头。

任弼时很兴奋。就要到中央苏区去了，那里是毛泽东和朱德领导红军创建的根据地，早就让他心向往之。1929年，陈毅从江西来到上海，向中央军事部汇报工作。任弼时虽然没有见到陈毅，没有亲耳听到那些振奋人心的消息，但后来听周恩来说，红四军挺进赣南闽西时，在长汀县的长岭寨，消灭了土著军阀郭凤鸣部两千多人。接着又三打龙岩，消灭了另一个土著军阀陈国辉部三千余人。此后，红军分散发动群众，建立革命政权，开展游击战争，建立起了一大片革命根据地。在和周恩来谈话中，他表示想到那边去看看。现在，他将作为中央政治局派赴中央苏区代表团的负责人前往。早有的愿望就要实现了！

陈琮英虽然也为丈夫高兴，可是心里想得很多。是妻子的温存体贴，是女人的细心周到。尽管那里是一片新的天地，但通向那里的路却十分难走。遥遥途程，山重水复，步步都充满被抓被杀的危险。她在为丈夫担心啊！再说，此一去，不知多长时间，何时才能相逢，谁

也说不准。

　　她盼望和丈夫在一起，同甘苦共患难。她心里很清楚，这是办不到的，中央有指示，只要任弼时一个人去。何况自己马上就要生孩子，经受不住长途的跋涉。她看看丈夫，眼睛湿润，默默地替丈夫收拾着行李。

　　任弼时也没有说话，看着妻子收拾行李的身影。她的肚子隆起，行动迟缓笨重。想到自己不但不能照顾妻子，而且还要远行，心里就隐隐不安起来。在这白色恐怖浓重的城市里，她将会遇到意想不到的困难，生孩子以后的难处将会更多。还有，那些特务、暗探以及叛徒、奸细，随时都会向她伸出血腥的毒手，加害于母亲和即将出生的孩子. 他走到妻子身边，看着她那蓄满泪水的眼睛，深情和蔼地说：

　　"琼英，你不要难过。"

　　陈琼英摇了摇头，眼眶里的泪水纷纷下，没有说出话来。

　　"我走了以后，困难和危险一定很多，你自己要注意保重，也要抚养好孩子。不论遇到什么情况，都要记住，我们是共产党员，沉着冷静地对待。"

　　这深情的话语，是发自内心的嘱咐，是美好诚挚的期望。陈琼英擦擦眼睛，点点头：

　　"嗯！你放心走吧！我……不会有什么事的，你自己也要注意安全，注意身体。"

　　他们紧紧依偎在一起，透过玻璃窗，望着高远的天空，望着闪闪烁烁的繁星。忽然，陈琼英又仰起脸问道：

　　"孩子生下来叫什么呢？你先给起个名字吧。"

　　任弼时想了一下说：

　　"就叫远志吧，不论男孩子还是女孩子，这名字都可以用，因为都要有远大的志向。"

　　"远志！远志！远大的志向。这个名字好，就叫这个名字！"……

　　陈琼英坐在产床上，看着刚出生的女儿，尽管她也知道这孩子什么也听不懂，还是轻声地叫着：

　　"远志，我的好女儿，快长大，我带你去找爸爸！"

114

打开房门，走进屋内的是周恩来。他浓黑的眉毛，睿智的目光，脸上罩着明显的倦容。陈琮英热情地接待了这位她尊敬的领导人和兄长，急忙请他坐，又去泡茶。

"不用了。琮英同志，别麻烦了。我很快就要走的。"

周恩来说着，走到床边，久久地看着躺在床上的远志。远志正在熟睡，红红的小脸放着光彩，小嘴不时地叭哒着，也许正在做什么好梦呢。周恩来看了一会，伸手掖掖盖在孩子身上的小薄被，脸上浮现由衷的笑意。

"她叫什么名字？"

"叫远志。"陈琮英回答道。

"这名字不错，一定是弼时起的。"

"对，是他走之前起的。"

周恩来自言自语地说："远志，远志，远大志向谓也。是啊，人就是要有远大的志向呀！"

陈琮英泡好茶，走到周恩来身边，说："你也这么喜欢孩子吗？"

"孩子是我们的未来，我当然喜欢。我们现在冒着杀头坐牢的危险，就是为了让所有的孩子都能幸福成长，过上安宁的日子嘛！不然，我们的革命就失去了意义。"

"那你和邓大姐怎么不要一个孩子呢？"

周恩来看看陈琮英，有意把话题转移开了："要是弼时在，看到这孩子一定会高兴的。琮英，弼时已到了中央苏区，他在那里一切都很好，你知道了吧？"

"听说了。我就是担心他的身体，你们都一样，工作起来就不要命了。"

周恩来笑了笑。对陈琮英的话，他没有赞成，也没有反对，而是问道："你们母女两个怎么样，还有什么困难吗？因为形势太紧张，不能多来看你们。"

形势不好，陈琮英是知道的，周恩来这么忙，还关心着她和孩子，使她很感激。不过她也看出来了，周恩来好像还有什么重要的事情，就说："我和孩子都很好，请你不用挂心。是有什么任务要交给

我干吧？"

周恩来在屋子里走了几步，眉间紧锁，似在思考，好半天才转过脸，看着陈琮英，说："我先告诉你一个消息，顾顺章被捕了。"

顾顺章是中共中央政治局候补委员，他是在护送张国焘到鄂豫皖苏区后返回经汉口，登台玩杂耍暴露被捕的。

"啊！他被捕了。"

陈琮英的脑海里，立即闪出一个高高胖胖的形象。陈琮英不止一次见过顾顺章。她吃惊地望着周恩来。

周恩来点点头，没有说话。

"你说吧，有什么任务就交给我，我一定完成！是不是要我到监狱里去看他？"

"用不着了，他已经叛变，正领着人破坏我们的机关，抓我们的同志呢！"

在说这话的时候，周恩来的语调和神情里，充满了不可遏制的愤怒和忧虑。

★任弼时和家人及项英的女儿项苏云等在西柏坡

"他可是知道我们的机关和好多同志住处的，要我去通知其他同志转移吗？"

陈琮英知道，顾顺章在党中央机关工作，了解很多机密，他的叛变，威胁太大了，所以着急地请求任务。

顾顺章长期负责中央特科，掌握许多机密。他叛变后，隐蔽在国民党中央组织部调查科的中共党员钱壮飞，连夜派人送信给在上海的中共中央。周恩来在陈云的协助下，当晚就转移干部，搬迁机关，销毁文件，作了周密安排。这些，他当然不能告诉陈琮英，只是摇摇头，走到桌边的凳子旁坐下，说："我们已经采取了紧急措施，该转移的都转移了。现在有一件事，只有你去做最合适。"

说到这里，周恩来停住了，看着陈琮英。

陈琮英听到机关和同志都已转移，松了一口气。又听说有一件事她干最合适，忙问："是什么事？"

"是这样的。向忠发同志一直和杨淑珍住在一起，现在他准备到苏区去，先和我住在一起，让杨淑珍住到沪西旅馆，我们想让你带着孩子去和她一块住。"

在此之前，党组织发现向忠发平时来往人员复杂，就安排陈琮英住在向忠发家里。陈琮英知道杨淑珍原来是个妓女，长期以来和向忠发同居，便问："我的具体任务是什么？"

"第一是负责保护她，不让她和外人接触，免得从她嘴里泄露机密。因为她和向忠发住在一起，知道不少情况，认识不少人。第二，不要让向忠发到她那里去，这一点我已和他说定，假如他去了，你就立即催他走，绝不能停留。第三，多做做杨淑珍的工作，万一出了什么事，她也不至于做出更多坏的事。"

陈琮英从心里佩服周恩来考虑问题的细致、全面，把各方面的情况都想到了。她点点头，说："我都记住了，保证完成任务！"

周恩来很满意，接着说："你刚生过孩子，本不该让你去，可确实又找不到更合适的人，只好委屈你了。琮英呀，那里也很危险，你遇事要大胆冷静，机智沉着，注意安全，带好孩子。"

"是的。我马上就到那里去。"

周恩来站起来，边向外走边说："我请人来帮你搬过去。"

"你和邓大姐也要注意安全呀！"

周恩来可能走得太急，未听到陈琮英的话，连头也没回。

陈琮英站在门口，目送周恩来走远。

黄昏后，陈琮英给女儿远志洗过澡，喂了奶，哄她睡下之后，就打算去看看杨淑珍，和她说说话，免得她一个人闲着没事干闷得慌。

陈琮英刚走出门，正好碰到向忠发。她很奇怪，周恩来说得很清

★任弼时和家人在西柏坡合影

楚，不让他到这里来的，他怎么又来了。陈琼英走过去，小声问向忠发：“你怎么到这里来了？”

向忠发看看陈琼英，大大咧咧地说：“噢！我来看一看。”

“恩来同志知道你来吗？”陈琼英进一步追问。

“不知道。”

“那不行。这里危险，你赶快离开。”

这坚定的语气，激起了向忠发的不满。他是趁周恩来不在家的时候，偷偷跑到旅馆来的。听陈琼英这么说，他不高兴了。

“只待一会儿，就走。”向忠发不顾陈琼英的劝阻，径直朝杨淑珍的房间走去。陈琼英想上前拦住他，又觉得在这种场合会引起别人的注意，只能眼睁睁地看着他走进杨淑珍的房间。

陈琼英回到自己的屋里，看看女儿还在熟睡，她就站在窗口看着外边的行人，观察有没有异样的动静。还好，一切正常。她稍微放了心。

已经到了深夜十二点，向忠发还没有走。陈琼英十分着急，走到杨淑珍住的房间前，敲开门，说：“忠发同志，为了你和其他同志的安全，你必须赶快离开，这里太危险了！”

向忠发坐着，没有走的意思。杨淑珍低着头，也不吭声。作为女人，陈琮英十分理解男人即将远走前的心情，但她还是指着向忠发对杨淑珍说："杨嫂，你必须让他走，不然会出事的呀！"

杨淑珍看一会向忠发，又看看陈琮英，目光里有着不悦之色，好像怪陈琮英多事似的，说："谁不让他走了？我又没有拉住他！"

"你不要管，我明天一早再走。"

陈琮英没有办法了，回到她住的房间，给女儿盖了件衣服，拉灭电灯，靠在窗前的桌子边，两眼凝视着窗外，心里又是焦急，又是难以理解，如同奔涌的江水，一时也不能平静。

向忠发怎么是这么个人呢？他身为党的总书记，却不遵守党的纪律，也听不进别人的劝告，在这样复杂危险的时候，竟然迷着一个女人，什么都不顾了，真不像个男子汉，不像个共产党员！周恩来、张太雷、恽代英、任作民，还有不少她认识的领导同志，都不是这样的人啊！

"假如他去了，你就立即催他离开，绝不要让他在那里停留。"

她又想到周恩来向她交待任务时说的话，怨自己不能把他催走。她真想去找周恩来，让他来想办法。可在这黑天半夜的时候，到哪里去找他呢？何况自己又不知道他住在什么地方。那天，周恩来没有告诉她，她就坚决遵守地下工作的纪律，不去打听。此刻，她只能看着向忠发在这个旅馆里过夜了。

时间一分一秒地向前移动。整整一夜，陈琮英不敢合眼，一会注视旅馆的门口，一会注视杨淑珍的房门。直到天色快明时，向忠发才从杨淑珍的房间里走出来。陈琮英看着他向外边走去，心才稍稍放松了，庆幸这一夜没有出事。

可是不一会，向忠发又回来了，陈琮英忙迎过去，说：

"你怎么还不走？"

向忠发不耐烦地说："我去叫出租汽车了，等车来了就走！"

没想到，向忠发等来的不是出租汽车，是几个荷枪实弹、气势汹汹的人。他被捕了。

原来，这是英商开设的"探勒"汽车行，向忠发到这里租用过轿车，不少人认识他。其中有个叫叶荣生的会计，为了得到奖励，便

陈琮英和任弼时：并肩穿越炼狱

伙同姐夫告了密。向忠发曾在汉阳兵工厂做过工，在武汉码头当过水手，右手的手指断去一截，顾顺章叛变后，把这一特征供了出来……

向忠发被带走了，陈琮英的心情很沉重，站在那里，久久没有动，心里想着应该怎么办。直到传来杨淑珍的哭声，她才向那个房间走去。

房间里杨淑珍正在抹眼泪。她看到陈琮英，一下扑到她的怀里，边哭边说："怪我没有听你的话，没有劝他快走开。"

陈琮英没有时间也不愿去埋怨这个女人，她想到的是敌人不会放过这里，应该作好各种准备，于是，她扶杨淑珍坐下，说："现在后悔也没有用了，还是想想眼前吧。杨嫂，如果我们也被抓去，你千万不要说出在向忠发那里所认识的人。你要记住，说了对你自己也没有好处！"

杨淑珍点点头。从几天的接触中，特别是昨晚陈琮英一次次催向忠发走，使她真正认识了面前这个妇女的身上，有一种闪光的东西：朴实，真诚，靠得住。

事实比陈琮英估计的还要严重。不到中午，向忠发就带领敌人来抓人了。他走到陈琮英面前说：

"你说吧，他们都知道啦！"

陈琮英用鄙夷的目光看着向忠发，"哼"了一声，然后抱起女儿远志，大义凛然地说："走吧！"

陈琮英是抱着不满百日的女儿，和杨淑珍一起走进敌人监狱的。

虽然是第一次被捕，可对陈琮英来说，监狱并不陌生。在安庆的特刑法庭，在外国租界内的西牢，在任弼时愤怒的讲述中，她见过，听说过。那血淋淋的皮鞭，那沾着鲜血的老虎凳，那残酷无情的电刑……都一齐出现在她的眼前。同时出现在她眼前的，还有任弼时不屈的形象，坚强的意志。她在心里默默地对着远方说：弼时，放心吧，我会做一个配得上你的党员，一个配得上你的妻子。

怀中的女儿哭了，她的目光落到女儿圆圆的小脸蛋上，一种母性感情又浮上心头。女儿啊，你来得真不是时候，你的姐姐为了救爸爸而死去，你小小的年纪，难道又要陪着妈妈离开人世吗？多残忍的世道啊！

★任弼时和周恩来等在莫斯科合影。前排左起：孙维世、邓颖超、任弼时、蔡畅。后排左起：周恩来、陈琮英、张梅

走进监狱大门后，陈琮英一眼就认出了关在这里的关向应，她装做没看见似的，照直向前走。她知道，杨淑珍也是认识关向应的，便故意转脸看看杨淑珍，她也没有任何表示。这使陈琮英很有感慨。向忠发、顾顺章这些担负很高领导职务的共产党员，一被捕就叛变了，这个妓女竟然不去告密！

陈琮英母女被关在一间潮湿的牢房里。门紧紧地锁着，铁窗关得严严的，屋内非常黑暗，只有中午的时候，才能射进来些许阳光。门前，持枪的士兵走来走去。到了吃饭的时候，门才打开，送进来一点冷饭剩菜。刚生过孩子，正需要补养身体的陈琮英，看着这样的饭菜就有些恶心。可是她还是强忍着吃下去，是为了自己的身体，也是为了吃奶的孩子。尽管这样，她还是只有很少很少的奶水，远志每每饿得哇哇直哭，招来看守一顿凶恶的吼叫和谩骂。

这一天，陈琮英被带进了审讯室。一个凶神恶煞的人，用恶狠狠的目光扫视着陈琮英，仿佛要从她身上看出什么。

陈琮英用手撩一下额前的头发，坦然地站着。

陈琮英和任弼时：并肩穿越炼狱

"你是干什么的？"

一个声音在问。

陈琮英毫不犹豫地回答："是刚从农村来的。"

"你的男人呢？"

"到外地去了。"

"什么时候回来？"

"不知道。"

敌人见这样审不出名堂，又转而单刀直入地问："你是不是共产党（员）？"

陈琮英很机灵。她假装糊涂，立即用湖南话回答：

"什么当（党）不当（党）的？我家里什么东西都当（党）光啦！好几家当铺我都去过，你们要问哪个当（党）？"……

几次审问，陈琮英都是这样回答，一点也不改口。她听任弼时说过，要坚持一定的口供，不要因敌人的威胁和利诱而轻易改变，宁可牺牲自己，不能牵连他人。此时，她就是按着任弼时所说的去做的。

监狱的人没有想到，一个女人也这么难对付，非常恼火。所以，虽然没有抓到什么证据，还是把这母女俩送进了龙华警备司令部。陈琮英听说过，龙华警备司令部是一个杀人的地方，许多革命者都是在这里被残害的。于是，她作好了最坏的思想准备。

果然，这里更加残酷，除了房子阴暗潮湿以外，还有那多得数不清的臭虫，一到夜间就出来作祟，扰得人睡不了觉，实在困极了睡一会，就被咬得满身都是红疙瘩，又痛又痒。大人都受不了，何况远志这样的孩子呢？开始几天，她被咬得直哭，细皮嫩肉上红一片，紫一片。

臭虫咬在女儿的身上，痛在母亲的心上。陈琮英就成夜成夜地抱着女儿，宁愿让臭虫咬自己一个人。

夜，死一样的寂静。几处微弱的灯光，鬼火似的眨着眼睛。看守的大皮鞋踏在地上的声音，凄厉而可怕。陈琮英怀抱着亲爱的女儿，思绪却飞向那遥远的群山密林。她睁大疲倦的眼睛，透过紧闭的铁窗，猜想丈夫此刻在做什么。是开会研究工作？是在灯下阅读文件和书籍呢？她真恨不得长出翅膀，立刻就飞到他的身边去。可是不能啊！

她被关在这深深的牢房里，只能默默地送去深情的盼望和祝福……

远方，心的呼唤

　　天色微明时分，远远近近的鸡啼声，此起彼伏，响成一片，为叶坪村的早晨，奏响一支清脆嘹亮的乐曲。

　　听到鸡啼，任弼时一折身坐起来，穿衣下了床。"吱呀"一声打开房门，绯红色的霞光和清鲜的空气，随之涌进了屋内。他不由得伸展几下双臂，深深吸一口新鲜的空气，顿时感到特别爽快。

　　任弼时走到门外，抬眼向四处凝望起来。啊，多美的景色！远处的群山，虽已进入初冬季节，苍松翠竹仍然郁郁葱葱，充满勃勃生机，淡淡的薄雾，如同松竹间飞起的烟云，久久不愿散去。近处的村庄，群众和战士已开始走动，房舍间升起的炊烟，带着饭香和菜香。不知从什么地方，隐隐地传来悠扬的歌声：

　　　　高高山上云套云，
　　　　天下穷人心连心。
　　　　星星跟着太阳走，
　　　　穷人跟的是红军！

　　这才是我们自己的地方！任弼时在心里感慨地说。

　　是啊，自打从上海来到这里的第一天起，他就有了这样的印象，随着时间的增长，这印象愈来愈深刻。不论军队还是地方，不论战士还是群众，都士气高昂，情绪饱满，完全和他过去听说的一样，是一个新的天地。

　　一个中年妇女，怀抱着不大的小女孩从路上走过，看样子是母女俩。那位母亲不时地亲着女儿，笑脸在霞光的映照下，闪耀着幸福的光彩，向远处走去。

任弼时久久地看着那母女俩，直至消逝在看不见的地方，心里涌起一种莫名的怅然。琼英和女儿还在敌人的监狱里吗？现在也不知怎么样了。

陈琼英和女儿远志被捕之后，上海的地下党组织就向苏区发了急电。当时，任弼时正在主持一个重要会议。其他同志知道这个不幸的消息，都十分焦灼不安，可任弼时看完电报后，沉默一会，皱皱眉头，继续开会了。可谁又能看见他的心情呢？这个曾经两次坐过国民党监狱的人，深知监狱是

★任弼时与邓颖超、陈琼英、孙维世在莫斯科合影

个怎样危险的地方。他相信陈琼英会是一个坚贞不屈的战士，更相信敌人不会轻易放过她们母女。所以，他全身心投入工作时，还好过一点，只要一闲下来，就会想到妻子和女儿。此刻，他就是触景生情啊！

是啊，已经几个月过去了。他离开上海后，由中央特科交通局安排，先坐海轮到香港，转汕头、潮州，改乘小火轮沿湘江北上，到大埔然后进入闽西，再到瑞金。那时，中央代表团是由他负责的，事情多，事情忙，什么也顾不得想，现在周恩来也来了，他感到肩上的担子轻了许多，所以更加思念狱中的妻女。

太阳升起来了，金灿灿的阳光，涂在山林、农舍、田野和溪水上，闪烁耀眼。薄雾变得更淡了，如同透明的轻纱。

"杀——！杀——！"

任弼时寻声望去，小河边的红军战士正在练刺杀，有的端着步枪，有的拿着木棍。他们练得认真，动作勇猛，喊杀声威武雄壮，如

陈琼英和任弼时：并肩穿越炼狱

猛虎下山，似蛟龙出水。他们就是凭着这些，打败了数倍于己敌人的"围剿"！和他们相比，还有什么想不开的呢？

任弼时使劲摇摇头，信步向前走去，来到队列旁边，又看了一会，对领队的班长说："班长同志，也教教我练刺杀，可以吗？"

那位班长上下打量着面前这个和自己穿着一样的人，比自己也大不了几岁，就爽快地答应了："当然可以。不过，你要想学就得认真地学，绝不能吊儿郎当地闹着玩。"

"是。保证做到！"

任弼时恭恭敬敬地答应着，站到了队列里。那班长是从井冈山下来的老战士，参加过赣南、闽西和几次反"围剿"的许多战斗，刺杀动作勇武利索，要求也很严格。他先做了几个示范动作，把枪掷给任弼时，以命令的口气说："你照着我刚才的动作，做一遍！"

任弼时接过枪，一个一个动作做着。毕竟他缺乏刺杀的基本训练，再加上曾在国民党监狱里受过伤，无论他怎样认真，动作总是不合乎要求。那班长看到任弼时动作做得不准确，又没有力气，就粗声大气地说："哎呀！这样不对，乱弹琴！再重来一遍。"

任弼时口里称"是"，又从头做起，端枪，出枪，刺！他自己也觉得，这枪要比他手中的笔重得多。

那班长还是不满意："像你这样拖泥带水的，还能刺得倒敌人？记住，到了战场上，你刺不倒敌人，敌人就会把你刺倒！"

那班长把枪拿过去，唰唰唰，又做了一遍，那么利索，那么有力，像猛虎下山一般。

"再做一遍！"

任弼时擦擦额头沁出的汗水，又重新练起来。

"怎么搞的，你又不记得了！"

那班长说着走上前，抓住任弼时的两只手，边狠狠地做动作边说："应该这样！应该这样！"

这有力的动作，扯得任弼时的双臂有些痛，喘气也粗了，但他还是坚持挺住，笑着说："哦哦，你说得对，我再多做几遍，我再多做几遍。"

说着，他又反复地练起来，做了一遍再做一遍。不一会，他的动作就熟练准确多了。那班长很高兴，眉开眼笑地拍着任弼时的肩膀说："不错，长进很大，要照这样继续练下去。现在休息一会吧。"

大家席地而坐，任弼时便和战士们交谈起来。他问："我们的第一、二次反'围剿'为什么能取得胜利呢？"

战士们纷纷回答："是毛委员和朱军长的办法好！"

"是他们会指挥，避开强的，专打弱的，一个个地把敌军打垮了。"

"咱们根据地的建设好，群众拥护政府，支持我们军队。"

任弼时听着，不觉心头一愣。战士们原来是这样看的呀！可是前不久，以博古为首的临时中央却给苏区中央局发来指示信，指责毛泽东的政策是一贯"右倾机会主义"，是"富农路线"。苏区中央局便召开会议，按照中央的调子批判了毛泽东，是这种做法不对呢？还是战士们的看法有问题？任弼时望着远处的山峰心想，我是执行临时中央指示信精神的，和战士们的看法怎么这样不同？这可是需要认真弄明白的大问题呀！

任弼时把目光从远处的山峰收回来，心里很不平静。

他想再多听听战士们的具体看法。

这时，一个通信员跑来，对任弼时敬了个礼："报告！会议开始了，首长请您去。"

"好，我就来！"

任弼时一边擦汗一边应道。

那班长忙把通信员拉到一边，问："告诉我，他是什么人？"

通信员说："怎么，你教了他这么久还不认识，他就是组织部长任弼时同志呀！"

那班长摸摸脑袋，涨红脸说："看我这个二愣子！"

任弼时哈哈大笑，走过来拍着班长的肩膀，夸奖说："你不仅是一个好班长，而且是一个好教员！我明天早上还来请你当师傅。你可得像今天一样啊！"

任弼时说完就和通信员一起去了。那班长看他走远了，才憋不住笑出声来。

陈琮英和任弼时：并肩穿越炼狱

★任弼时与陈琮英合影

任弼时开完会回到住处，已是夜间了。他阅读过文件，又怀念起妻子和女儿。窗外山中，传来林涛的轰鸣，天幕上的星星，眨动疲倦的眼睛。灯光下，任弼时的心里有点烦躁不安。瘦弱的琮英和小小的女儿，怎么受得了敌人残酷的折磨呢？

门被敲响，任弼时打开门一看，站在面前的是周恩来，不由惊喜地说："哎呀，你怎么这时候来了？"

两个人的两双手，紧紧地握在了一起。周恩来上下打量着任弼时，首先问道："你离开后，上海就出了事，是我派琮英去和杨淑珍住在一起进行监护的，没想到她和孩子都被捕了。不久，我也离开上海，到共产国际开了一次会，会后就直接到这里来了。琮英……她有什么消息没有？"

任弼时明白周恩来说的消息，是指营救出来没有。他看着周恩来消瘦的面颊，知道他也时时关心着琮英母女，便摇了摇头，说："还没有。"

周恩来用安慰的目光看着任弼时，关切地说："事已至此，你先要保重身体。琮英是个坚强的同志，她会经得起考验的。"

"这一点我相信，她会经得起考验。"

周恩来点点头，转而问："你来这里的时间长，是不是习惯了？"

一说到这个，弼时的情绪顿时高了起来："习惯了，这里才是我们的天下。在长汀我就见到了毛泽东同志，他穿着粗布红军制服，脚踏一双布鞋，虽然比在武汉时更瘦更黑了，但很有精神。还有朱德同志，我是在长汀第一次见到他的。和你过去介绍的一样，老诚持重，朴实可亲。我那次见到他时，他穿的也是红军制服，腰间束着皮带，胸前挂个老望远镜，如果不是这两件东西，简直像个马夫或者炊事员。我从战士们嘴里听到好多关于他的传说。"

"是啊，他是个好同志。"

周恩来感慨地说，仿佛又想到在德国介绍朱德加入中国共产党的情景。

"这里的形势很好。部队正掀起热火朝天的练兵高潮，准备粉碎敌人的再一次'围剿'呢。"

"那太好了！"

周恩来只赞扬了这么一句，又向任弼时介绍了当前国内和国际的形势就告辞了，临出门时，他对任弼时说："不要着急，我们已经给上海党组织发了电报，要他们尽快设法营救，估计琼英很快会有新消息的。"

"谢谢组织和你的关心，为我的事，你费了这么多的精力和时间。"

"这不单是你的事情，也是我们大家的事情，一个好同志被捕了，我们就是要千方百计营救出来。是我交待的任务，我要把她救出来，让她和你团聚。"

说到团聚，任弼时马上想到了邓颖超，便问："颖超同志什么时候来呀！"

"来是要来的，至于什么时候来，我也说不清楚嘛。"

周恩来说完转身走了。

送走周恩来，任弼时回到屋里，把文件看完，还想再读几页书，可是怎么也读不下去，眼前总是浮现妻子和一个模糊不清的女孩的形象。他放下书，走到窗前，看碧空闪烁的繁星，像一双双明亮的眼睛，在对他微笑，默默地传递着无声的语言。

来吧，琼英！

来吧，远志！

任弼时在心里呼唤着，无声地呼唤着。

相聚在春天

闽西的春天，来得很早。刚进入 3 月，大自然就编织出一幅鲜嫩美丽的画卷。青葱青葱的山峰，红艳红艳的野花，碧绿碧绿的田野。泉水叮咚，稻秧拔节，鸟儿鸣唱……多美的景色，多美的天地！

一踏上这块土地，陈琮英的心里顿时觉得分外舒畅，仿佛连空气也清新甘甜。她深深吸一口气，拍拍衣服上的尘屑，四处打量着。也难怪，一个长期生活在白色恐怖之中的人，一路上担惊受怕，晓宿夜行，乍一来到这样的地方，怎能不感到自由、宽阔呢？

年初，她走出国民党的监狱后，就接到党组织要她前往中央苏区的指示，心里高兴极了，恨不得长上双翅，一下子就飞来。可是还有个不满周岁的小女儿远志呢？想了想，她不得不在任作民的弟弟任铭鼎的护送下，将女儿送到湖南，交给任弼时的妈妈抚养，然后转道香港，进入福建，来到了这里。

"前面就进入苏区了。"

交通员指指不远处的长汀城说。

马上就要见到任弼时了！陈琮英的心里一阵激动和紧张。久别胜似新婚。虽然才分别不到一年的时间，但这可不是平平常常的一年啊！她经受过国民党监狱的考验，可以说是死里逃生。在黑洞洞的牢房里，她几乎想到可能再也看不到自己的丈夫了，没想到会在这里重逢，值得庆贺呀！

陈琮英就是怀着这样的心情，拖着疲倦的身子，跨进长汀城内的一座小楼的。她第一眼见到的就是迎上前来的任弼时。

任弼时是几天前到达闽粤赣省委所在地长汀，出席省第二次党代会的。这时，红十二军及独立七师先战败入闽的粤军钟绍奎旅于武平，接着乘胜追击，粤军弃上杭而逃，红军占领上杭、武平。闽粤赣省第二次党代会就是在这捷报声中召开的，任弼时向大会作了政治报告，传达了全苏党代大会决议。因为还要参加福建省第一次工农兵代表大会，所以任弼时还在这里，正好与妻子相逢。

久别相逢。丈夫伸出一双大手，热情地迎接了自己的妻子。他的一双眼睛，打量着陈琮英。这位勇敢的女性，经受了国民党反动派监狱的折磨，又经过一路上的艰苦跋涉，风尘仆仆，面容憔悴，比起一年多之前分别时，显得老了许多。不过，在丈夫的眼睛里，妻子永远是年轻的。

任弼时把陈琮英领到房内，亲切地说："你可来了，受了很多苦吧？"

听到任弼时的问话，陈琮英的心里和鼻子都酸酸的，喉头像被什么堵住了似的，眼眶里蓄满泪水。她只是点点头。

"得知你被捕的消息，我很难过，但没有影响工作，我知道你一定会经受住考验的。"

"我以为再也见不到你了呢。"

陈琮英想到敌人的监狱，眼中的泪水滴落了下来。

"同志们听到你们母女被捕的消息，都很焦急，特别是恩来同志，多次指示上海的党组织设法营救你。他来苏区后，向我说了你的情况，还多次安慰我。"

"恩来同志？他也来了吗？颖超同志来了没有？"陈琮英忙问。

"恩来是去年底来的，只有几个月时间，还是他要你到这里来的呢。颖超同志还没来，听说也要来的。"

"来这里以前，我把女儿远志送到老家去了，请姆妈看着。本想带来让你看看的，怕路上太难走。"

"这样好。姆妈好吗？"

"她还好，就是年龄大了，身体不怎么壮实，再加上培月，真够她受的。"

"培月怎么也在家里？"

任培月是任弼时的大妹，1924年离家到上海，后被送到俄国，在纱厂里做工。任弼时离开上海三个多月后，她和丈夫秦龙一起回到上海，不久夫妇一起被捕入狱。秦龙牺牲后，任培月精神失常，由任理

卿证实身份释放，送到母亲身边养病。

陈琮英讲了这些，任弼时沉默了好大一会，说："这太不幸了！培月还太年轻！"

"是的，不但她自己，连姆妈也受到太大的打击！"

"我又几年没有见到姆妈了，想来她老人家是可以理解的。我们的女儿好吗？"

"远志也好，虽然在监狱里过了几个月，还是很壮实，当时我真担心她会和苏明一样。"

陈琮英说着哽咽起来。

任弼时走到陈琮英面前，深情地说："我们是革命的夫妻，我们的爱情，是融在对党对人民的事业里的。"

多贴心的话啊！陈琮英的泪水又滚落了下来。她看到丈夫更消瘦了，颧骨突出，脸色苍白，显然是劳累和缺乏营养造成的。对丈夫，妻子的眼睛总是格外的敏锐。

陈琮英当然还不知道，任弼时来到中央苏区以后，就参加中央局召开的一次扩大会议，参加筹备在瑞金召开的全国第一次苏维埃代表大会，参加随时准备反对国民党军队"围剿"的大练兵活动，十分紧张忙碌。由于国民党的经济封锁，苏区的生活又非常艰苦，缺少粮食，也缺少盐，每人每天的伙食费只有八分钱大洋，就是这么一点，有时也难以实现。任弼时两次入狱，身体受到严重损伤，过的也是这样的生活。没有菜，他就和战士们一样到竹林里去挖竹笋，用没有盐的白水煮着吃。身体怎么能不更差呢？

陈琮英本来还有好多话要说，但看到任弼时的情形，都没有说出来。她不愿让丈夫再分担那些已经过去了的痛苦。

任弼时参加过在长汀举行的会议，陈琮英就跟随他到了瑞金。当晚，周恩来就赶来看望，未进门就爽朗地说："听说琮英来了，她在哪里？"

任弼时忙说："是恩来来了。"

说着，周恩来进到了屋里，上前握住陈琮英的手，高兴地说："欢迎欢迎，你到底来了！在国民党的监狱里受了不少苦吧？"

陈琮英两只手握住周恩来的手，激动地说："感谢您的关心！感谢党组织的营救！"

周恩来又说："你来到这里，可是很有意义呀！妇女也是我们革命队伍中一支重要的力量，你陈琮英就是其中的一员嘛！"

"可是我什么也不会做。"陈琮英不好意思地说。

周恩来笑了笑，转向任弼时："怎么能这样说呢？她干得很好啊！弼时同志，我看琮英是可靠的，就让她当机要员吧？"

"可以。"任弼时点头同意。

天黑以后，任弼时才回到屋里。陈琮英问道："你吃饭了没有？还要吃什么吗？"

"我已经吃过了。你现在是机要员，忙了一天，一定很累，就先休息吧。"

任弼时关心地对妻子说过，就坐在桌子边，拿起一份文件看起来。陈琮英没有去休息，而是给丈夫倒了一杯水，放在桌子上，然后才回到床边坐下，看着任弼时在出神。

他总是这么忙，白天晚上，从来没有闲着的时候。前段时间，他召开湘赣两省的组织工作会议，亲自作报告，制订措施，加强党的建设。后来，又到兴国、宁都等县去进行调查研究，并帮助那里建立了苏维埃政权，组织赤卫队、青年团、贫农团、工会等组织，回来后就生了病，瘦得可怕。

"你这样下去，身体怎么受得了呢！"陈琮英对他说。

任弼时笑笑说："这是到我们自己的地方了，更要加倍地努力工作和学习，你也应该这样。"……

陈琮英看着想着，就靠在被子上睡着了。她白天工作一天，确实也够累的。任弼时猛然抬头，看到妻子睡熟了，站起身走过去，拿起被子给她盖上，动作很轻，生怕把她惊醒了。

任弼时回到桌边继续看材料。他看着看着，皱紧了眉头。这是一份"肃反"运动的材料，材料上说：据ＡＢ团分子口供，万泰地区的青年组织负责人张爱萍是ＡＢ团青年总部的头头，已经逮捕起来，要进行处理。任弼时感到很吃惊。他认识张爱萍，这个青年人在团中央工作过，四·一二政变后，没有消沉，曾经被捕过，表现得很坚强，怎么会是ＡＢ团的头头？

任弼时衔着那根自制的竹筒烟管，离开椅子，在房间里踱步沉思起来。他不相信张爱萍会是ＡＢ团分子。明天要请中共中央局书记顾作霖到万泰地区去调查一下，决不能凭着敌人的口供，来定我们自己同志的罪行啊！他心想。

夜深了，陈琮英猛地醒来，看到任弼时还坐在桌边，就轻手轻脚走出去，过一会端来两个做熟的鸡蛋，放到桌上，说："刚做的，趁热吃下去吧。"

任弼时抬起头看了看，惊奇地说："是鸡蛋！哪里来的？"

"管哪里来的干什么，你吃就是了。"

陈琮英不想告诉任弼时。她看到丈夫身体不好，又日夜工作，怕长期这样下去身体难以支持，就把自己穿来的几件衣服卖掉，换了一点钱，买来些鸡蛋，打算给丈夫增加点营养。她没有事先告诉丈夫，怕他知道了不同意。

陈琮英越是不说，任弼时越是要问。他的神情严肃了："琮英，你快告诉我，这到底是怎么回事？你是从哪里搞来的鸡蛋？"

看到丈夫这个样子，陈琮英非常理解。多年的共同生活，她摸透了丈夫的脾气：他对党的干部要求十分严格，当发现有的人打下城市之后大吃大喝，挥霍浪费，就立即严厉地给予制止。他个人也是这样，坚持和普通战士吃一样的饭菜，从不因职务高或身体不好而特殊。对今天的鸡蛋，他当然不会放过。于是，便把卖衣服买鸡蛋的事对他说了。

任弼时心里很激动。他看着身体也很瘦弱的妻子，仿佛看到了那颗善良的心。他又想到了长沙，她把做童工得到的铜板交到自己的手里，她个人则舍不得花；他又想到上海，她把有限的生活费精打细算，保证自己的健康，她自己则舍不得吃，舍不得喝……这就是他亲爱的无私的妻子呀！

他激动地握住妻子的手，要和她一起分吃这两个做熟的鸡蛋，说："我这就放心了！那我们两人一起吃！"

"你吃吧，我不吃！"

"你不吃，我也不吃。"

"你比我累，也比我的担子重，还是你吃吧。"

"你也够累的，要吃咱们一起吃！"

陈琮英只好答应了，她看着任弼时吃下去一个，便把另一个端回了房里。

"以后不要再这样了，大家都苦呀！"

陈琮英走回来说："时间很晚了，明天再看吧。"

"我再看一会。现在'肃反'出现了扩大化，有许多同志无辜地受到迫害。我是苏区中央局的组织部长，有责任把情况弄清楚，有责任保护党的干部！"

"弼时，我的入党通过了！"

陈琮英见到任弼时，就高兴地说，脸上洋溢着抑制不住的喜悦和笑容。

"太好了，我祝贺你，祝贺你也成为了一名中国共产党的党员！"任弼时握住陈琮英的手，深情地看着妻子红润的面庞。

陈琮英也看着任弼时，想把心里的话全都告诉丈夫，可又不知从何说起。因为她的心还处在激动之中。

刚才，她参加了入党宣誓会。会场设在一间不大的屋子里，正面墙上挂着一面很小的党旗，跟着入党介绍人，她一句一句读誓词："牺牲个人，服从组织，严守秘密，永不叛党……"在那一瞬间，她的头脑中闪过周恩来、任弼时、张太雷、恽代英等她所熟悉的人的形象，还闪过顾顺章、向忠发等叛徒的嘴脸，在心里默默地对自己说：我要做周恩来他们那样的共产党员，为实现共产主义而奋斗一生……

她的这种心境，任弼时仿佛看到了，他为自己的妻子而高兴。一个童养媳，一个纺织女工，成长为坚定的战士，多么不容易啊！他记起琮英来到苏区后，就提出了入党的问题，他赞扬和支持妻子的要求，告诉她，这个要求很好，应该向党组织申请。陈琮英这样做了，并且得到了批准，作为丈夫，他也感到自豪啊！

"琮英同志，从今天起，你就是一名共产党员了，我们既是夫妻，又是同志和战友，我们要做党的好儿女！"

"你看我够吗？"陈琮英抬起脸，看着任弼时的眼睛。

"够的。你已经经受住了考验，尤其是在上海的监狱里，你顽强

不屈，没有吐露一点机密，这是很好的。毛泽东、周恩来、朱德同志都赞扬你是个了不起的女同志！"

"那我今后怎么做呢。"

"要做个邓颖超同志那样的人。"

说到邓颖超，陈琼英心中的敬佩之情油然而生。她在上海就认识了邓颖超，来到苏区不久，邓颖超也来了，和她住在一幢小楼里。别看她比邓颖超大两岁，可邓颖超却像大姐姐一样细心地关照她，经常问寒问暖，关怀体贴，使她非常感激，无形中把她当成了榜样，现在听到丈夫要求自己做个邓颖超那样的人，就忙说："我可做不到呀！和她比起来，我差得太远了。"

"那就向她学习嘛！"

"对，我要向她学习！"

"我们都要像恩来和颖超同志那样，做一对恩爱的革命夫妻。"

陈琼英听说过，周恩来和邓颖超这一对恩爱的夫妻，是在学生运动中相识，在革命风暴中相爱而结婚的。1919年的五·四运动，掀开了他们爱情历史的最初篇章。那时，周恩来是天津学生联合会《会报》的主编，邓颖超是女界爱国同志会讲演队的队长和学生联合会的讲演部长。以后，天津女界爱国同志会中的学生组织和天津学生联合会合并，成立了一个新的团体"觉悟社"，他们两个都是这个社的中坚成员。1920年1月，周恩来等人因要求启封被查禁的天津各界联合会和学生联合会，释放被捕的代表，举行游行示威，也遭到逮捕。邓颖超等代表找到警察厅去，要求替换周恩来等人坐牢。周恩来到法国和德国勤工俭学时，同邓颖超书信往来，结下了战斗的友谊和爱情。1925年邓颖超赶到广州结婚时，周恩来连去迎接的时间也没有，派去的陈赓拿着照片也没有认出来，是她自己找到旅馆的。1927年，周恩来在上海领导工人举行武装起义时，邓颖超则在广州生下了他们的第一个孩子。

这个孩子因难产窒息而夭折。7月，他们又在武汉分别，周恩来受党中央委托去组织领导南昌起义，邓颖超则在白色恐怖下坚持斗争。他们也是为革命东奔西走，经常离别，但他们的爱情却是坚贞不渝的！

"是的，我们要做他们那样的夫妻！"

陈琮英说着，站到了任弼时的身边。任弼时伸出一只手臂，揽着陈琮英的肩头。他们两双明亮的目光，同时凝视着窗外高高的山峰。

那里，青松挺拔，翠竹劲节，两只雄鹰在盘旋奋飞。

轻风，送来了激越的歌声：

工农齐奋斗，
消灭白匪军。
革命得胜利，
世界尽大同……

李贞和甘泗淇：
少将妻子上将丈夫

心情复杂的党校学习

　　1933年的秋天，沐浴无边的金风，顶着灿烂的阳光，李贞来到了瑞金。

　　瑞金，是李贞早就听说的地方。这里是党中央的所在地，是红色的首都。她所在的湘赣省，就属于这里领导。有多少次，从这里发出的命令和指示，变成他们的行动；他们所做的一切，也都向这里报告，有一些领导人，也是从这里派去的。对这里，李贞有一种神秘感和神圣感，能到这里来学习，她心中还是高兴的。

　　最初接到省委关于让她到瑞金中央党校学习的命令时，李贞说不清心里是什么样的滋味。她希望有这样的机会。从小就当童养媳，没有上过学，开始连自己的名字也不会写，后来参加革命，不管是在游击队还是在省委，想学习没有时间，而工作实践又使她感到文化的重要。现在能脱离工作专门来学习，是一件多么好的事！

　　李贞还有一个说不出的想法，那就是"肃反"扩大化在心头和情感上留下的创伤。在理智上、行动上，她能忍受这种创伤，努力做好担负的工作，有时甚至是用工作排解苦恼；但在感情上，常常难以控制。离开这里一段时间，分散一下注意力，可能会更好一些。所以，听说到中央党校学习，她什么话也没说，就连夜准备，渡过赣江，来到了瑞金的中央党校。中央党校，即是马克思共产主义学校，开始时的校长是毛泽东，这时已改由张闻天兼任。学校设有高级班和青年班，李贞被分在高级班里。和她一起在这个班的，还有贺怡。

　　开学了。来自各单位的学员们，像小学生一样，投入到紧张的学习之中，讲课的教员，都是一些领导人，如董必武、徐特立、邓颖超、杨尚昆等。李贞和其他人一起，认真地听讲。有些她听得懂，有的则不大懂，课后就向贺怡等同学请教。

李贞和甘泗淇：少将妻子上将丈夫

这一天，毛泽东来了，他也是来讲课的。几年前，在萍乡的群众大会上，在醴陵召开的湘东特委会上，李贞见过毛泽东，所以这次见他来讲课感到很亲切。她看到，和几年前相比，毛泽东还是那么瘦，头发还是那么长，讲起话来，还是不时打着手势。这一次，毛泽东既没讲党的建设，也没有讲军事斗争，而是讲的调查研究和经济工作。李贞听着，既觉得讲得通俗易懂，又觉得不大理解，她当然不知道，两年前毛泽东被撤消党内的领导职务，一年前，又被撤消了在红军中的领导职务，此时只是苏维埃中央政府主席，搞的是农村建设工作，除此之外，他不好讲别的。

毛泽东讲完课后，专门看望了贺怡，询问了生活和学习的情况，当听说李贞是湘赣省委送来的，便问起了湘赣的一些人和情况，李贞一一回答了。毛泽东只是听，什么也没有说，听完就走了。

贺怡是贺子珍的妹妹，是毛泽覃的妻子。因为他们就是永新县城的人，因此，李贞不但知道他们和毛泽东的关系，还知道贺子珍、贺怡家的不少事情，诸如贺子珍和她的哥哥贺敏学、妹妹贺怡，怎样闹学潮，怎样被父母锁在楼上，怎样从天窗里逃出参加革命活动，成为永新县的第一任妇女部长。

毛泽东走后，李贞和贺怡说起话来。她们正说着话，有人喊道："开饭了！"

学生们都向伙房走去。他们早就饿了。原先，每人每天的定量是一斤粮食，这数量本来就不够，可是前线粮食紧张，学校就号召大家节约粮食支援前线，这样就更不够吃了。做干饭时，就用蒲草编成饭包子蒸饭，每人一份，学员们称之为"小包饭"，每包只有几两米，怎能吃饱呢？因此不到时间就饿了，一听说开饭，便都朝伙房拥去。

李贞和贺怡领回她们各人的"小包饭"，在一棵树底下坐下来，她们还没有开始吃，有的饭量大的男同学就狼吞虎咽地吃完了，对着蒲草包出神。

看到这情景，李贞碰了碰贺怡，说："走，给他们一点去。"

贺怡开始没懂李贞的意思，明白过来后，说："好！"

她们两个走到男同学面前，要将自己的"小包饭"分一部分给他们。在李贞、贺怡她们两人的带动下，一些女同学都要把自己的饭让一些给男同学。男同学们不好意思，推让着说："你们也是不够吃的嘛。"

"我吃不下这么多。"李贞说着假话。

"你们支援前线，我们支援你们。"贺怡也说。

"是啊，前线也够苦的了！"那个男同学说。

一说到前线，人们都沉默了。他们都是从地方和红军中来的领导干部，时时关注和了解前线的情况。就在他们入党校学习不久，国民党军队就出动50万大军，采取堡垒主义的作战方法，向中央根据地进行了第五次"围剿"。从前线传来的消息，都不那么好。一次次战斗失利了，一块块地盘丢掉了。这使他们很难受，根据地和军队，可都是用战斗用鲜血换来的啊！

"同学们，我们现在的任务是学习，学好了，回去就能带领群众和军队多打胜仗，扩大根据地。"李贞这样说。

不过，李贞自己也感到，她这些话显得很无力。

人们慢慢地吃完饭，向各自住的屋里走去。

强者也有眼泪

离开名叫猪窝的小村子，湘赣军区红军学校的500多名学员，继续向井冈山前进。

李贞走在行军的队列里。在瑞金中央党校学习结束后，她先在吉安县委当军事部长兼赤卫队政委，后又调到湘赣军区红军学校任政治部主任。这次，随学员一起行动。

在此之前，红十七师五十一团三营，在永新城东北的松山108阵地，连续打退敌人的5次进攻，但并没有改变整个被动局面。这次战斗后，敌人向湘赣根据地的中心永新进行紧缩包围。湘赣省委、省苏维埃政府、省军区领导机关被迫迁到永新东南方向的牛田山区。为了突破敌人的"围剿"，湘赣省委计划实行战略转移，恢复井冈山根据地，并以此为依托，游击赣西南和湘南，所以派红十七师四十九团开赴井冈山，一星期后又派红军学校全体学员前去增援。

7月的太阳，毒辣辣地照着，学员们浑身的衣服都湿透了，行军的速度越来越慢。李贞也不像以往，脚步迈得不大，而且显得有些沉重，看得出来，她的心里也很沉重。

的确，李贞的心里不轻松，思绪总摆脱不了刚才在猪窝村召开的会议。

当学员们经过几天的边走边打到达猪窝村时，就断粮了，想到村里去弄些粮食，但老百姓都跑光了。这时，派出的侦察员回来报告说，敌人的正规部队增援井冈山，占领了黄洋界、桐木岭、茨坪等险要地方，进到井冈山的红四十九团已不知去向。

形势严峻，红军学校政委贺志高、副校长谭家述、政治部主任李贞立即召开紧急会议，分析敌情，确定行动方向。

这是一次极简单的会议。一开始，李贞就说出了她的看法："既然

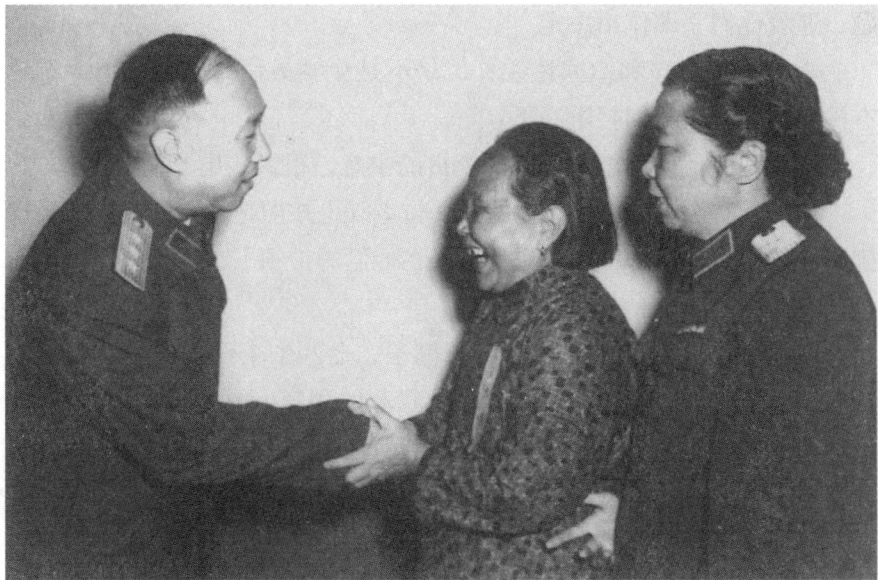

★李贞将军与丈夫甘泗淇上将一起会见黄继光的母亲

井冈山已有强敌占据，红四十九团又不知去向，我们就应该返回永新。如果我们冒然到那里去，不被敌人打垮，也会被敌人拖垮。"

"军区命令我们去增援井冈山，我们应该继续前进，半路退回去怎么向军区交待。"贺志高说。

谭家述沉思一会，说："我们还是到井冈山去，可以绕道遂川回永新，沿途还能收集失散的红军战士和伤员。"

李贞一听说收集失散的红军战士和伤员，觉得贺志高和谭家述的意见也有道理，就同意了。在会议上，她同意了大家的意见，可心里又犯嘀咕：路上还会遇到什么情况？能进得去井冈山吗？

李贞想得不错，行军更困难了。沿途都有敌人的严密封锁和残酷屠杀。为了避开敌人，他们不得不离开大路，转入崎岖的山间小路。攀过深谷陡壁，踏过丛生的荆棘，学员们经过两天的艰难行军，终于到达遂川的荆竹山。

这里，显然已被敌人洗劫过。到处是残垣断壁，到处是瓦砾碎片，几乎没有一间完整的房子，也见不到一个人，老百姓都躲藏到深山老林中去了。弄不到一点粮食，人人都空着肚子，这样能坚持多久？把这些学员带到哪里去？又成了摆在红军学校领导们面前的大问

李贞和甘泗淇：少将妻子上将丈夫

题，逼着他们立即作出决定。

李贞对贺志高和谭家述说："是不是让学员们分头找一下，看看有没有群众，向他们打听一下。"

这一回，他们两个完全赞同李贞的主意，很快传出了命令。

果然，有个学员在山洞里找到一位老汉，按照他指点的方向，又找到酃县苏维埃政府的三个工作人员，在他们的带领下，来到一个深山坳里红军的驻地。

说是驻地，其实就是几间破竹棚子，七八十个伤病员挤在一起。棚子里面什么也没有，只铺着一层薄薄的稻草，沾满血汗。棚外地上，石头支起的锅里，煮的全是野菜和草根，这说明他们也已断粮。李贞看着这些，心里酸酸的，泪水在眼眶里打转。

见到来了自己人，伤病员们一齐围过来，大声说："这可好了！"

贺志高问："你们都是哪个单位的？"

"四十九团的。"有个伤员说。

"四十九团的其他人呢？"谭家述问。

另一个伤员说："我们打井冈山失利，他们撤回永新牛田了。"

又一个伤员说："因为我们受伤不能行动，就留在这里养伤。"

李贞听着，心想，这里哪有一点养伤的条件啊！想着泪水禁不住流了下来。她赶忙转过身，擦干了眼睛。要不然，他们又该说她婆婆妈妈了。

这时，一个伤势较轻的伤员说："我的伤不重，让我和你们一起走吧。"

贺志高、谭家述和李贞的心都猛地一震：按说，应该把这些伤病员带走，可是，他们的人数太多，眼下的环境又太恶劣，如果带上他们，不但他们走不出去，就是那500多名学员，也可能受牵累而遭到不幸。可又怎么回答他们的要求呢？

沉默。大家你看看我，我看看你，谁也不愿说话。这时，李贞看到贺志高给她使了一个眼色，那意思是说，你给他们讲讲吧。

李贞凝思了一会，才说："同志们，你们辛苦了！我们也想和你们一起走，可是路太远，还要打仗，弄不好，我们谁也走不出去。你们暂时再留在这里忍耐一段时间，我们回去向领导反映，派人来接你们。好不好？"

人群里有悄悄的议论声，马上又平静了，通情达理的伤病员们，完全理解李贞的苦衷，看看时机到了，谭家述命令学员们留下一些钱和衣物，然后迅速向鄘县方向前进。

离开伤病员后，贺志高对李贞说："在猪窝村时，应该听你的意见撤回去。"

李贞抬手擦擦汗湿的前额，小声说："现在什么也别提了，快走吧，早一点回到军区比什么都好！"

山连着山，峰连着峰，红六军团的官兵们头顶烈日，昼夜穿行在谷与峰之间。一个多月了，天天都是这样。大自然的艰难本来就够多的了，何况前边有敌人堵截，后边有敌人追击呢！

这时的李贞，是红六军团政治部组织部长。一路上，她了解情况，统计伤亡数字，参加会议，行军路上做宣传鼓动和收容伤员的工作。几乎每天都是最先出发最后宿营，其紧张忙碌和劳累，就可想而知了。即使这样，她也高兴，能够随部队撤离，是她经过努力争取到的，也是一种幸运。

李贞和红军学校的学员们从井冈山回到牛田时，就听到了要转移的消息。一天，她开完会遇到一位军团领导，这位领导含意深长地拍了一下她的肩膀说："李贞，女同志打仗很辛苦！""我随军作战这么多年了，你今天才知道我是女同志呀？"李贞说。

那位领导笑笑，没有说什么。

李贞从那位领导的神色里看到他话中有话，连忙追问："到底是怎么回事啊！"

"也没有什么。"那位领导遮遮掩掩。

"不对！"李贞说："一定有什么事，快告诉我！"

"是这样的，"那位领导说，"组织上打算把你留下来。"

"这是为什么？"李贞急了。

那位领导说："你的妹妹不是快要生孩子了吗，留下你照顾她。"

李贞说："那不行！请你同意我跟部队转移！"

"我同意也不算呀！"领导说。

回到住地，李贞越想越不能留下，就赶快去找中央代表、军政委员会主席任弼时。她进门就问："弼时同志你说说，当前是打仗重要，还是照顾妹妹生孩子重要？"

"当然是打仗重要。"任弼时笑着说。

"既然如此，"李贞说，"那就不要把我留下，应该让我继续随部队转移，行军打仗。"

任弼时磕磕烟斗，说："你讲得有道理，那就满足你的要求，和部队一起撤离吧！"……红六军团是1934年8月7日突围离开湘赣根据地踏上西进征途的。3天之后到达桂东县的寨前圩，在那里召开庆祝突围胜利和誓师大会，中央代表任弼时正式宣布成立红六军团领导机关。就是这时，李贞被任命为组织部长。

部队突围后，全军团共有13个女同志，为了行动方便，也便于照顾，都集中到了军团政治部，他们中有的没结婚，有的结了婚。即使结了婚的女同志，也不能和丈夫在一起。李贞觉得自己也是女的，又是组织部长，就主动地多做一些工作，了解她们的困难和问题，及时帮助解决。女人和女人之间，说起话来总是方便得多嘛。

李贞到几个单位了解情况后，又回到了政治部的行列，和几个女同志走到了一起，笑哈哈地问道："姐妹们，怎么样呀！"

一个女的走路歪歪扭扭，还是笑着指了指脚，说："就它不争气，那些血泡呀，紫葡萄似的，快熟透了。"

"晚上住下来，用热水烫一烫，再用针挑开，就好了。"李贞边走边说。

一个年岁稍大些的女同志，接过话头说："苦没有什么，可就是见不上老公，不知他怎么样了，让人担心得不行咯！"

这句话，引来一阵笑声，那位女同志瞪了人们一眼："笑啥子，就是嘛。"

"你又想老公了。"有人说。

"你不想呀！别嘴上说不想，心里想得比谁都厉害。"那位女的毫不相让。

李贞望着姐妹们，感慨颇多。是啊，女人比男人多一层心事，也多一种痛苦。这些结了婚的女同志，一年和丈夫见不了几面，却天天为丈夫的安全担心，只能以说笑排解心中的惦念。早上出发的时候，说："今天能不能见到老公哟！"到了宿营地，就互相询问："碰到老公没有？"有两位老大姐，虽然能和丈夫走在一起，可痛苦丝毫不比别人少。陈琼英离开湘赣时，在丈夫任弼时的劝说下，忍痛将3个月的儿子托付给老乡。戚元德是怀着孕上路的，身体又不好，只得骑在丈夫吴德峰的马上，而吴德峰就在后面抓住马尾巴走。即使这样，拖着笨重的身子行军，也是难受的……

这样想着，李贞的目光又扫了一遍在场的女同志，突然发现了张吉兰。她是突围前调到军团政治部的，丈夫在一个团里工作。这个坚强的女人，上路不久就发疟疾，瘦得皮包骨。她拄着一根棍子，缓慢地走着，一步一步，十分吃力。李贞急忙走过去，伸手扶住她，说："吉兰，实在支持不住就坐下歇歇吧。"

"能行！"张吉兰说："我不能拖累大家。"

李贞的心里很难受。几年前，她组织妇女们做军鞋，领着人送军鞋，身体多么强壮，如今被疾病折磨成这个样子，简直像个纸人似的，好像风大一点就能把她吹倒。李贞很想帮助她，可在这样的地方，除了宽慰和鼓励的话以外，她能帮她做什么呢？

这时，军团政治部副主任袁任远走了过来，身后跟着警卫员，牵着一匹马，他大声说："你们这里出了什么事呀，远远就听到了说笑声！"

"她实在走不动了。"李贞指指张吉兰，对袁任远说。

袁任远来到跟前，看看张吉兰，又看看其他女同志，转身对警卫员说："小鬼，把马牵过来，让张吉兰同志骑上。"

张吉兰急忙摆手，连声说："不行不行，我自己能走！"

"看你病成这个样子，还怎么走？快骑马吧！"袁任远催促道。

李贞说："快骑上马走吧！"

周雪林走上前，夺过张吉兰手中的棍子，着急地说："别再逞强了！你骑上马，我们也好走快一点嘛！"

陈罗英也走过去，和周雪林一起，硬把张吉兰扶上了马。

张吉兰骑上马，对周雪林说："小周，听人说广西的猴子都会骑马，你看我像不像猴子？"真调皮，病得快要死了，还开玩笑呢。李

贞想这样说，可话还没说出口，看到了路边几具尸体，便把到嘴边的话咽了回去。西征以来，行军作战，饥饿疲病，不少人倒下就站不起来了，让人不忍心看，尤其女同志，看了总要抹眼泪。她想尽快让女同志走过去，就说："快点走吧，前边的战斗可能已经结束了。"是的，走在前边的部队，与拦阻的敌人发生了战斗。等政治部的人走到时，路边堆的尸体更多，有红军战士的，也有敌人的。人们停下来，帮助掩埋尸体，张吉兰也挣扎着参加了。

突然，"哇"的一声惨叫，把人们惊住了。大家回头一看，是张吉兰。她将一具尸体的衣服扒开，颤抖的双手在伤口上不停地抚摸着。原来，那是她丈夫的尸体。

大家沉默了，所有的女同志都抹着眼泪。李贞的泪水也在眼里打转。他们是一对恩爱的夫妻，一起劳动，一起参加革命，又一起西征，他现在却永远倒下了，她怎么能不哀痛呢？

张吉兰还在哭。李贞、周雪林等人站在她的身边，不停地劝说。过了好长时间，张吉兰才止住哭，拿出一条夹被，轻轻地给丈夫盖上，又仔细擦去他脸上的血迹，蒙上一块手绢，一步一回头地离开了。可没走多远，她又跑去，从衣兜里掏出一把牙刷，放在丈夫的脸旁，说："他的牙有毛病，不刷怎么行啊！"

李贞看着陈罗英把张吉兰扶上马走远了，才和周雪林一起回去掩埋了张吉兰丈夫的尸体。

她们谁也没说一句话。李贞望着远处的山峰和近处行进的女同志，心里不停地翻动着。女人啊，比男人要受更多的苦！

媒人，深夜来访

南腰界，背依高山，有一百多户人家。在山区里，这要算是一个大村子了。看到红军来了，纷纷站在家门口观看。因为贺龙率领的红二军团已在这里活动了一段时间，老百姓熟悉了红军，不但不再害怕，反而热情欢迎。

正是下午，太阳偏西，斜辉照得山峰、树木和沟溪的流水分外明亮。红二军团和红六军团的官兵们，聚集在山村里，使这偏远的山村顿时热闹起来。两个军团的人，虽然刚刚见面，但共同的信仰和目标，使他们像亲人似地交谈着，等待着庆祝胜利会师大会的召开。

这是一次盼望已久的会师。六军团离开湘赣根据地，千里转战，历尽艰险，流血拼杀，才来到这里。而二军团的人，为了与六军团会合，也吃了许多苦头。现在终于会合到一起，壮大了力量，人们怎么能不兴奋喜悦呢？

和所有的人一样，李贞也心情激动。从部队会合后就参与准备召开庆祝会的事情，此时又早早地来全了会场。会场设在后山树林里的草坪上，这是为了防止敌人飞机空袭。草坪中央，已摆好两张方桌，是供两个军团的首长们讲话用的。红军官兵们整齐地坐在树下的草坪上，但他们的穿着并不齐整。六军团的衣着虽然统一，但很破烂，二军团的好一些，可是不统一，什么样式、颜色的都有。

军团的领导们来了，走在前面的是任弼时和贺龙，随后是夏曦、关向应、萧克、王震等人。由于才走到一起，官兵们也不全认识他们。因此，他们一走进会场，不但吸引了所有的目光，还响起了雷鸣般的掌声。

关向应走到方桌前，先用目光扫视全场一遍，又抬起双手向下一按。待人们肃静下来后，他大声说："庆祝二、六军团胜利会大会，

现在开始！"

这话音刚落，军号响了起来，吹奏着欢快的乐曲。与此同时，"热烈欢迎艰苦转战的红六军团"、"庆祝两支兄弟部队胜利会师"的口号声，此起彼伏，在山谷里久久回荡，久久回荡。首先，任弼时宣读了中共中央为两个军团会师发来的贺电，以及中共中央关于由贺龙、任弼时、萧克、关向应统一指挥红二、六军团的决定。

接着，是贺龙讲话。他用洪亮的声音说："我们两个军团，经过艰苦卓绝的行军作战，终于胜利会师了！我们今后的任务是同心协力创建和发展根据地。"

李贞既没坐在主席台上，也没坐在草坪上，而是作为工作人员站在一边。她目不转睛地看着贺龙。贺龙这个名字，她在秋收起义后就听说了，关于两把菜刀闹革命的故事，曾激励着她和她所在游击队的所有队员，不畏失败，不怕力量弱小，和比自己强大得多的敌人进行不屈不挠的斗争。今天，终于见到了这个传奇式的人物。

"到了贺龙的根据地，六军团的同志本来应该好好休息一下。"贺龙说着，抬起一只脚，用手中的烟杆敲了敲草鞋底，说："你们没想到吧，贺龙的根据地就在这里，在脚板上！"

"哗"地一声，人们都笑了起来，不知谁带的头，全场又响起热烈的掌声。

贺龙也笑了，和人们一起鼓掌。掌声一停，他又说："敌人不让我们休息，我们就走。同志们今天休息一下，明天咱们就出发……"

夕阳西下，暮色降临，庆祝会才结束。会后，又进行了会餐。人们吃着马铃薯，以水代酒，边吃边交谈，欢腾的场面，洋溢着发自内心的喜悦。

完全像贺龙所说，红二、六军团会师后，转战到湘西，开创新的根据地。他们先在大庸县宣告成立湘鄂川黔省委，后将省委、省军区机关迁到永顺县的塔卧。李贞因为已从红六军团组织部长调任省军区组织部长，因此也随省军区机关搬到了这里。

塔卧，处在永顺、桑植大道之间，永顺河经此流入酉水，汇入沅江，东北面是澧水的上游，交通十分方便。有着多年军事生活的李贞，敏锐地看到这一点，并从心里佩服任弼时、贺龙、关向应、萧克、王震等领导人的眼光，很快地投入了新的工作。

湘鄂川黔各县，土地集中在少数大地主手中，广大农民的土地很少，多数租种地主的土地，地租很高。官僚军阀又和地主相勾结，巧立名目，捐税多如牛毛，人民群众生活很苦。为巩固和发展这块新的根据地，贺龙率主力东进，向常德开展攻势，任弼时率部分部队在永顺、桑植、大庸等地深入发动群众，建立地方政权，发展革命武装，开展土地革命和游击战争。

李贞主要从事的，是任弼时领导的这部分工作，发动群众，组建武装。现在，她从农村回来，走在塔卧的街上。

回到住处，李贞才感到有些累。她想先歇一歇，然后再处理事情。可她坐下不一会，陈琮英走了进来。在湘赣的时候，李贞就认识陈琮英。知道她小时在任弼时家也做过童养媳，和任弼时一起在上海做过地下工作，进过国民党的监牢。因为她爱说爱笑，人们都叫她"小麻雀"，开始在背后叫，以后当面叫，她也就接受了。由于陈琮英做的是机要工作，和外边接触少，与李贞的来往也不很多，今天她的突然来访，使李贞觉得有些意外。

李贞请陈琮英坐下，又去倒水。陈琮英制止了，说："听说你到下边去了，什么时候回来的？"

"刚到家一会。"李贞的回答还是很简单，她预感到陈琮英来的目的不是说这个的。

"下边很红火吧？"陈琮英问。

"是的。"李贞说，"群众发动起来了，建立政权，发展武装，连妇女们也积极参加进来了。"

陈琮英说："弼时讲，我什么时候也下去一次，做一做实际工作。他还说要我多向你学习啊！"

李贞说："你能离开吗？机要工作可不同一般，随时都有事。再说弼时同志的身体也不好，需要你照顾。"

"女人结了婚事多一些，可又不能总是一个人呀！"陈琮英说着看了李贞一眼。

说这些干啥！李贞心里想，嘴里却什么也没说。她似乎意识到，

陈琮英还要说什么。

见李贞没说话，陈琮英便把话挑明了："李贞呀，你总不能这样一个人过下去吧？"

"不知道。"李贞的心像被针扎了一下。

陈琮英好像看到了李贞心中不好受，叹了口气，沉思了一会，说："事情既然已经这样了，你就再找个人吧！"

从谈话中，李贞已经猜到了陈琮英的来意。她听说过，王首道被撤职以后，手脚生疮，又患了疟疾，是任弼时让陈琮英去看他，送去一些吃的。张启龙被关起来准备杀掉，是任弼时亲自到保卫局将他放出来。陈琮英现在来找她谈这个问题，是不是也有任弼时的意思呢？不管是不是，李贞还是摇了摇头："我没想过。"

"那现在就想想。"陈琮英说，"眼下环境安定了，找个人，也好有个照应。怎么样？"

果然是来当媒人的！李贞嘴里没说话，心里不得不承认陈琮英说得有道理。自从建立根据地后，环境是安定了一些，萧克和蹇先佛结婚了，我也要结婚吗？她犹豫了。

在结婚问题上，女人也最了解女人的心思。在李贞面前，陈琮英是大姐姐，她关心地说："我给你介绍个人怎么样？"

"谁？"李贞抬起头，问道。

陈琮英说："甘主任，你熟悉的。"

是他？是甘泗淇？

对甘泗淇，李贞确实熟悉，认识的时间，比陈琮英早得多。1930年，王首道到上海去向党中央汇报，中央决定成立湘赣省委，指定王首道任书记，并派刚从苏联莫斯科中山大学回国的甘泗淇到省委任宣传部长。王首道和甘泗淇回到湘赣时，李贞和张启龙恰好也调到湘赣省委工作，从此就认识了。这期间，甘泗淇当过独立一师党代表，当过军区政治委员。在"肃反"中甘泗淇和王首道、张启龙一样，也被打成"右倾机会主义"。王首道为了保护他，调他到省苏维埃政府当财政部长兼国民经济部长。为此，王首道又增加了一条包庇甘泗淇的"罪状"。说心里话，李贞对甘泗淇的印象是好的，但要和他结婚，李贞可想也没想过。此刻陈琮英提起这事，让她太突然了。

"怎么样？"陈琮英又问。

"不行不行！"李贞说着连连摇头。

陈琮英不解地问："为什么？"

李贞冷静了，不好讲别的原因，就说："人家是到苏联留过学的，我可是个童养媳出身的人，没有文化。"

"那怕什么，我也是个童养媳嘛。"陈琮英说，"至于他的文化高，你的文化低，他正好帮助你学嘛。"

"那也不行！"李贞说，"反正我觉得不合适。"

其实，这时李贞心里想得更多。他对我知道得太多了，况且，现在张启龙还跟着红六军团行动啊！只是她没把这些说出来。

陈琮英笑着说："别把话讲得那么绝对了。甘主任对你的印象可是相当好的哩。他说你泼辣能干，作风扎实，是个了不起的女同志。"

李贞心里一惊，她很感动。

"这样吧。"陈琮英说，"你再考虑考虑，同意不同意，都由你决定。我只是看着你们都是单身，才想着牵个线。过几天我再听你的回话。"

李贞没有说话。

不久，李贞和甘泗淇结了婚。

炒面、皮筒子和小帐篷

太阳落山的时候，风更大了。雪山的风，夹着凛冽的奇寒，如狼一样吼叫着，弥漫在天地之间。跋涉一天的红军战士在这样的时间这样的地方宿营。没有房屋，连一棵挡风的树也没有，战士们就在露天地里的冷风中过夜。

李贞却不能休息。自从长征以来，几乎每天都是这样，部队住下了，她就到每个单位去，询问党团工作和伤员情况，统计伤亡数字，很晚才能歇息。走了一天的山路，此时，她感到浑身疲劳，真想坐下歇一会，哪怕坐一坐也是一种满足。可是不行，她是红二方面军组织部副部长，要做的事太多了，不允许她停下来。

现在，她转了几个单位，做完了当天的事情，才朝住的地方走，脚步沉重，更沉重的，是口袋里的那份伤亡统计表，仿佛千斤重的巨石压在她心头。又有那么多的同志长眠在这千年不化的雪山上，多么可惜而又没有办法啊！

不远处，有一顶小帐篷，旁边拴一匹马，发出咴咴的嘶叫声，好像在迎接李贞的到来似的。李贞看到马，有着一种亲切感。这是组织上配给她的。她骑着这匹马，离开湘鄂川黔，踏上长征路，渡过大渡河，尽管其间有许多时候马背上骑的是有病体弱的战士，但这马总是作出了贡献，立下了功劳。李贞心想，马已拴在帐篷前，说明那个小战士已经安全到达了宿营地。她感到很欣慰。

白天，在爬雪山时，李贞正好和她的丈夫甘泗淇走到一起，跟随甘泗淇的小战士身体很弱，加上高山缺氧，身子摇摇晃晃，眼看就要走不动，甘泗淇紧紧拉着他。

李贞急迈几步走过去，问甘泗淇："你的马呢？"

"路上让给一个伤员骑了。"甘泗淇笑着说。

李贞本想说，别的伤员要骑马，这小鬼也走不动了，怎么不让他骑呀！可没有说出口，而是把自己的马缰递过去："让小鬼骑我的马走吧。"

"那怎么行！"小鬼不答应，说，"你是女同志，我怎么好骑你的马呢！"

"女同志怎么了！"李贞说，"小小年纪就看不起妇女呀！"

小战士不好意思了，说："我不是那个意思。"

甘泗淇看看李贞，对小战士说："小鬼，让你骑你就骑吧，先到目的地，准备好，让她回去早点休息就行了。"

这样，小战士才勉强骑上了马。

见李贞走到跟前，马也懂事似的打着响鼻，伸出嘴舔舔她的手，格外亲热。李贞摸摸马的脖子，心痛地说："你也辛苦啊，这么瘦了！"

听到说话声，小战士从帐篷里走出来，高兴地说："李部长，你可回来了，马被我骑来了，你太累了吧！"

"没关系，我比你年龄大。"李贞说。

"快歇歇吧，等甘主任回来吃炒面。"小战士说。

李贞不放心地问："他还没回来吗？"

"回来了，可又走了。"小战士说，"他说要去看看部队，说他们更苦。"

说话间，李贞看到小战士的上衣撕开一道口子，露出里面的棉花，就说："看你的衣服，怎么又扯破了，快脱下来我给你缝一缝！"

"嗨！你缝过不止一次了，可总是破。"小战士说，"反正还要破的，就不要缝了，等过了雪山再说吧！"

"那可不行，天这么冷。"李贞故作生气地说，"叫你脱你就脱下来吧。"

小战士老老实实脱下棉衣，递到李贞手里，说："你别生气，我这不是脱了嘛！"

"真是个孩子！"李贞扑哧一声笑了。

黄昏之时，夕阳的余辉撒在雪山上，反射出耀眼的光芒。李贞坐

在帐篷门口，一针针、一线线地缝着棉衣，小战士蹲在她旁边。晚霞的余辉，清晰地涂染出一幅动人的画面。

不知什么时候，甘泗淇回来了。他什么也没说，静静地站在旁边看着。小战士发现了，急忙站起来，说："甘主任，你回来了！"

李贞停下手中的针，抬起头，看到甘泗淇脸色不好，便问："你怎么了！"

甘泗淇长出一口气，说："我倒没什么，可部队的伤亡太大，今天又有一些人倒下了。你知道吗？"

"我已去统计过。"李贞说，"没有吃的，天又这么冷，身体弱的和一些伤病员真受不了啊！"

"他们中央红军的大部队就是从这条路上走去的，能吃的东西已吃得差不多了。我们必须快一点翻过山去，和红四方面军的同志会合。"甘泗淇说。

"是呀！"李贞说，"时间再长，部队的伤亡会更大，今天我又看到陈琮英、蹇先佛几个怀孕的大姐们，她们挺着大肚子走路，太遭罪了。"

"蹇先任也好不了多少，背着几个月的孩子，不但大人，就是孩子也受不了呀！"甘泗淇说。

"眼下也没有别的办法，只有忍耐着吧，总会好的。"李贞说。

甘泗淇的语调变了，口气中充满赞扬："了不起的女同志！"

李贞缝好最后一针，用牙咬断线，递给小战士，说："快穿上吧！"

小战士穿好衣服说："现在吃干粮吧！"

"小鬼，咱们还有多少炒面？"甘泗淇问。

小战士猜到了什么，说："没多少了。"

"骗我吧？"甘泗淇说，"你少留一点，其余的给戚元德送去，她刚生过孩子，身体不好，急需要营养。"

小战士还有些不情愿，李贞催促说："快去吧！"

李贞说这话时，心里很不平静。戚元德是吴德峰的爱人，吴德峰是中央保卫局派到湘赣省委的，参与过"肃反"扩大化，王首道、张启龙、甘泗淇等人的挨整，都和他有一定的关系。所以，她一听甘泗淇要小战士把干粮送给戚元德，心里既有说不出的滋味，又佩服甘泗淇的胸怀。这可是不容易做到的啊！

小战士走后，李贞又拿出一个皮筒子来，反复打量着。

"皮筒子！"甘泗淇惊喜地问，"哪里来的？"

李贞没抬头，说："廖汉生送给我御寒的。"

"红二军团的同志风格真高，这都是贺老总带出来的。"甘泗淇说，"红二、六军团刚会师时，红六军团同志可是把好吃的好穿的好用的全拿出来了。"

李贞说，"我到红二军团组织部当副部长时，廖汉生同志当部长，他是非常支持我工作的！"说着话，李贞把皮筒子剪成了两件。

甘泗淇不解地问："好好的，你怎么裁了呢？"

李贞笑了："廖汉生是送给我的，可我不能一个人独享呀！这一半送给体弱的战士，这一半我们自己用。"

夜色浓了，甘泗淇去送皮筒子时，领回来几个体弱有病的战士，并让他们睡在帐篷里，他和李贞都睡在帐篷门口。

篝火照亮草地夜空

进入草地几天了，仍然到处是茫茫的水草地，沼泽、泥潭，泥潭、沼泽，一片连着一片，凄清荒凉，放眼看不到村庄，四顾看不到人家，连个鸟的影子也看不到。

李贞小心地选择着草墩，脚迅速地踩上去，又迅速地朝前迈。几天来，她已有了在草地上行走的经验，如果辨认不清，陷进水洼里，就会越陷越深，最后被淤泥吞没，别人想救也救不了。不少同志就是这样眼睁睁看着牺牲的。

太阳偏西的时候，李贞来到一块稍干燥的高地，见到有几个小战士坐在地上，呆呆的，动也不动，看得出来，他们十分疲劳。李贞大声问："小鬼，怎么了？"

"他的头发晕，走不动了。"一个战士指指其中一个人说。

"是病了吗？"李贞问。

又一个战士说："不，是饿的。"

是饿的？李贞下意识地摸摸自己的挎包，可惜也是空的。是呀，进入草地好多天了，带的粮食都已吃光，可这里又荒无人烟，什么吃的也找不到。何止他们呢，几乎所有的人都是这样。她还记得两天前，一次宿营时，甘泗淇听说宣传女队员马忆湘的粮食掉到河沟里去了，就问："小鬼，你没粮食怎么办哪？"

马忆湘说："吃草。"

甘泗淇让总务长把全政治部的人集合起来，说："这小鬼和我们一起一年多了，没有拖死。可是在这最后一道难关前，她弄的一点粮食掉到河沟里去了。我们能忍心眼看着她倒在草地里吗？我知道大家的粮食都很少，但如果我们每个人都能抓一撮给她的话，就可以救出一条生命！她也能和我们一起走出草地！"

"来，给你！"甘泗淇的话音刚落，人们就解开自己的粮袋。就这样，一人一撮，使马忆湘有了三四斤粮食……

看着眼前的几个战士，李贞发愁了，自己一粒粮食也没有，又没有其他人在场，怎么办呢？

李贞坐下来，面向那个饿得发晕的战士，说："再坚持一下，想想看，还有什么办法没有？""这鬼地方，能有什么办法！"一个战士的拳头砸在地上。

再次将手伸向挎包时，李贞无意间触到了腰间的那根皮带，心不由得动一下：这皮带是牛皮的，能不能吃呢？管它，如今也只有这一个办法了，试试看。这样想着，她对一个战士说："你找点干草把火烧起来，我煮牛肉给你们吃。"

战士不信："别哄我们了，这里哪有牛肉呀！"

"叫你烧你就烧嘛！"李贞说。

战士们可能认识李贞，又听她的口气这么肯定，就找了些干草，生起一堆火，并盛了一茶缸子水放到火上。

李贞解下自己腰间的皮带，用小刀割成一块一块的，每块大约一寸长，放进盛水的茶缸子里。

火越烧越旺，茶缸子里的水开了，发出咕嘟咕嘟的响声，一块块的牛皮带，在水中翻滚着，挺诱人的。

大约过了一个多小时，李贞捞起一块，用手捏捏，变软了，放到嘴里嚼一嚼，觉得可以吃。就捞出几块，送到那个饿晕了小战士面前，说："好啦，快吃吧！"

"什么好吃的啊？"一个声音传来。

见到是任弼时和贺龙走了过来，几个人都站了起来。李贞端起茶缸子，说："牛肉，请首长们尝尝！"

任弼时的眼睛不好，凑得很近才看清，拿了一块放进嘴里，过了一会才说："这牛肉不错，很有味道哩！"

贺龙早看清了，满面笑容地拿起一块，嚼了嚼，爽朗地说："这东西嚼起来很香哩，还是我们的李贞同志有办法呀！"

"这可是环境逼的，没有办法嘛！"李贞说。

任弼时转身招招手，喊过来一个女战士。然后又说："李贞同志

你是做人的工作的，一定要把这个小同志带出草地！"

任弼时和贺龙走后，李贞紧紧握住女战士的手说："咱们一起走，一定能走出草地！"

女战士"嗯"了一声。

天色黑了下来，无边的草地上，燃起一堆堆篝火，通明晶亮，映得天空也抹了一层绯红。不远处一堆篝火旁传来说话的声音，不时引起轰笑。李贞和几个战士也走了过去。

原来，是任弼时正在给战士们讲故事。他说："……曾国藩亲自带了几十万湘军，想攻破南京，消灭太平天国。这时太平天国一位杰出的将领李秀成，带了几十万人马，在南京附近和敌军大战40余天。由于敌人包围了南京，南京供应断绝，李秀成终于不能支持，敌人一直打到雨花台，南京危险极了……"

"那不是完了吗？"有个战士说。

"没有！"任弼时说，"人民是永远记住太平军的。太平天国的革命种子撒到了大江南北，不断在广大人民群众中间生长起新的革命力量，与统治阶级进行着坚决的斗争。他们是不会完的，我们不就是继承他们未完成的事业吗？不过我们是无产阶级的队伍，有共产党的领导，我们的革命不会失败，一定成功。只要我们渡过这一难关，出了草地，我们的境况就会根本改变！……"

李贞和几个战士又回到原来的地方，重新生起篝火。熊熊的篝火，照着他们黝黑而缺乏营养的脸庞。周围，夜风呼呼地吹着，不时传来几声凄厉的狼叫。

"同志们，红军是为穷人打天下的，要不怕吃苦，不怕牺牲。"李贞说。

几个战士异口同声地说："对！这么多苦和累都走过来了，还能怕草地吗？"

"团结起来走出草地！"几个战士同时说。

篝火更亮了，团团篝火相互连接，亮成一片映照着天边的星星！

女校长的畅想

李贞从山坡上的一孔窑洞里走出来，抬手撩一撩额前的短发，凝视着远处。巍巍的宝塔山高高耸立，清浅的延水河静静流淌，勾勒出延安的标志。那是杨家岭，那是王家坪，那是清凉山，还有热闹的南市场，她都已经很熟悉了。对这里，她也有了感情。

收回目光，她看到了面前的一溜新窑洞。门和窗子都是新的，洁白的窗户纸远远就能看到。门口有女学员们进进出出，脚步轻盈又欢快。李贞看着，脸上泛起笑容，目光里流出由衷的欣慰。

和这些新窑洞相比，她身后的那孔窑洞更显得陈旧。门上和窗上的纸都破了，一点儿也看不出原来的颜色。窑内的土炕，不知经过了多少年头，黄土早变成了黑土。人们一次次要为她修盘新炕，把门窗换上新纸，都被她拒绝了："我是来建学校的，不是来过日子的，一切都要为学校让路！"

走过雪山，走过草地，李贞跟随着部队来到延安。抗日战争爆发后，她又随着军队出征，东渡滔滔黄河，奔赴抗日前线，决心用自己的鲜血和生命，为反抗日本侵略者，拯救中华民族的危亡贡献一份力量。就在这时，一纸命令，把她从前线调到延安来办八路军妇女干部学校。当时，她不想来，举出自己不会办学校的理由。贺龙对她说："我相信你很合适！"丈夫甘泗淇也说："让你去你就去吧，听从组织安排嘛！"

到了延安，找她谈话的是任弼时和李富春。李富春开门见山地说："就是要让你这个带兵的来管妇女干部学校！"

"这是为党为军队培养妇女干部，任务可是十分重要啊！"任弼时说。

是的，抗日战争爆发了，不论地方还是军队，都需要更多的干

部，其中当然也包括妇女干部。这个道理李贞懂得。作为军人，她希望驰骋于疆场，但她还是充满信心地说："给3个月时间，我保证把妇女干部学校的工作搞好！"

李富春微笑点头。他虽然第一次见到李贞，却早已从别人口中听说过不少关于李贞的经历和工作能力，所以完全相信面前的这位女军人。

任弼时关心地说："身体恢复了吗？那场病可把我们吓坏了，还以为你走不过来了呢？"

任弼时说的是快走出草地的时候，李贞得了伤寒病，发着39度多的高烧。军团首长下令甘泗淇随行护理，小战士精心照料，可终因缺医少药，连吃的也没有，终日昏迷不醒。王震将自己的干粮送给她，人们用担架轮流抬着她，终于走出了草地。到哈达铺时，在一个医院里吃了几剂中药，才稍微好了一点。这时，她再也不愿坐担架了，大家说不服她，只好将她绑在马背上过了渭河。此时，任弼时又问起来，李贞很感动："恢复了，早就恢复了。真得感谢组织和同志们的关心啊！"

"那就把妇女干部学校办好吧！"李富春说。

李贞站起身，立正回答："请领导放心，我一定办好妇女干部学校！"

办妇女干部学校，不是一件容易的事情，当妇女干部学校的校长，更是一副重担。到了学校李贞才发现，困难比她预想的多得多。

这哪是学校啊。一面秃山坡，几孔旧窑洞，没有门窗，土炕潮湿，住着一群来自四面八方的娘子军。李贞第一眼看到这些时，马上想到最初的浏东游击队，杂乱不整。不过李贞又想，不管怎么样，也没有后退的余地，只能往前走。既然在领导面前做了保证，就是游击队，我也要把它训练成正规军！这些女战士，都是经过战争考验的，将来可是重要的女干部啊！

先把窑洞修好。这是李贞上任后的第一个决心。

从此开始，这里就热闹了起来。编好了队的女学员们，挥锹挖洞，担水和泥，把旧炕扒掉盘新的，把门窗修好，糊上新纸。女学员的积极性被调动起来了，同时调动起来的，还有嘹亮的歌声。江西的、福建的、湖南的、四川的山歌，大别山、陕北的民歌，在这里汇融着，谱成一支雄壮的交响曲，响在妇女干部学校，响在延安城，抒发着女战士们心中的深情和向往。

在学员们劳动的行列里，总是少不了李贞。这个身材不高、显得有些单薄的校长，头发剪得短短的，腰间束着皮带，说话快、走路快，好像浑身有用不完的力气。劳动时，她有说有笑，平易近人，和蔼得像个大姐、母亲；学习时，又要求极严，讲道理，做示范，谁错了，就不留情面地批评帮助，又像严厉的哥哥、父亲。

那是一个晚上，李贞走进一孔窑洞，找到一位女学员，问道："听说你不想学习了。"

"是的。"女学员如实地说，"我的文化太低，学不懂，还不如到前线去打仗痛快！"

昏黄的油灯光，照着墙壁，照着女学员和李贞的身影。李贞的目光里盈满了沉思，好久好久才说："听说你小时也是童养媳？"

"是的。"女学员说。

李贞又问："你为什么要出来参加革命呢？"

女学员答："因为受不了那份苦。"

"就是嘛！"李贞说，"我也当过童养媳，那时才6岁，知道童养媳的日子不好过，才跑出来参加革命。因没上过学，没有文化，现在叫我来当这个学校的校长，就感到困难很多，还要抓紧学习呢！你的年龄比我小，难道就不需要学习了吗？"

女学员望着李贞，眼前又闪耀着深夜李贞窑洞的灯光，心想，原来这位校长也在学习呀！她不好意思地低下了头。

"在前线打仗是痛快，可我们是军人，首先得服从命令，叫打仗就打仗，叫学习就学习好。"李贞说。

李贞没有再多说什么，轻轻拍了拍女学员的肩头。她的话，都在这轻拍之中了。对此，那位女学员也心领神会……

这一切都成为过去了！李贞望着那些学员们住的窑洞，心里对自己说。此时还未到上课时间，女学员们正在准备着吧！

蓦然间，有歌声传过来：

李贞和甘泗淇：少将妻子上将丈夫

送郎当红军，

不要想家庭。

家中一切事，

全有我照应。

送郎当红军，

勇敢向前进。

打土豪，杀劣绅，

一个不留情……

多么熟悉的歌声啊！婉转而动情。李贞凝神听着。在湘赣，她听过；在湘鄂川黔，她听过；在长征路上，她听过。如今，是哪个妹子唱的呢？是对过去生活的留恋？还是心中感情的抒发？

对这些，李贞没有多想。这歌声，倒是在她的脑海中撩起了一个想法：现在住的问题解决了，伙食也改善了，学习也走上了轨道，难道这些年轻的女孩子就满足了吗？她们还需要活跃丰富的文化活动啊！比如唱歌，比如打球，这样，才能使学员生活得更愉快，学习得更用心，培养出更合格的妇女干部……

"李校长，你不是说要到伙房去检查伙食吗？"一个工作人员走过来说。

"噢，是的。"李贞说，"不过你再打听一下，哪个单位有车去西安。"

工作人员有点不解地问："校长要去西安吗？"

李贞说："我要上西安，去给学员们买点玩的东西，像篮球、排球什么的。"

说着，李贞和工作人员一起向山坡下的伙房走去。

是男人还是女人

　　李贞走路本来很快，可这时脚步却放得特别慢。因为她在思考问题：怎样趁着秋天的收获季节，多腌些酸菜，留着冬天吃；多买些豆子，以便磨豆腐用。

　　不断碰到熟人，有部队的干部战士，有村里的男女老人，见了面都和她打招呼，问她干什么去，她总是如实相告。回答过后，她自己心里又有点好笑：我怎么干起了这个呢？没想到从延安来到前线，却与酸菜、豆腐打上了交道！

　　多年来，李贞身在延安，心却向往着前线，希望能投入那烟火连天的战场，直接率领部队与日本侵略军拼杀。可组织上没有命令，她就得老老实实继续当她的妇女干部学校的校长。每一次，看着毕业的学员奔赴战场，她的心里都痒痒的。终于，组织要她回一二〇师，她高兴得一夜没有睡好。那是她原来所在的红二方面军改编的部队，那里有她熟悉的领导贺龙及许多战友，还有她的丈夫甘泗淇正在一二〇师当政治部主任。也许是为了照顾他们夫妻在一起才把她调来的吧？李贞没有多想，反而觉得又可以和他在一起了。

　　可来到了一二〇师，却让她当师直属队政治处主任，据说这是师长贺龙的意思。她不好说什么了，当就当吧。因离开部队几年了，她问甘泗淇："这直属队政治处主任的工作范围是什么？"

　　甘泗淇说："主要是做政治思想工作，也兼管师首长的伙食保障。"

　　她担心了。现在正是抗战的困难时期，日军"扫荡"，国民党军封锁，经济上极端困难，而贺龙又要求部队把菜金全部节约下来送到延安去支援党中央，自己想办法弄菜吃。无米之炊可是不好做啊。

看到李贞这样，甘泗淇也为妻子捏一把汗。不过他不愿李贞打退堂鼓，便动员说："犯愁也没有用，贺老总的脾气你是知道的。没有什么价钱可讲了，你就干吧，能干好的！"

李贞就是这样当起了一二〇师直属队政治处主任，既做思想工作，又管理师领导的伙食。"你看那个八路军是男的还是女的？"

李贞抬起头，见几个孩子朝她指指点点，刚才的话就是他们说的。李贞看看自己穿的衣服是男的，腰间束的皮带无男女之别，头发剪得很短，和男的差不多。难怪孩子一下子看不出来呢？李贞有些得意，就是有的女人，不是也分不清吗？

不久前的一天，她到女厕所去，正好里面有个农村妇女见李贞进去，先是惊叫一声，接着气愤地质问道："你为什么到这里来？"

"给你们增加点肥料嘛。"李贞故意把桑门装得很粗，"又没到你房里去！"

那农村妇女看李贞不大像男的，又抿着嘴笑，便觉得奇怪，八路军战士不会这样，没有这样不尊重妇女的呀！她疑惑地问："你到底是女的还是男的？"

李贞把帽子摘下来，说："你看呢。"

农村妇女又看一会，笑了……

李贞边想边走，来到了伙房。这里已经热闹起来。新买来的萝卜，摆在地上晒着，要等蔫了后才能放到坛子里去腌。那些坛子早已刷得干干净净，整整齐齐摆在地上。有的人在摘菜，有的人在洗菜，好忙碌呀！

管理员见李贞走来，就向她报告买菜的情况。李贞边听边蹲下身摘菜，说："可以到远点的地方去买，不但便宜，更主要是别影响老百姓购买。我们这是根据地，比较稳定，要多腌一些，自己吃不完还可以送给附近的部队。"

"豆腐做出来了，可不那么好吃。"管理员说。

李贞马上站起身，说："走，我去看看。"

磨豆腐的地方，在另一座院子里。石磨在旋转，白色的豆浆，顺着磨盘流进盆里。然后，又倒进大缸里。李贞走过去，用手指捏起一点，仔细捻一会，很内行地说："还可以磨得再细一点，不但做出的豆腐多，还好吃。"

旁边不远处，架起一口大锅，里面的豆浆冒着热气，散发出一种好闻的气息。李贞站在旁边看了一会，又走到压豆腐的地方。这里好像工厂的成品车间，已经做好的豆腐，摆在案子上。

"为什么味道不好呢？"李贞问一个人。

那人回答："不知道原因。"

李贞拿起刀子，切下一小点豆腐，放进嘴里，慢慢地嚼着，品着味道，说："是卤水和石膏放得不合适，下一锅改变一下比例。"

管理员说："李主任，原来听说你打仗是行家，没想到做豆腐也是里手。"

"是才学的。"李贞说，"经验等不来，也请不来，只能靠在干中学，在学中干得来。打仗和做豆腐都是这样。为了做豆腐，我可是专门向老乡请教过啊！"

"那打仗呢，是跟谁学的。"管理员又问。

"是跟失败学的。"李贞的语气里充满感慨，"当初我们浏东游击队刚建立的时候，谁也不会指挥打仗，甚至连晚上宿营要设岗都不知道，结果被敌人堵住了门口。"

管理员似乎有些不相信："是吗？"

李贞说："那时就是这样。不过后来在实践中就学精了，还学会了使用计谋。"

管理员说："怪不得人们都说李主任是位女将呢！"

"那是夸奖我。"李贞说，"要说打仗，还得数咱们的贺龙师长！"伴着一阵脚步声，送来爽朗的话语："是谁在背后说我呀？"

贺龙来了。他手里拿着烟斗，留着小胡子，步子迈得很大，边走边说。

李贞说："是我，说的可不是坏话呀！"

贺龙吸吸鼻子，嗅了一会，说："李贞啊，听说你干得不错嘛！""那是你师长的命令，我不干怎么行。"李贞说。

"当初我说你行嘛！"贺龙看着李贞的腰间，说，"那时我就讲，李贞不会让我们吃皮带的，对吧？"

李贞笑了，拍拍皮带说："这根皮带比那根新，需要的时候也是

可以吃的。"

"好！现在是抗战的最艰难年头，要有这样的思想准备。"贺龙说着，话题一转，"不过依我看，不会再出现那样的情况了。"

李贞点头表示同意："我也这么看，明天总会比昨天好的。"

"当几年校长进步了，讲起话满有哲理的嘛！"

"那可是在你师长领导下学的噢！"李贞说。

贺龙说："李贞，我今天是来看看，也顺便告诉你一件事，过几天师里要开干部会，全师的各路诸侯都来，你可得给我点面子，把伙食搞好噢！"

"保证搞好！"李贞说。

"那我就走了。"贺龙说完就离去了。

目送贺龙消失在远处，李贞转过脸对管理员说："走，咱们商量一下怎样准备吧！"

这是距米脂县城20多里地的一条山沟，星散着很多的住家，彭德怀指挥的西北野战军总部已移住到这里多日，其部队分别住在米脂、绥德、清涧和志丹地区。

时值1947年末，纷纷扬扬的大雪，在凛冽的寒风中飘落，沟沟坎坎披上了素装，李贞踏得积雪吱吱作响，向借住的一间民房走去。清涧战役后，她和丈夫甘泗淇一起，从晋绥军区调到了西北野战军。甘泗淇接替徐立清当野战军政治部主任，她是政治部秘书长。

李贞推开房门，跺了几下脚才跨进门槛。屋内漆黑，什么也看不见。她搓搓手，熟练地摸到火柴，嚓地一声划燃了，点上油灯。顿时，昏黄的火焰照出了土炕和靠窗的一张旧木桌子，炕冰凉，桌上什么都没有。这一切都说明，甘泗淇还没有回来。

他太忙了。李贞心想，现在，整个野战军都是进行冬季整军和训练，如果说打仗时司令部的事多，那么整军期间政治部的事情则更多，要了解部队的情况，要向军委报告，身为政治部主任的甘泗淇，就更可想而知了。今天，他就是跟随司令员彭德怀到三五八旅那里听取开展诉苦教育汇报去了。李贞处理完手头的事，又到机关住的地方看了看，才回到住处，可甘泗淇还没有回来。在诉苦教育中，说不定会出现什么意想不到的事情，需要时刻注意思想动向。

李贞抱着一些干柴，在炕洞里烧起火来，把炕烧热。她坐在炕洞边，看着燃烧的火苗，思绪又回到了正在进行的"诉苦"运动上。撤出延安几个月来，部队打了很多胜仗，特别是开始的"三战三捷"，沉重地打击了敌人，大大地振奋了自己，沙家店一仗，基本上扭转了局面。但也出现了一些新问题，新的成份不断增加，尤其是部队补进了大量俘虏战士，平均每个连队占70%，有的连队甚至达到80%，而且战斗频繁，政治教育跟不上，不少刚补进来的俘虏战士不知为谁当兵为谁打仗，少数人怕艰苦，违反群众纪律的现象时有发生，个别干部还产生了骄傲自满、斗志不强、厌倦战争的思想。这些，都影响了战斗力的发挥，第二次打榆林就没有攻下来……因此，彭德怀才决定进行冬季整训，政治部当然首当其冲负有重要的责任，作为政治部的秘书长，李贞体会比谁都深。

炕烧热了，它散发出来的暖气，升高了室内的温度，屋里不像刚才那么冷了，李贞脱下大衣，灌上一壶水放到炉子上。

冷风中，有马蹄声响起，越来越近，转眼间在门前停了下来。大概是看到屋里有灯光，甘泗淇推开房门走进屋内，边跺着脚边摘帽子，嘴里说："哈，还是屋里暖和啊！"

"我也才刚回来，水还没烧开呢。"李贞说。

甘泗淇又脱下大衣，说："这天也怪了，部队整训它下雪。"

李贞接过甘泗淇脱下的大衣，挂到墙上，问："怎么这个时候才回来？"

"咱们的彭老总，先听余秋里汇报，又参加战士的诉苦会，最后还找战士座谈，完了后急忙往回赶，就这个时候了。"甘泗淇的嗓门很大。

"我们的战士，谁没有一肚子的苦水呀！"李贞说。

"是啊！"甘泗淇说，"有个战士叫于德水，是俘虏过来的，他在诉苦会上讲了他和他一家的悲惨遭遇。彭老总听了，半天没说话，看得出来他心里很难受，过了好长时间他才对余秋里说，翻身农民参军的子弟兵，受地主老财的剥削压迫，只受一重苦；俘虏过来的解放军战士，绝大多数是贫雇农，他们在家里受地主剥削，在国民党军队

里又受压榨打骂，受的是双重苦，是我们的阶级兄弟。回来的路上，他还说到这个问题呢！"

李贞看着甘泗淇，感到有点意外，平时他可不是这样的呀！嗓门虽高，说话却很少，不到非说不可的时候就不说。可今天谈兴这么浓，毫无劳累和困倦之意，肯定有他值得兴奋的事情。

炉子上的水开了，冒出雾一般的热气，发出咕嘟咕嘟的响声。李贞把壶提下来，倒了一缸子热水，放到甘泗淇的面前，说："你喝点热水吧。"

甘泗淇把缸子端在手里，还没有从兴奋的状态中走出来。

李贞也被感染了，说："彭老总好像对这次部队的诉苦教育特别重视。"

"彭老总是特别重视。"甘泗淇喝了一口水，说，"临离开三五八旅时，他还对余秋里说，你们搞的忆苦三查很有意义，这是政治工作的一种新样式，有了彻底的群众路线，就能充分发扬民主，你们要下决心抓下去，抓出成效来。"

"那我们政治部可以抓住三五八旅这个典型，推广他们的经验呀！"李贞说。

甘泗淇看着李贞心想，不愧是经受过锻炼的女同志。她的见解和我想的简直是不谋而合呀！他高兴地说："彭老总也是这么说的，他要附近的纵队组织团营干部到三五八旅去参观学习，推动全野战军的诉苦运动。"

李贞说："照彭老总说的做就是了，你还在想什么呢？"

"那样做工作太简单了，我是想，如何在全野战军总结、推广三五八旅两忆三查的经验，把群众发动起来，激发练兵热情，鼓舞部队士气，保证战斗的胜利啊！"甘泗淇说出了他心中的打算，李贞频频点头。她觉得，丈夫比自己想得更深更远。

夜已经很深了。屋外，风还卷着雪花，扑打着门窗，发出呼呼的尖叫声；屋内，李贞和甘泗淇还在交谈着，他们说的，都是关于部队的事。此时，仿佛不是丈夫和妻子在说话，而是政治部主任和政治部秘书长在讨论工作。

"好了，还是休息吧。"李贞说，"时候不早了，明天还有工作呢。""是不早了，你先睡吧。"甘泗淇说着，把凳子挪了挪。

李贞说："怎么，你还不睡呀？"

甘泗淇说："我把三五八旅的经验总结一下，好向去参观的团营干部们作介绍。"

在这种时候，不论作为妻子还是作为秘书长，都是没有办法的，何况这又是战争时期呢！李贞深知这一点，她又给甘泗淇缸子里加了些热水，自己便躺到了炕上。

当李贞一觉醒来时，看到甘泗淇仍坐在靠窗的桌前，借着昏黄的油灯光，埋头急速地写着，那么聚精会神，好像忘记了时间似的。

看着这情景，李贞的心里一动，不论是妻子还是秘书长，我都应该分担这样的工作，可是自己却不能，打仗也好，做群众工作也好，管理部队也好，她都可以做，就是这舞文弄墨的事，她难以胜任，只好眼睁睁地看着他这样熬夜。李贞的心里，感到很内疚。

李贞悄悄下了炕，静静走到炉子前，轻轻提起壶，蹑手蹑脚到桌前，往缸子里加了些热水。

甘泗淇抬起头，深情地笑了。

李贞看着写满字的纸，也深情地笑了。

两对夫妻与两个传说

吃过晚饭，甘泗淇对李贞说："走，到外边去转转吧？"

"我还有点事要办呢。"李贞说。

"如果不急就回来再办。"甘泗淇说。

他们一起走了出来。太阳还未落山，橘黄色的霞光，照着古城酒泉，也照着这对夫妇。对他们来说，这可是少有的清闲。战争，使得他们不能像正常年月的夫妻那样生活，而只能将情爱交给硝烟与烽火。"那不是彭老总和浦安修同志吗？"李贞指指远处说。

甘泗淇朝李贞手指的方向看了看，说："真是少见啊！"

"是呀！"李贞说，"听浦安修同志讲，彭老总原来一直不同意她在他领导的单位工作，浦安修同志也不愿意到部队来，他们都说这样有诸多不便，直到解放战争开始以后，习仲勋同志才把浦安修调到西北野战军来了。"

"彭老总这个人呀！"甘泗淇感慨地说，"对自己严得近乎苛刻，可对别人又关怀备至，他把我从晋绥调到西北野战军，就非要把你也一起调来。"

彭德怀也发现了甘泗淇和李贞，向他们招招手。

甘泗淇明白彭德怀在叫他，便和李贞一起走过去，说："彭总你们怎么来了？"

"你们来了，我们为什么不能来？"彭德怀说。

"我是说，你平时很少出来，更没有和浦安修同志一起出来过。"甘泗淇笑着说。

李贞走过去和浦安修说话，尽管常见面，还是很亲热。

彭德怀说："那是因为没得时间，现在有时间了，就出来看看嘛，你不也是这样！"

彭德怀的声音很高，李贞转过脸，看到彭德怀背着手，厚厚的嘴唇紧闭着，似有所思，在夕阳的映照下，如同一尊雕像。是啊！作为西北战场的统帅，他的全部时间和精力都用到了指挥打仗上，不用说没有闲暇陪妻子散散步了，就是吃饭睡觉也常常顾不上。浦安修就对她说过，宜川战役前，彭德怀白天去看地形，深夜回来傍着火堆看地图，棉鞋烧着了还不知道，是浦安修闻到糊味才起床扑灭的，过后直抱怨烧了一只新棉鞋。

如今，是有了时间。现在，西北野战军不但扭转了西北的战局，而且外线作战也取得了胜利，甘肃解放了，宁夏解放了，青海解放了，新疆也宣布起义，几天前已和陶峙岳谈判了起义部队的改编问题，西北野战军即将向新疆进军。中国人民解放军已解放了整个大西北，作为这支军队的最高指挥者，彭德怀当然会感到舒了一口气！

"李贞，我来考考你，怎么样？"彭德怀说。

李贞有点惊奇："考我，考什么？"

彭德怀问："这酒泉为什么叫酒泉？"

没见到彭德怀之前，李贞就听人说他是个十分严肃的人，动不动就骂人，可从这一段在他领导下工作的体会看，他要求部下是严，可不像人们说的那么可怕，此时听到彭德怀提出的是这个问题，便笑着说："酒泉就是酒泉，还有为什么叫酒泉呀？"

"你这个李贞呀！"彭德怀笑了，指指甘泗淇说，"这个大秀才没告诉你？"

李贞摇摇头，说："他呀，来到这里就跟着你同陶峙岳谈判了，每次都是很晚才回家。""总是老婆嘛，说话总比别人方便。"彭德怀说。

浦安修插话："老婆，老婆，说得多难听呀！"

"就是嘛。"彭德怀笑着说。

"你对别人可不是这样介绍的呀！"浦安修说。

1946年3月，军调执行部的人到延安时，在欢迎会上，彭德怀向国民党军队的郭汝瑰介绍浦安修时说："这是我爱人！"弄得郭汝瑰以为是未婚妻。几天前，彭德怀又这样向陶峙岳介绍浦安修，陶峙岳说："这个称呼好！"前一件，李贞不知道，后一件，她是在场的。

不过，她对此不怎么在意，称呼什么都是次要的，湖南不是叫堂客吗？陕北又叫婆姨，还不是一样？现在，她关注的还是彭德怀提出的问题，就问："彭总，那你说酒泉为什么叫酒泉？"

"这是历史上的事了。"彭德怀说，"汉朝时，霍去病有酒不肯独享，就命人将酒倒进泉水中，每个士兵都喝到了，为了纪念他，人们就将这里改叫酒泉。"

"我听说过酒泉名字的由来。"浦安修说，"可我总觉得是传说，是人们根据自己的希望编出来的。"

彭德怀说："你不相信？我相信，霍去病是个爱兵的人，完全能够这样做。"

甘泗淇一直没有说话，静静地听着，他在品味彭德怀为什么喜欢这个传说，并且相信是真的。他记得在沙家店战役之前穿越沙漠的行军中，一个战士渴得走不动了，战友们催他，彭德怀把自己仅有的半壶水送给那个战士喝了。只有相同的人才会喜爱相同的传说。他又说："有个叫左宗棠的人曾来过这里，在泉湖中泛舟，还写过一首诗，说是此湖'洲渚妙回环，树石纷相错，渺渺洞庭波，宛连湘与鄂'哩。""咱们这位湖南老乡蛮能想象的嘛。"彭德怀说。

"左宗棠为西北人民办过一件好事，那就是栽树。"甘泗淇说，"他在向西进军时，让他的士兵每人沿途栽一棵树，树真的活了，人们称为左公柳，后人曾写诗说：'大将西征尚未还，湖湘子弟满天山，新栽杨柳三千里，引得春风度玉关，'流传得很广。"

"嗯！"彭德怀停住了脚步，略有所思的目光，越过路旁的杨树，望着远处的山峰和浑圆的落日，有几只鸟飞过，大概是在归巢，发出叽叽喳喳的鸣叫声。

李贞看看甘泗淇，又看看彭德怀，她没记住甘泗淇念的诗，但明白了其中的用意，也猜到了彭德怀沉思的是什么，虽然他们的经历不同，但都是聪明的人，在许多问题上是相通的。

果然，过了一会，彭德怀说："老甘，告诉王震，到了新疆以后，要抓经济建设，为各族人民做好事，我们共产党领导的军队，不但要栽树，还要做更多的事情，用自己的行动证明我们是全心全意为人民服务的军队。"

"彭总，没想到我念了一首诗引起你这么多思考。"甘泗淇说。

彭德怀说："你这个甘泗淇，把政治工作做到我的头上来了，不过做得巧妙！"

甘泗淇笑了："彭总，我可没有这个意思啊！"

"不管你有没有，反正我是这么认为的。"彭德怀说，"不过，我这几天确实也在考虑这个问题呢。"

浦安修笑着对李贞说："说是出来走走，现在又谈到工作上去了，让他们谈工作，咱们回去吧。"

彭德怀说："我也该回去了。"

李贞说："老总呀！你可真行，不放过一切机会！"

"又给我戴高帽子了。"彭德怀说。

他们笑着，踏上了返回住处的路。

李贞和甘泗淇：少将妻子上将丈夫

在异国的山洞里

　　11月的朝鲜战场，虽然还没有进入冰天雪地的季节，可也已经相当寒冷了，阵阵凛冽的风裹着纷扬的雪花，扑打着中国人民志愿军总部所在地桧仓。这里聚集着一群以彭德怀为首的中国人民的优秀儿女，其中有邓华、洪学智、甘泗淇等人。邓华、洪学智是志愿军副司令员，甘泗淇是副政委兼政治部主任。李贞也在这里，她担任志愿军政治部秘书长。

　　三个多月前，甘泗淇奉命就任志愿军副政治委员兼政治部主任时，对李贞说："彭总点名让你也去。"

　　"不用你动员，我当然要去的。"李贞说，"你让我做什么工作？""已经任命了，政治部秘书长。"甘泗淇说。

　　"又是秘书长！"李贞说，"不过能去就好！可是听说就要开始谈判了。"

　　甘泗淇说："谈判也离不开打仗，往往是打打谈谈，谈谈打打。越在这种时候，越需要加强部队的政治思想工作。"

　　夫妻俩谈了很久。因为渴望到烽火连天的朝鲜战场，又深知彭德怀的指挥和为人，他们都十分高兴和激动，很快就动身到达朝鲜，到达志愿军总部。

　　天黑得早，山影模糊，冷风呼呼。在志愿军居住的山洞里，还比较暖和。由于五次战役已经打过，战局相对稳定，人们忙着正常的工作，也交谈着。李贞吃过晚饭，到几个山洞里看了看，才回到她和甘泗淇住的山洞。在异国的土地，在炮火交织的战场，这山洞就是他们的家。

　　李贞摸着黑走进山洞，点上蜡烛，洞里才亮堂一些，照着干草铺垫的铺，子弹箱搭起的桌子。在战场上，这已是最好的摆设了。

彭德怀住的洞里也是这个样子。处在战争中的人们，是不讲究吃和住的。李贞想收拾一下。无意之中，手又触到了那个布袋，布袋里是菜种子。从知道自己要当志愿军政治部秘书长后，她就想到在国内战场当政治部秘书长的做法，采购了各种菜种，带到了这里。由于季节已过，只好将种子精心保存起来，准备明年开春后试种。她相信，这里也能长出新鲜的菜。

随着一阵脚步声，甘泗淇走进洞内，见面就说："你知道吗，浦安修同志来了！"

"是吗？"李贞惊喜地说，"我去看看她。"

李贞认识浦安修后，羡慕她是大学生，有知识，又不怕吃苦，相处得很好。已经分别了一段时间，能在这里相逢，自然非常高兴。

"你别急，还没来到呢。"甘泗淇说，"留守处打来的电话，司令部派人去接了，天明前可以到达。"

李贞问："彭总知道吗？"

甘泗淇说："彭总那脾气，让他知道就不能来了。所以洪学智说要保密，先不告诉他。""等浦安修来了，他也没有办法了。不过得准备他骂人呀！"李贞说着笑了。

甘泗淇也笑了："说不定要骂人的，就让他骂吧。"

第二天一早，甘泗淇和李贞就赶到了司令部。

事实并不完全像人们估计的那样。第二天吃早饭时，彭德怀像往常一样，反背着双手走进食堂，看见桌子上多了几个菜，惊奇地问："哟，今天这是怎么

★毛泽东主席为李贞授军衔

回事？"

洪学智笑着说："这个……今天有个客人要到这里来吃饭。"

"什么客人？"彭德怀问。

"你们俩可能见过面。"洪学智说。

正说着，浦安修走了进来，额头上包着一块大纱布。原来，接她的汽车在黑夜里行驶，公路上弹坑累累，又不敢开灯。途中，信号弹升起，敌机突然临空轰炸，司机猛刹车，浦安修的头撞到汽车的挡风玻璃上，前额划破一大块。

彭德怀见到是浦安修，先一怔，接着笑起来，说："噢！原来是你！没打仗就受伤了。"

浦安修也笑了，讲到路上遇到敌机轰炸的情景，说："那可是撞在挡风玻璃上的。"

"你也是命大咯，没炸着。"彭德怀说，"要是让外国记者知道了报道出去，他们会说志愿军司令员的老婆被炸伤了，那可就成了大新闻咯！"

人们轰地一声笑起来。

"快吃饭吧，有话慢慢说。"洪学智催促道。

吃饭时，浦安修挨着彭德怀，李贞挨着浦安修，给她盛饭、夹菜。

此时，志愿军的生活十分艰苦，总部也不例外。李贞边给浦安修夹菜边说："这里就是这个条件，没什么吃的。明年这时你再来，我用自己种的菜招待你。"

"李贞又在讲她带来的菜种子了，是吗？"彭德怀问。

"是的。"李贞说，"你可别忘了，在西北战场上，你可吃过我种的菜呢，在朝鲜，我也要让你吃上，信不信？"

彭德怀说："我哪敢不信。贺老总不是早就说过，还是李贞有办法嘛。"

彭德怀吃饭很快，不大一会就吃饱了，站起身对洪学智说："很多干部的家属都没有来过，安修住两天就回去吧。"

洪学智说："那怎么行！过去说来你不同意，这次顺路来看看，你还要赶呀！"

洪学智这样说是有来由的。1950年国庆节后，彭德怀匆匆离开北京，浦安修和其他人一样，以为他在北京开会，直到第一次战役后才知道他又上了战场，于是给他写了一封信，问他是否要她到前线。这封信送到时，彭德怀正在下棋，信是秘书念的，人们都欢迎浦安修到朝鲜来，彭德怀却说："千军万马正在打仗，她来干什么哟。"当时洪学智在场，说："这可是好消息，安修同志是关心你呀！千里之外一线牵嘛！"最后彭德怀还是没同意浦安修到朝鲜来……

李贞不知道这件事，就问浦安修："你不是专门来看彭总的？"

浦安修比李贞的年龄小，又没有李贞那样的战争经历，自从在西北野战军相识后，对李贞一直很敬重，简直当大姐姐看待。见到李贞问，浦安修就如实地说："不是专门来的。我参加西北工业团到东北参观，习仲勋同志说离朝鲜很近了，叫我来看看，听说他几次遭敌机轰炸，我也不放心，就来了。"

没听他们说完，彭德怀就走了出去。

浦安修说："我可能不应该来。"

"应该来，应该来。"李贞说，"且不说顺路，就是专门来看看也是应该的。"

"那我住两天就走吧。"浦安修说。

李贞指指门外说："别管他！住下来再说。"

吃完饭，李贞陪浦安修走出饭堂，向她说着彭德怀在朝鲜的情况。

李贞和甘泗淇：少将妻子上将丈夫

克里姆林宫的强音

汽车开出住地，缓缓行驶。李贞坐在车上，目光穿过车窗玻璃打量着莫斯科的街道和行人。进入11月的莫斯科，天气已开始变冷，有些树的叶子开始呈现橘黄的颜色。

李贞是和许广平一起率中国妇女代表团前来参加十月革命节的，来到这里以后，她的心里非常激动。早在秋收起义之后，组织上就准备派她到这里来学习，她认为自己不合适而没有来。时隔二十多年，她还是来了，不过不是来学习的，是来参加人家的纪念活动的。对她来说，还有另一个任务，就是向苏联妇女介绍中国人民志愿军女战士的英雄事迹。今天，她就是前往克里姆林宫去完成这项任务的。

眼前是红场。宽阔的广场上，人不很多。李贞想起几天前在这里集会庆祝十月革命节和阅兵的情景。当时，她和许广平等人，应邀站在观礼台上，看整齐的红军队列从广场上通过，步伐雄健，武器先进，声势浩大，令人难忘。她还在这里瞻仰过列宁陵墓。列宁躺在水晶棺里，好像闭目熟睡一般。所以，此时经过这里她既陌生又熟悉。

进入克林姆林宫，李贞完全是一种新鲜的感觉。雉堞朱墙，塔楼高耸，有高有矮，或方或圆，或多棱或多边，争奇斗巧。特别是五座塔楼上大大小小不一的红宝石五角星，红光闪闪。

这就是人们所说的莫斯科的红星吧？李贞心里想。

看着眼前的景象，李贞想起临来之前甘泗淇向她做的介绍。克林姆林，在俄语中是"内城"的意思，始建于1156年，最早是一个大公的庄园，彼得大帝前历代俄皇都住在这里。十月革命后，苏联首都迁到莫斯科，克里姆林宫就成为苏联的政治中心，列宁、斯大林都在这里办公和居住过。正因为有了这些知识，李贞眼睛看着，心里也就有了数。

不过，这时李贞心里想得最多的还是向苏联的妇女们介绍中国人民志愿军女战士的事迹。出国之前，她已作了充分的准备，广泛全面地收集材料，请有关同志帮助写出报告稿。来到莫斯科后，她又请许广平看了报告稿，听取她的意见。

对许广平，李贞是从朝鲜战场回到北京后才认识的。开始，她只知道许广平是鲁迅的夫人，后来才了解，许广平也是反抗封建礼教的女性。她不同意父亲的包办婚姻，解除婚约，离家北上，到天津读书，参加学生运动，是邓颖超、刘清扬等为骨干的天津女界爱国同志会的主要成员。在北师大学潮中，又是斗争的先锋；在和鲁迅并肩战斗的岁月里，对国民党的文化"围剿"进行了坚决的斗争……李贞感到，许广平比自己的年龄大，又有文化，所以特别尊重她。

许广平也非常尊重李贞。她了解李贞走过的道路，佩服这位巾帼英雄。她还记得红军长征到达陕北后，鲁迅通过史沫特莱发出的致中共中央的信中说的话："在你们身上，寄托着人类和中国的希望。"那时，她并不知道这其中就有李贞这样杰出的女性。这次一同出国，她注意向李贞学习，在生活上、工作上又大姐姐般地给予关心和照顾。她认真读李贞准备好的报告稿，深为志愿军女战士的英雄事迹而感奋，也对文字表述提出了些建议。在昨天晚上，她们又在一起进行了长时间的交谈。

李贞坦率地说："这将是我第一次给外国人作报告，心里真有点怕呢。"

"不用怕。你打了那么多仗都不怕，还怕作报告！"许广平说，"外国人也是人，她们希望知道我们中国人民志愿军女战士的事迹。"

"是啊！"一说到志愿军女战士，李贞的心里就激动，话也就多了起来，"在冰天雪地的朝鲜前线，我们的女战士们大多分布在通信联络、医疗救护、文艺宣传等岗位上，她们吃的苦也够多的了，同样是最可爱的人。"

许广平感慨地说："我没有上过战场，可我总想，到了战场上，恐怕就不能分男的女的了，人人都是战士，都得冒着炮火前

★解放战争中李贞与彭德怀等西北野战军领导合影。左二为李贞，左三为甘泗淇，右三为彭德怀

进，都得冲锋杀敌，尽管具体做的事不同，但都是为了战斗胜利，你说对吗？"

李贞说："对的。就说在朝鲜吧，女战士们都背着背包、干粮和铁锹，脚上起了泡也不掉队。过冰河时，卷起裤脚和男同志一样趟水。那些女军医、女护士，救护伤员更是勇敢大胆，不怕敌人的扫射和炮弹；看护时周到细心，洗血衣，捉虱子。在这里，我已经忘记我是个女的了。"

许广平听着，不住地点头。

"还有那些女文工团员，常常背着乐器到前沿阵地演出，同时搜集材料，边编写边排练边演出。这些节目虽然粗一些，可战士们爱听爱看，因为它能鼓舞士气。有时演着演着敌人开始射击，她们连脸也顾不上洗一把，或者和战士们一起还击，或者救护伤员。应该说，战争的胜利也有她们一份功劳啊！"李贞一口气说了这么多。

"对，这样讲就好！"许广平说，"有什么说什么，是什么说什么，既生动又朴实，最能感动人！"

李贞笑了。对许广平的话，她是相信的："好！我就多讲些具体的事例。"

许广平想了想，用商量的口气说："在你的报告稿前面，可不可以加上几句赞扬苏联妇女的话。据我看过的材料上说，在苏联整个卫国战争期间，由于兵源极紧缺，红军最高统帅部不得不大量征召女兵，总数超过80万，其中70%是在各个主力部队。她们也是很英勇的啊！咱们中国人很熟悉的卓娅，就是一个突出的代表！"

"这个对！这个对！"李贞说。她听过卓娅的故事，也知道苏联妇女在战争中作出了巨大的贡献和牺牲，但她不了解具体的数字，经许广平一点，她马上连声说。

"令人痛心的是，这些女兵有半数惨死在战场上或德国法西斯的集中营里。"许广平的声调里充满了沉痛。

李贞沉默了。我们的志愿军战士，也有被俘的，被俘的人也有女战士。在敌人的战俘营里，她们受尽了精神和肉体上的摧残。李贞曾去看过交换回来的战士们，听他们讲述悲惨的遭遇，真是惨无人道啊！但她没有说出来，更不打算在报告中提及。

在许广平和其他同志的帮助下，李贞连夜修改了报告稿。此时，她在心里默记着……

报告会的会场，设在一个大厅内。李贞在苏联妇女领导人的陪同下走进大厅里，迎面是一阵阵热烈的掌声，一张张陌生的笑脸。

李贞在掌声中走上主席台，坐在预先就安排好的座位上，以军人的目光，迅速打量着。高高的天花板上，雕着各种图案；根根圆柱牢牢站立，仿佛擎住房顶。她想辨别这里是原先的教堂，还是后盖的会议室，看了一会还是不敢确定。正如外国人看中国的建筑，都差不多。主持人说话了："现在，请身经百战的李贞同志给我们报告中国人民志愿军女战士的英雄事迹！"

哗哗的掌声又响了起来。

李贞镇定了下来。她缓缓站起身，亲切的笑容洋溢在人们面前。

"我首先代表中国人民志愿军的女战士，向苏联的姐妹们致以亲切的致意和感谢！"

清脆的湖南口音，在克里姆林宫的这间大厅里回响着……

妻子授少将，丈夫授上将

走在回家的路上，李贞的心情已经平静下来了。

刚刚宣布授予她少将军衔命令的时候，李贞是非常激动的。尽管在此之前，她就听说过将有这样的荣誉，但当真的变成事实时，她还是感到突然。李贞的眼前，又出现了刚才的那一幕。她和丈夫甘泗淇一起，走进中南海怀仁堂，参加国务院举行的中国人民解放军授衔授勋仪式。

周恩来亲自把上将军衔授于甘泗淇，把少将军衔授于她。之后，周恩来握住她的手说："祝贺你，李贞同志，你是我们新中国第一位女将军啊！"

"这是党和人民给我的荣誉，我决不辜负党和人民的期望！"李贞说。

此时，她一遍一遍在心里问：这是真的吗？在中国共产党领导的武装斗争中，有许许多多妇女投身其中，那些献出生命的不说了，就说健在的吧，还有邓颖超、蔡畅、康克清等人，为什么单单授给我呢？早在听到消息时她就问过丈夫甘泗淇，得到的回答是：那几位老大姐都已做地方工作了，你就当个代表吧！

我是代表。李贞心里又想到那些牺牲了的女同志，湘赣苏区的，长征路上的，抗日战争和解放战争战场上的。在她的眼前，出现了张吉兰，出现了张金莲，出现了叫得上名字和叫不上名字的许许多多女同志。没有她们，就不会有我李贞，我李贞是代表她们接受这少将军衔的啊！

不知为什么，她又想到了向警予。1939年，在延安纪念"三八"节大会上，毛泽东说："要学习大革命时代的模范妇女领袖、女共产党员向警予。她为妇女解放、为劳苦大众解放为共产主义事业奋斗了一生。"这年7月，周恩来在庆祝延安女子大学成立大会上说，向警予是我们党的第一个女中央委员，第一任女部长，英勇牺牲了，我们不要忘记她。当时李贞在延安，亲耳聆听了这些话。开始她不很了解向警予，后来知道了她的奋斗道路和被杀害经过，就非常佩服，把她作为学习的榜样，决心把自己的一切献给革命事业。

9月的阳光，金灿灿地照着小院里的树木和通道。李贞踏着铺满阳光的通道，走向客厅。早已等候着的工作人员，呼拉都围过来，向李贞表示祝贺。她微笑着连声说："谢谢！谢谢！这是党和人民对我的鼓励和鞭策！"

李贞想避开这个话题，人们还是七嘴八舌地说着，看着肩章和领花。这是解放军第一次授衔，大家都感到新鲜和好奇。

李贞坐下后就问："甘副主任还没有回来吗？"

甘副主任是甘泗淇，他这时是总政治部副主任。

"还没有。"一个工作人员回答。

一时没有人说话，出现了短暂的沉默。可不大一会儿，又有人说："李部长，你可是咱们军队唯一的女将军呀！"

人们喊李贞部长，是因为她这时正任军委防空军干部部长。

"就是我一个，可也没有什么了不起的，我还是我，还是李贞嘛！"李贞说。

"听说你打过很多仗，是吗？"有人问。

李贞的眼前掠过不少战斗场面，游击队时期的，湘赣苏区的，长征路上的，抗日战争和解放战争时期的，确实令人难忘，不过那不是一个人打的。哪一次战斗不是集体的行动，没有人牺牲？她说："应该讲我参加过一些战斗。"

"那也了不起呀！"说这话的是一个姑娘，"不少首长都说你了不起呢！"

"怎么说呢？"李贞拉起姑娘的手说，"要讲苦，在战争年代女同志比男同志吃的苦是多些，所以一些领导就说了不起。不过那也是没有法子的事情嘛，何况又不是我一个，所有女同志都是这样。"

人们静静地听着，一双双眼睛里流出的是期盼。

李贞和甘泗淇：少将妻子上将丈夫

李贞看到了这一点，讲起了长征路上的一位女战士。这个昔日的女工，是怀孕后踏上万里征途的，挺着大肚子行军作战。尽管领导和战友们关心她、照顾她，她还是比别人付出更多的气力，经受更多的磨难。但她没有被困难吓倒，而是咬紧牙忍耐着，以常人难以想象的毅力，渡过金沙江，越过大渡河，翻过大雪山，走进泥泞的草地。进入草地后，就到了她生孩子的时候。生孩子本来是一件喜事，可在那样的条件下，没有吃的，没有穿的，也没有住处。热心的同志送来破衣服作尿布，送来自己都舍不得吃的青稞面作营养品，但这位女战士和她生下的孩子还是没有能够走出来，母子两人双双长眠在草地上……

说到这里，李贞的眼睛湿润了，那位姑娘直擦眼睛，其他人也低下了头。

"在草地上生孩子的女红军还有几个，她们也是吃尽了苦头。陈琼英同志就是这样，庆幸的是她和女儿都活了下来。"李贞说。

"陈琼英是谁呀？"有人问。

"是任弼时同志的爱人。"李贞说，"长征过草地时，她生下了个女孩，朱总司令给她起的名字，叫远征。没有吃的，任弼时就去拔野菜，嫩的给陈琼英吃，老的他自己吃，朱总司令还领人去抓鱼烧汤给她喝，那情景啊，真让人难忘！"

正说着，甘泗淇回来了，进门就说："你们都在这里呀，干什么呢？"

李贞说："你不回来，他们问我战争年代女兵的情况，我说到陈琼英在草地上生孩子呢？"

"了不起的女战士们啊！"甘泗淇说，话里有感慨，更有赞扬。

警卫员为甘泗淇端来一杯水，转过身向李贞说："伙房师傅问是不是现在开饭？"

甘泗淇说："我今晚没有急事，想歇一歇再吃。"

"那就告诉大师傅，等一会儿再开吧。"李贞朝警卫员说。

警卫员走了出去，其他人走了出去，屋里只剩下甘泗淇和李贞夫妇两人。他们相对坐着，一个上将，一个少将。

"怎么样，授衔的事全结束了吗？"李贞问。

甘泗淇说："基本结束了。这也是一场考验啊！"

李贞一下子没有明白考验的意思，看着甘泗淇的脸，等待继续说下去。

"有人争衔，有人让衔，这不是考验吗？"甘泗淇说。

争军衔的事，李贞听说过，她所在的单位就有，让军衔的人，她没有听说过，问："谁主动不要高军衔？"

甘泗淇说："廖汉生和徐立清同志都不要上将而要中将，军委首长也同意了，是毛泽东亲自批准的。"

说到毛主席，李贞问："毛主席为什么没有军衔呢？"

"是决定授予他大元帅军衔的，可他无论如何不要，那就只有听他的了。"甘泗淇说。

李贞说："我们两个可是都授予将军衔啊！"

甘泗淇说："我们只有用做好工作报答了！"

这时，警卫员又来问是否开饭。

"吃饭吧？"李贞说。

"吃饭。"甘泗淇站起身。

他们说起话，一起朝饭堂走去。

身处逆境时

眼前在长沙的这种生活，李贞似乎已习惯了，可心里不满意。她常想，自己是个童养媳，是中国共产党领导的革命救了她，她投身于革命的洪流，成为一名女将军，在生活上地位上，本来就没有更多的要求，可就是有着排解不开的火气：我怎么是反革命呢？

1966年，那场"文化大革命"运动开始了。骤然之间，风暴四起，雷鸣电闪。以刘少奇、邓小平为代表的一大批老干部被打倒了。在军队，早在1959年被错误批判的彭德怀，又遭到了更残酷的对待。接着，就是贺龙被关押。李贞很长时间在彭德怀、贺龙领导下工作，因此也被株连，被加上"反革命分子"的帽子，打发到了湖南长沙，住进一个干休所里。

长沙，多么熟悉、亲切的名字啊！1930年，她和浏东游击队奉命参加攻打这里，后来撤了回去。新中国成立后，她和丈夫甘泗淇来过这里，受到了盛情的欢迎，看过岳麓山、橘子洲和第一师范学校等名胜之地。那是怎样的场面呀！这一次，却是她一个人。甘泗淇1964年就去世了，而她又是被加上莫须有的罪名关押在这里，无端地接受审查，确确实实地身处逆境。

逆境最能考验人。处在这样的境遇中，总会想得很多。到了长沙以后，没有工作要做了，李贞有时间回顾了自己走过的道路，感到有许多事情还做得不好，工作中也有这样那样的错误，但有一点她自认为问心无愧，那就是努力工作，忠诚于党的事业。从朝鲜回国后，她任军委防空军干部部长，是坚持任人为贤的干部路线的；1957年以后任军事检察院副检察长，积极开展各项检察业务，建立健全各种规章制度……勤勤恳恳工作，怎么得到了这样的结果呢？

刚到长沙时，李贞没有自由，被勒令揭发彭德怀和贺龙的"罪行"，交代自己的"罪行"。对此，李贞采取两个办法，一是软的：共产党人最讲实事求是，你们去调查好了；二是硬的：没啥好揭发好交代的，历史就是历史，都在那里摆着，谁也改变不了！

李贞这样做，果然也奏了效。以后，来的人渐渐少了，不过也因此又增加了新的"罪状"，那就是顽固不化，与彭德怀、贺龙划不清界限。当然，来的人少了还有另一个原因，那些别有用心的人忙着他们更想得到的东西，把老干部当成"死老虎"置于一边，李贞也属于此列。

尽管这样，李贞的心里也不能平静。她不同意强加给她的"罪行"，可又无处去说。有时，她气愤地喊道：历史可以作证，许多健在的老人可以作证，我的入党介绍人张启龙还在，而且就住在长沙，她真想去问问。

有一天，她见到了张启龙，是一次偶然的相遇。三十多年的时间过去了，他已是年过六十的老人，走起路来脚步有些沉重。

李贞问："你的身体还好吗？"

张启龙看到是李贞，笑着点点头，说："年纪这么大了，又是这样的情况，什么好不好的。你怎么样？"

"也是这样吧。"李贞说，"吃得下饭，睡得着觉。"

"那就好，那就好！"张启龙说，"当年有些人不是闹得挺凶吗？最后历史证明他们是错的。我看，这次也是如此。"

李贞明白张启龙指的是湘赣"肃反"扩大化，就是那次"扩大化，把她和张启龙分开的。如今，只是没有明白地点出来罢了。其实，她也不止一次地想过，并把那时和眼前联系在一起进行思考。此时她却不愿再提起。伤感，对谁都不堪回首啊！最后，她关切地说："你要多保重身体啊！"

"你也要多保重，问题总会解决的。"张启龙说。

李贞也是这样想的。她尽管感到愤懑和压抑，但坚信乌云不能永远遮住太阳，真理终究要战胜谬误，历史一定会恢复本来的面目。因此，她把一封封亲笔写出的信寄往北京，寄往党中央，要求将自己的问题搞清楚。当然，她心中也有个不便说出的想法：只要我的问题搞清了，其他同志的问题也能搞清。她满怀信心地希望着，等待着。

李贞和甘泗淇：少将妻子上将丈夫

李贞终于等到了。她等到的，首先是喜，接着是悲。

1975年邓小平复出，主持中共中央的日常工作。在邓小平的关心和过问下，李贞恢复了名誉。但是，接着而来的，是周恩来的逝世。那天，天空阴沉沉的，寒风从门缝吹进屋内，冷飕飕的。李贞还没有起床，迷迷糊糊中听到广播里传出低沉的哀乐声。

是谁逝世了？李贞猛地从床上坐起来。特别的年月，使得她特别敏感。

哀乐响过，是播音员悲痛的声音。李贞听得特别清楚：是周恩来逝世了！

还没听完广播，李贞就匆忙穿好衣服，脸没有洗，头也没有梳，急急地走出房门，向干休所所长的办公室奔去。

所长办公室的门锁着。

"所长到哪里去了呢？"李贞自言自语道。回答她的，是灰蒙蒙的云，冷飕飕的风。整个干休所的院里，寂静无声，不知从谁家的房间，传出播音员悲痛的声音。

李贞想找一个人打听一下，一直找到门口，才有人告诉她："所长买菜去了。"

李贞没顾上再想别的，一路小跑到了菜市场，挤进黑压压的人群，找到了所长。

所长的年龄并不太大，他心里也明白，别看自己是所长，可所里住的人哪个也比他官大，虽然他们现在挨整，都惹不起啊！因此，看到李贞气喘吁吁地站地面前，不知发生了什么事情的所长，瞪大了惊奇的眼睛。这可是一位独一无二的女将军啊！

"请你去给我买张飞机票！"李贞镇定了一下急跳的心，话中既有和气的商量，又有严厉的命令。

所长听出了话中的意味。对此，他也早就习惯了。住在这里的人，哪个说话不是用的这种口气。他看看李贞，问："干什么，去哪儿？"

"回北京！"李贞说。

"谁批准的？"所长问。

李贞理直气壮地说："没有人批准。"

所长虽然年轻，可是处理这类事情却很有经验。他从实际工作中总结出了一条，有人批准，他就老老实实去办；没有人批准，他是不能办的。采用这个方法，已顶回了许多人。此时，他听李贞说没人批准，态度便强硬起来："那不行！"

　　对这样的年轻人，李贞向来是体谅的。他们也是奉命行事嘛，有人叫他们干，不干行吗？所以平时对他们比较客气。现在，看到这所长如此态度，顿时火了："今天由不得你，这飞机票非买不可！"

　　李贞的语气是和缓的，但和缓中的不容置疑，所长也听出来了，他不理解。她丈夫已死去，北京又没有什么亲人，过去不是让她回去她都不回去吗？

　　那还是几年前，李贞写的信寄到北京，有关部门给湖南打电话，让李贞回北京。李贞说："我只是要求弄清我的问题，不是要回北京，我不愿让首都的8个人为我一个人服务。"当然，人们不明白这话中的意思。李贞说："那年周总理跟我和另外几位老同志谈话，其中说北京增加一个老干部，就要增加8个服务员。"

　　所长想到这些，一动不动地看着李贞，还是不明白李贞为什么这个时候要急于回北京。

　　李贞似乎看出了所长的疑问，说："难道你没听广播吗？周总理去世了！"

　　"周总理去世了！"买菜的行列里有人不相信似的反问了一句。顿时，人们围了过来，有的菜篮子落到地上，有的围巾挤掉了，一片哭声响起来。李贞也哭了。

　　这场景感动了所长，他抹抹泪水说："好，你回去等着吧，我马上就去给你买飞机票！"当天，李贞就飞到了北京。原先住的房子没有了，熟悉的领导和战友都处境艰难，她只好找到一个普通的招待所住下来，然后赶往北京医院，站到了周恩来的遗体前……

最后的年月

李贞坐在客厅的一把藤椅上，对面摆着几张沙发。她不愿意坐沙发，喜欢坐藤椅。这藤椅是搬家时从长沙带回来的。她这么做，是出于一种偏爱，还是要保持腰杆的笔直，她没有说过。

初春柔和的阳光，穿透玻璃门窗，辐射进室内，照在李贞的身上和脸上。一身合体的青色上衣，是旧军装染成的；灰白相间的短发，整齐地梳向脑后；绛色架的眼镜后面，闪动一双沉思的目光……记者将要来采访，她在思考说些什么。

她本来是不愿接受记者采访的。已经辞去了中顾委委员、全国妇联常委等领导职务。为辞去职务，她找中央一位领导同志说过，给妇联主席康克清写过信，终于得到了应允。

现在只有在总政治部一个职务了，她也准备辞去，过一个普通党员、普通公民的生活。正因为如此，她在电话里告诉记者，说没有什么好谈的。可是记者说"三八"节就要到了，想请她谈谈战争年代女军人的生活与工作情况，态度是那么诚恳，她也不好意思拒绝了。

司机走过来，问："首长，今天出去吗？"

"我不出去。"李贞说，"没有急事你也不要出去了，有些事集中在一起办，可以节省汽油。"

司机是个年轻的战士，对这样的话听过不止一次了。从他到这里来当司机起，李贞就对他说："步行能办的事就不要转动车轮子，一次能办完的事，就不要出两次车；来京的家属，一律不准用车接送和游玩。"小伙子开始还有点不信，慢慢发现，李贞是这样说的，也是这样做的。一次，久未见面的四妹带着儿子从兰州来看她，想到八达岭玩一玩。司机说："天气比较冷，是不是开车送一下？"李贞却说："车是公家的，咱们不能用它来办私事。"便让司机给妹妹及儿子买了去八达岭的旅游车票。

其他妹妹及她们的孩子生活上有了困难，李贞会从生活上给予接济，但要找她解决工作和住房问题，她一次也不答应。由此，小战士对李贞更敬重了，有时甚至把她当成奶奶或母亲看待，亲热而又随便。

当司机哪有不爱出车的，一听说又不能出车，就带有几分撒娇地说："我都快失业了，三四天出不了一趟车。"

李贞很喜欢这个司机，淳朴勤快，甚至有几分稚气。她回到北京不久，因身体不好，又恢复了工作，组织上就要给她配汽车，配秘书，配护士，她连想也没想，就说："实事求是地讲，汽车我可以接受。秘书吗，我认为没有必要配。我年老体弱，不可能做更多的工作，抄抄写写的事情能有多少？至于护士吗，也不必配专人。我有了病，只要自己能动，就坐车到医院或机关门诊部去看。如果实在动不了，就请医生来一趟。有个司机照看就可以了。"

管理部门照这样做了，司机也就成了一个兼司机、秘书和护士3个角色的人物。

此刻，看到司机可爱的神态，李贞笑了，说："怎么会失业呢？在咱们家里，你可是第一号忙人啊！既是我的司机，又是我的秘书和保健医生。好在我离休了，要不真会把你累坏的。"司机看看面前的女将军，听着幽默的话语，扑哧一声笑了。

"你这个小鬼，没有气了吧！"李贞也笑了。

小战士不好意思地跑了，不一会端来一盆水，走到阳台上浇那几盆花。花都不名贵，但叶子很绿，花很红，给这个家增添了不少生气。李贞的目光，先随着小战士在转动，后扫视着这座房子。她搬到这里的时间并不长，却感到这比原先的住处好得多了。

刚从长沙回北京时，她原来和丈夫甘泗淇住的房子被别人住了，她只好住在招待所里。一年过去了，两年过去了，没有人过问。有人看不过去，劝她去找领导说说。她不在意，反正就自己一个人，有地方住就行了，领导上的事情那么多，何必让他们为这点小事分心呢？这事还是让一位领导知道了，很生气地说："解放军几百万人都有人管，为什么李贞的住房却没有人过问？明白吗，她是个将军，全军就

她一个女将军！”

在那位领导的关心和督促下，李贞搬进了香山北辛村的一处平房。那是个大杂院，几家合住，房子比较破旧，冬天常断暖气。工作人员担心李贞的身体吃不消，想向组织反映整修一下，被她制止了："有个住处就不错了，大家都困难嘛，我怎么好去搞特殊！"

后来，管理部门看到李贞的身体不好，年纪大走路不怎么稳，就准备给她经常活动的会客室铺上地毯，可她就是不同意，说："这些东西有了不多，没有不少。感谢你们的关怀，我走路留点神就行了。"

出于好心，一些人趁李贞不在家的时候，将会客室和卧室内铺上了地毯。这使她很生气，手有些发抖，提高了嗓门说："这样的事，没有我的同意，你们是不能替我做主的。你们不能背着我自行其事。"……想到这里，李贞摇摇头。如今房子也好了，地毯也铺上了，不但会客室、卧室连走廊上也铺上了。她只有接受。

"首长，该吃药了。"不知什么时候，小战士浇完花，取来了药片。李贞接过药片，放进嘴里，喝一口水，扬脖子咽了下去。心想，这几年真是大不如前了。过去什么时候吃过这么多药？可现在就得吃，弄不好就会犯病。她还记得那次到京西宾馆去参加会，半路上犯了心脏病，挺厉害的，不得不掉转方向去了医院，特护三天才脱离危险。她又想到了一位得肾炎的同志，不知吃了那方子上的药好了没有。那是她出差到外地去打听的，一字一字抄了下来，又买好药寄回来的。她把司机喊过来，说："你找时间给那位同志打个电话问问他吃了那药效果怎么样？"

司机答应着到另外的房间打电话去了，李贞又陷入了沉思。记者说"三八"节到了，让我谈谈战争年代的女军人。应该谈，因为那时的妇女们，是慈爱的母亲，是贤淑的妻子，更是勇敢的战士。我是幸存下来的极普通、极平常的一个，有责任将她们的事迹，告诉今天的姐妹们。历史，不能割断，也不能否定……

门铃响起，李贞忙走过去开门。

是记者来了。

白色的被子、床单，白色的四面墙壁，穿着白色大褂、戴着白色帽子的医生、护士。李贞感到自己生活在一个白色的世界里。她对自己说，这白色，象征纯洁，也象征死亡。

不知为什么，自从这次住进医院，李贞就有一种不好的预感。过去也病过，也住过医院，都没有这次的异样感觉。中国有句民谚："七十三，八十四，阎王不叫自己去。"如今，自己正好八十三岁。她并不怕死。战争年代，多少人死了，有的饮弹而亡，有的疲病所致。1964年，她送别过亲爱的丈夫甘泗淇。这些年，她不止一次参加老同志、老战友的遗体告别仪式，每一次心里都非常难受，为失去战友悲痛，也想到她自己什么时候走完人生的路，由别人向自己的遗体告别。莫非现在轮到我了？"人生自古谁无死，留取丹心照汗青。"文天祥的这两句诗，多次响在她的耳边。她所生活的年代，没有给予她吟诗的机会，但她还是喜爱这两句诗，并熟记在了心里。

应该无憾了！躺在医院里的李贞，反复在心里这样想，6岁当童养媳，最后成为人民军队的一位女将军。如果不是风起云涌的年代，不是中国共产党领导的革命，自己也许从童养媳到妻子到母亲，默默地过完一生，除本村的人知道有个旦娃子，哪里会有李贞这个名字呢？不断有人来医院看望李贞。规定探视的时间有人来，不允许探视的时间也有人来。也许因为知道她的脾气，所以来看她的人，没有带吃的东西，多是捧着鲜花来的，红色的蓝色的，喷吐着浓郁的清香，弥漫在病房里。在这样的季节送这样的礼物，也是在这些年才风行起来的。

也有不带鲜花来看望的，是王首道。他觉得友谊比鲜花更宝贵。所以蹒跚着脚步走进病室，走到病床前，紧紧握住李贞瘦削的手，说："感觉怎么样？"

李贞想坐起来。这不仅因为同住在北京却由于年纪大而很少见面，更主要是因为七十年前，她建立了永和区第一个地下党支部，第一个来和她接头的，便是那时的王芳林今天的王首道。李贞说："你这么大年纪怎么还到这里来呀！"

"怎么能不来呀！"王首道也没有忘记过去，"你可是大革命失败后我回到浏阳联络上的第一个地下党支部书记啊！"

李贞苍白的脸上，露出了欣慰的笑容。

这一天，来了一群青壮年，有男有女。李贞仔细地辨识着，依稀找出了他们少年时的模样。这是她和甘泗淇一起抚养的孩子们。他们夫妇没有亲生的子女，却先后抚养过二十多位烈士遗孤和战友的孩子。尤其李贞，像对待亲生子女一样，把真挚无私的爱奉献给孩子们。她白天忙工作，很少回家，晚上回到家就询问孩子们的学习，检查他们的作业，告诉他们要听党的话，继承父辈传统，刻苦学习，成为对人民有用的人。在李贞和甘泗淇的教育下，这些孩子都长大成人，如今都在医疗、文教、科技和国防等战线上发挥着积极的作用。他们听说辛勤抚育过自己的女将军病了，便自动联系，相约而来。

"李妈妈，我们看您来了！"

"李阿姨，您好些了吗？"

一声声问候，倾吐着心中永难忘怀的教育之恩。

李贞苍白的脸上，露出母爱的笑容。

全国妇联的负责同志来了。见面后，她们先敬上鲜花，然后说："李大姐，三八节又快到了，我代表邓大姐、康大姐和妇联的姐妹们，向您致以节日的祝贺，盼您早日康复，和我们一起欢度三八节！"

李贞请她们坐下，问候邓颖超，询问康克清的病情。康克清是前一年病的，李贞曾到医院去看望过她，这次住院后，康克清曾派秘书来看她，当妇联的同志告诉她康克清很好，也非常希望看到她，只因身体不便未能亲自来。李贞先请妇联负责人转达她对邓颖超和康克清的问候，又请转达她对全国姐妹们的节日祝贺！

妇联的负责同志又讲了些纪念三八妇女节的准备情况，以及各条战线尤其是军队妇女们的模范事迹。

李贞苍白的脸上，露出了喜悦的笑容。

军队的领导同志前来看望李贞。他们穿着新式的军装，佩着明晃晃的肩章。李贞眼睛一亮，感到格外亲切。面对这些没她年龄大、没有她资历老的新一代军队的领导人，她看到的是希望，是她献身一生的军队的希望。

"老大姐，我们来看您这位老前辈，祝您早日康复！"领导同志说。

李贞笑笑，不无幽默地说："我是个老兵，是你们指挥下的一名老兵，可惜很难去冲锋陷阵了！"

领导同志心里酸酸地，问："大姐，对我们有什么希望和要求吗？"

"没有了！"李贞已有些累了，说，"党和人民给我的已经够多了，我是无法再报答了！"领导同志久久握住李贞的手，然后向她行军礼告别。

李贞苍白的脸上，露出了坚毅的笑容。

来看望的人越来越频繁，李贞的心里越有数：这就是信号啊！必须作个交待了，她对自己说。

趁着没有人来看望的机会，李贞把在她身边工作的姑娘叫来，说："看来，我这次怕是不行了，有些事向你们交待一下，就算是遗嘱吧！""你说什么呀，很快就会好的。"姑娘忙阻止。

李贞摆摆手，说："傻孩子，你们不要再瞒我了，其实我心里比谁都清楚。"

姑娘着急地说："没有瞒你嘛！"

"好了！就算没瞒我吧。"李贞无可奈何地笑笑，说，"不过，就是病好了，说说也没有关系，你说是吗？"

"你说吧。"姑娘哽咽着点点头。

李贞平静一下自己说："我住的房子是公家分给我的，我死后公家当然要收回。我的所有积蓄，就是11000元人民币存款，还有2500元国库券，我死后除一部分交党费，其余全部交给有关部门发展儿童教育事业。别的我就没有什么了。"

姑娘心头热热的。李贞没有孩子，但十分热爱孩子，正如她所说："少年儿童是祖国的未来，民族的希望，关心下一代的成长，是老一辈的责任。"基于这样的思想，她把晚年的精力和金钱都用到了这个方面。她到少年宫去讲故事，到工读学校看望失足青少年，她亲自给外地的小学教师写回信，鼓励他们克服困难，为祖国培养人才，她捐钱给全国少年儿童基金会和中小学生幼儿教师奖励基金会，以及地方科学技术协会。现在，她意识到自己将不久于人世，想的做的还是为了少年儿童，还是为了下一代……

"我说的你记住了吗？"李贞说。

姑娘使劲点点头，泪水禁不住流了下来……

1990年3月22日，新华社播发了这样的电讯：

鲜花与翠柏，簇拥着新中国第一位女将军李贞身着将官服的彩色遗像。今天下午，杨尚昆、宋平、李瑞环等领导同志以及数百名解放军官兵和各界人士默默走进八宝山革命公墓礼堂，与这位第一次国内革命战争时期投身革命事业和妇女解放运动的革命家诀别。中国共产党的优秀党员、久经考验的忠诚的共产主义战士、我军优秀的政治工作者李贞同志，因病于3月11日在北京逝世，终年83岁。

江泽民、李鹏、陈云、万里、李先念、彭真、徐向前、聂荣臻、乔石、姚依林、王震等送了花圈……

张纬和彭绍辉：
相伴向前飞

幽幽妻子情

张纬风尘仆仆到达天水，很快就和彭绍辉结婚了。

婚礼十分纯朴而简单。没有隆重的场面，没有华丽的布置。因为当时部队正在进行新式整军运动，布署两忆三查教育，一些师的干部都来军里开会，彭绍辉就请这些人吃了一顿饭，算是接受他的下级对他结婚的祝贺。

对此，张纬有点儿不满足。从女孩时起，她就见到过不少结婚时的喜庆和热闹，可轮到自己了却这么简朴，几乎可以说是冷清。但她体谅彭绍辉的苦衷，他是军长，多少人的眼睛都在盯着他，必须注意影响啊！彭绍辉非常欣慰妻子的理解与支持。

新婚之后，彭绍辉就把家交给了张纬。这是一个怎样的家啊，除了公家的东西，属于彭绍辉个人所有的，就是一个半旧的皮箱，里面装着几件破旧的衣服，没有一件值钱的东西，其余的就是日记本和一些书。张纬看着这些，眼前出现的是"清正廉洁"这几个字。她在心里对自己说，这样也好，我本来就不是为了钱才和他结婚的。

对于女子来说，结婚之后就是妻子，以后再变成妈妈。叮张纬却不是这样的，她一结婚就当上了妈妈——后妈。这对十九岁的她来说，真是一件难事啊！

婚后第二天，保姆就领来了两个小女孩，大的五六岁，小的三四岁，指着张纬对孩子们说："快叫妈妈！"

张纬先是一愣，马上也就明白是怎么回事了，心里不由得暗暗叫苦不迭。他不是对我说，结婚后孩子不和我们一起生活吗，怎么刚结婚就来了？她问保姆，得到的回答是："孩子一直是跟着军长的。"

还能说什么呢？既然和一个有了孩子的人结婚，那就当后妈吧。再说，军长要照顾两个孩子，尽管有保姆，也够难为他的了。

"快叫妈妈呀！"保姆又催两个孩子。

两个女孩好像也难以接受眼前的事实，睁大眼睛看着张纬，就是不叫。

张纬心里不是滋味，嘴里却说："不叫就不叫吧，别勉强她们了。"

从此，张纬毫无选择余地地接受了一个无法改变的现实：当后妈。

妈妈本来就难当，后妈更难当。开始的那些日子，张纬极不适应。她不熟悉孩子，孩子也不熟悉她，更不听她的话。她不能发火，也不能对丈夫说，只能把苦水往肚子里咽，有许多次，她一个人偷偷地叹息，悄悄地抹眼泪。

时间一长，她和孩子们渐渐熟悉了，便想尽办法去接近她们，和她们一起玩，帮她们洗衣服、洗澡、扎小辫。慢慢地，孩子们也愿意接近她了。感情，温暖的女性的感情，终于在孩子和她这个后妈之间搭起了桥梁。

不过，有些事情让她很难受。一天吃饭时，大女孩吃着吃着不吃了，把剩下的半碗烂糟糟的米饭，一下子倒在了张纬的碗里，起身就跑出去玩了。张纬没想到女孩会这样做，看看倒在自己碗里的饭，心里难过极了。这么多年来，自己何曾吃过别人剩下的饭，更不用说孩子们烂兮兮的饭了。但她很快镇定下来，不动声色地继续吃饭，把孩子倒在她碗里的饭，全部吃了下去。

更主要的，还是对孩子的教育问题。她常在心中对自己说，这是丈夫的孩子，虽然不是自己所生，但也是自己的孩子，不但要抚养好她们，更要教育好她们。于是，便教她们学会讲礼貌，再大一点就教她们读书。果然，这两个女孩后来都读了大学，成长为对人民有用的人。

婚后的张纬，更为烦恼的，是中断了卫校的学习。每当想到这件事时，她的心里就烦躁不安。难道就这样下去吗？当姑娘时的美好理想，难道就这样破灭了吗？她不甘心，又没有办法。

值得庆幸的是，时间不长，卫生学校由西安搬到了天水。张纬喜出望外，很快又进入卫校继续学习了。

对一个女人来说，伴随着当妻子而来的，是许许多多的新问题，特别当一个军人的妻子，其中最无奈的莫过于思念。张纬与之结婚的彭绍辉，是个军长，又处在战争的年代，就更不用说了。

张纬和两个女孩还没有完全熟悉，彭绍辉就接到贺龙的电令，让他率领第七军配合十八兵团，抑留胡宗南部于秦岭、巴山之间，保证第二野战军突入贵州，完成对西南国民党军分割包围的行动。待二野主力完成包围之后，七军即向陇南出击，务求全歼残敌。尔后即进军川北，配合主力解放西南。

当彭绍辉把自己要率部去打仗的事告诉妻子时，张纬的心一下子悬了起来。尽管她早知道军人是要打仗的，但对眼前的事实还是缺少思想准备。顿时，她想到了那首歌中的一句词："妻子送郎上战场。"彭绍辉则劝慰妻子，让她放心，说孩子由保姆管，况且已经和她熟悉了，她完全可以集中精力学习，管理部门也会照顾的，他自己也不会有什么问题……

张纬强忍别离的心痛，故作乐观地说："你就安心地走吧，我会管好孩子和自己的。"

这毕竟是张纬结婚后的第一次分别，因此彭绍辉一出发她就惦念起来。现在正是严寒的冬季，到处冰天雪地，他又只有一只手，事事都不方便，想必会遇到许多困难，会不会出现意外的情况呢？白天到卫校去学习或者和孩子们在一起时还好一些，到晚上一个人独处时，就想得更多，脑乱心慌，久久难以入睡。

有时，张纬也暗暗笑自己。这么多年了，有多少个春夏秋冬，有多少战役战斗，人家不都过来了吗？就说一只手吧，不是又能骑马，又能打绑腿、系鞋带，还能坚持写日记吗？况且还有警卫员，我这不是多余的操心吗？

想是这样想，可张纬对彭绍辉的惦念，还是此情无计可消除，才下眉头又上心头。正因为如此，她就分外注意来自前方的消息。她听说抑留胡宗南的任务完成了，南线部队先敌关起了川西南大门，使国民党政府的陪都重庆暴露在解放军的面前。胡宗南发觉上当后，急忙放弃秦岭、巴山防线，仓惶向成都撤退。事实上，这时的彭绍辉立即率领第七军与十八兵团一起，分三路追击胡宗南部，迅速占领了徽县、成县，接着占领略阳、康县，随后又沿白龙江南下，通过玉垒桥，占领了甘川交界的战略要地碧口，全歼其守敌……

这些，那时的张纬都不知道，她更不知道，彭绍辉在繁忙的战事间隙，将此记在了日记上：

12月15日

我军奉命配合主力作战，消灭胡敌，解放陇南各县。我军出发后，情况如下：

19师主力于5日出发，先头团3日占江洛镇，群众欢迎。5日占徽县，于8日在向水江，敌一个连70余人向我投降。10日晚进占略阳。13日侦察部队占阳平关，敌已先期逃走。该师昨日停止大安镇，今日令其继续尾60军后，或另开前进路向广元前进。部队情绪尚好，争相执行任务。

20师主力，由天水镇出发，先头团一日出发，3日占成县，7日在抛沙镇歼敌自卫队一部，俘敌50余，缴轻机枪2挺，步枪80余，手枪6，枪交当地政府处理。7日先头占康县，10日主力在康县地区停止1天，11日经巩家集、张坝之线挺进，13日至三河口＜即大岸庙北之两河口＞，因为12军186师在前面发生拥挤，就地停止补粮，14日继续停止1天，与军用电话取得联络。

军直及21师，于6、7两日先后出发，6日宿捎子坡，7日宿麻台河，8日宿江洛镇，9日到成县上下罗。7、8两日下大雪，汽车路及电杆电线为敌彻底破坏，小汽车不能行驶，8日返天水。10日原地停止，筹补粮食，11日继续前进翻鹰咀山、中南山、太石山宿李家山。今日下大雪，道路泥泞，因泥滑而摔跤者不少，牲口驮子上下极困难。

12日宿歇马店，十来户人家，要甚没甚。今日约119军蒋汉城副军长到此面晤，他黄昏时到此，我们住在一家学校，不仅无门窗，且铺的也很困难，对初次面见起义过来的蒋汉城的招待更谈不上，与蒋谈各尚属顺利，我们所提各项他均能接受。蒋为人直爽，解决问题一般地较痛快，但有些滑头。

13日同行到甘泉，计程40里，他先行派员在此布置了一顿干膳，我觉得一餐小酌，比他在歇马店住的一晚要好。饭后决定由孙副军长带电台及数十名干部到武都去，作改造蒋部的工作。我们继续翻雪岭山到达杨家山宿营，雪岭山很崎岖险要，上坡10里，因雪冻有很多地方牲口驮子上不去，我因不敢乘马而步行，有些处所没有警卫员的抬扶简直无法开步。

14日经乐家寨、古水子进到大岸坝。20师因前进路有友军186师运动，原地停止。21师进到甘泉、杨家庙。20师在原地筹粮。

15日因玉垒桥为敌破坏，185师在抢修中。62军前指停止在临江。186师停止在外纳铺、白腊坝之线。我部除21师由甘泉向好王寺、杨家湾移动外，余均在原地停止。今日接二十师报告，全师自5到13日逃亡46人。

12月21日

今日通过约2里许之石崖隘路，单人步行觉得有些害怕，炮兵驮子只能一个一个通过，运动速度异常迟慢，我们为走在先头到达罗家寨与21师李政委面谈工作、交待任务，使他们早日开回徽县、两当开展地方工作，剿灭土匪，维持地方治安。建设部队工作是打通干部思想，进行阶级教育，树立人民解放军永远是战斗队思想，部署明春生产工作。交谈毕即进到好王寺宿营。

12月29日

今日翻太石山、中南山各上下十里，此路系由成县到武都的公路线，除上述两山及某些傍河隘路处大部修成，可是上述两山及傍河隘路需用大批石工及大量爆炸，傍河两岸水磨很多，经建设可构成无数水库，则更便利提高、改善人民生活。沿途石山多，耕地面积狭窄，人民生活极苦，若干年青妇女、七八十岁老太婆无吃无穿，沿路叫乞，有的状况极可怜，干部战士无不表示同情。沿河岸村庄尚不少，一个军的行军分成梯队，食宿尚不十分困难，但事先需有很好的准备。

12月30日

昨日到小川镇后，在街上转了一趟，到区公所。新成立不久，区长区委书记到县上开会未回，区中队长很年青，二十岁，汾西人，不懂事，街上有区公所制写的标语是带全国性的，如拥护政协共同纲领！打倒官僚资本！拥护世界和平等。我看了之后觉得非常不合适，在这交通不便、文化落后的农村，要写些发动群众、组织群众、反特反霸、减租减息、安居乐业、如何闹生产、肃清土匪、安定农村社会秩序等标语口号是非常需要的，在这街道上恰恰看不到这些适合农村情况的东西，有则很少。

今日我骑行到成具，因找不到打前站的，到中心国民学校停止，到东

城墙了望，回到文工队住地休息，管理科长报告找不到房子，即令二十师不住城内，我们到北大街杨家巷看房子，再上紫金山，绕道莲花池。成县中学正筹备开学。转至东大街，县参议会正在开会。向右转进城西南角在原国民党县党部才找到住地。这一转比行军爬山还觉得累。

拳拳女儿心

张正纲到了天水。

见到父亲，张纬高兴又激动。和父亲快一年没见面了！分别时，她还是个姑娘，现在已经结婚，当了后妈，而且还有了身孕，这是多么大的变化啊！见面后，她就急着问妈妈怎样了？侄儿侄女怎样了？

张正纲打量女儿更仔细。他看到女儿穿着合身的军装，显得更丰满更成熟，满意地点着头。不过他也发现，女儿显然有点臃肿，因为这是怀孕所致；脸上有着掩饰不住的倦容，这大概是太劳累了吧？这就是自己又疼又爱的宝贝女儿吗？他的心里升腾起一种怜爱，鼻子酸酸的。

在张纬的催促下，张正纲简单地讲了家里的情况，说她的母亲和侄儿侄女都很好，政府照顾得也周到，话中也流露出他和老伴年纪都大了，孙子孙女无人照料。

张纬说："你们不要发愁，我来管两个孩子。"

张正纲的话语里透出担心："这里已有了两个孩子，你又怀孕了，再加上两个孩子，你怎么受得了啊！"

张纬虽然也想到了这点，但还是宽慰父亲："不要紧的，家里有保姆，可以帮助管孩子们。"

张正纲没有说话，沉默里透出的仍然是对女儿的关心。

目光始终没有离开父亲，张纬看到父亲比过去苍老了，黑黄黑黄的，便问："爸，你的脸色怎么不太好，是不是有什么病呀？"

"可能是路上累的吧。"张正纲说，"不过，这半年来总感到身上没有力气，有时也觉得痛。"

"什么地方痛？"张纬吃惊地问。

张正纲说："也弄不大准。"

张纬说："那咱们到医院去看看。"

"再说吧。"张正纲不在乎地说。

女儿对父亲总是关心的。张纬很快领着父亲到医院去看病。去的时侯，父女俩以为吃点药就会好的，没想到医生说病情很严重，当即就留下住院了。到底得的是什么病？他们没有对张纬说。

开始一段时间，张纬每天还到卫校去上课，放学后到卫生队看父亲。父亲见女儿太劳累，总是强打精神，做出轻松的样子。可不久，病情越来越重，再也无法强装了。

这一来，张纬紧张了。她爱父亲，从小父亲就是她崇拜的偶像，父亲则把她当成掌上明珠。现在，眼看父亲受到疾病折磨的痛苦，不知偷着抹了多少眼泪，真不知该怎么办，连个商量的人都没有。她的耳旁响起了父亲说过的话："张纬老实，需要人保护，年龄大能保护她。"可如今能保护自己的人在那里呢？她真希望丈夫立即出现在自己的面前。她又对自己说，这是不可能的，彭绍辉可能正忙着呢。

确实，彭绍辉太忙了。在解放军强大的军事和政治攻势下，国民党云南省主席卢汉、西康省主席刘文辉、国民党西南长官公署副长官邓锡侯、潘文华、川鄂绥署副主任董宁及国民党十六兵团副司令曾苏元等，宣布起义。随后，国民党第十八兵团司令李振、第七兵团司令裴昌会也率部在战场起义，成都宣告解放。彭绍辉又接受了负责整编、改造起义部队的任务。

像以往接受任何战斗任务一样，彭绍辉不讲价钱，全力以赴。他从第七军抽调大批得力干部，对蒋云台部一一九军、杨森的二十军、豫陕鄂绥署张玉方的警卫旅、西南第一路军教导旅及裴昌会的第七兵团等共四万一千多人进行整编改造。经过艰苦细致的思想工作，顺利地完成了任务。他将杨森军5000人补充到七军十九师，将裴昌会第七兵团开到天水，分别编入七军二十师、二十一师，另一部起义军编入十九兵团……

整顿改编起义军的任务刚刚告一段落，彭绍辉又同贺龙、李井泉等人一起，乘飞机前往重庆，参加西南战役经验总结大会，在那里见到了刘伯承、邓小平、李达同志。他也想到了天水，想到了张纬，想到了结婚后还未见面的岳父，但没有时间回去。无论张纬在心里怎样

★彭绍辉、张纬夫妇与外宾交谈

呼唤，也没有用。

后来，第七军大部分兵力，又担负起修建天水到兰州铁路的任务，彭绍辉才回到了天水。张纬一见到丈夫，心中的委屈就化作泪水，抑制不住地涌流出来。

彭绍辉回来后确实不一样。他到医院去看望，得知张正纲患的是肝癌，是一种不治之症，便告诉了张纬，以便她有思想准备。两个人又商量，将张纬的母亲接到了天水。管理部门也时常送来一些吃的东西，声言是送给病中的老人。这使张纬的心里更难受。

其实，彭绍辉这时仍然十分繁忙。他的部队正在进行铁路施工，物资供应和生活条件较差，管理上也存在一些问题，影响了干部、战士的身体健康和施工进度。彭绍辉对此非常重视，派参谋长王兰麟等到现场去了解情况，亲自召集有关部门开会，研究解决办法，使部队生活得到改善，促进了施工任务的完成。即使在这样的情况下，彭绍辉仍时时关注着张正纲的病情，经常到医院去看望。

无论人们怎样关心，无论妻子、女儿和女婿怎样挽留，张正纲的病到底没有治好，不久就去世了。

料理完父亲的后事，张纬已到了快生孩子的时候，她不得不忍痛又中断了在卫校的学习。

欢喜和忍痛交织在一起，让人没法分开。

现实代替了梦想

　　跨上深绿色的美制吉普车，张纬的心里咯噔一下。想到就要离开天水，就要离开这住了两年多的地方，她隐隐感到有一缕留恋之情。

　　她又望了一眼熟悉的房屋，心里怎么也说不出再见。是啊，对她来说，天水确实非同寻常。在这里，她和彭绍辉结了婚；在这里，她生下了第一个孩子；在这里，她的父亲被病魔夺去了生命……真可以说有笑语也有泪水，笑语伴着泪水啊！

　　这是1952年的春天。吉普车飞快地行驶在通向兰州的公路上。车上坐着彭绍辉和张纬，张纬的怀里，抱着儿子志强。几天前，彭绍辉被任命为西北军区副司令员兼参谋长之职，他这是带着妻子和孩子前去上任的。

　　看得出来，彭绍辉的脸上也有难舍之色。这难舍不仅仅是张纬想到的那些，也不仅仅因为天水是他挥军解放的，住得时间长了有感情，更主要的是他舍不得离开学校。一年前，中央军委命他在天水筹建第一高级步校。他受命后就开展工作，选择地址，组织基建，建成后制定各项规章制度，全力以赴抓教学，亲自参加重要课程的备课和试讲，上台讲授战史，同学员一起实际演练，和从野战部队调到军校当教员的干部谈心，讲办正规学校对系统培养军队干部、提高其指挥现代化战争水平的重要性……现在，学校建设走上了正轨，他却不能继续在那里工作了，心里感到非常惋惜。

　　这里的春天，脚步特别慢。虽然到了4月，茫茫戈壁似乎刚刚从眠睡的冬日里清醒过来，阵阵飞扬的风中，还有着浓浓的凉意。张纬把儿子抱得更紧，又为他裹了裹大衣。然后，她的目光穿过窗玻璃看着外面弥漫黄土的灰蒙蒙的天空，仿佛是一种牵引，把她的思路带回到三年前的那个秋天。

那是坐在西安到天水的大卡车上，满车的家属们喊喊喳喳地笑闹着。张纬和她们不熟也不想聊什么，独自一人坐在边上，默默地看着路旁越去越远的风景。十九岁的她心里还有许多梦，她想读书，想当科学家，然而才在卫校上了几个月，便接到这样的命令。"往里边坐坐，别掉下车，军长太太！"一个家属说着把她往里拉了拉。张纬第一次听到别人这么叫她，还当着这么多人，她脸都羞红了，只好往里挪了挪。一路上，车上的人都是这样哄笑着，嬉闹着……现在却截然不同了！

"张纬，冷不冷呀？"彭绍辉转过头问妻子。

"不太冷。还有多远的路？"张纬问。

"还远着呢。"彭绍辉说着目光落在儿子身上。

张纬下意识地拉了拉裹在儿子身上的大衣，心头涌起一股说不清的滋味。来的时候是一个少女，如今已有了孩子。那个学习成绩一直优异，一直梦想当科学家的女孩哪里去了呢？

汽车的鸣笛声，无情地碾碎了往日的梦境，给了她一个无奈而又真切的现实。

职务和荣耀绝不仅仅是权力的象征，在建国伊始、百废待兴的年月里更是如此。

作为西北军区副司令员兼参谋长，彭绍辉一上任，大量的工作就使他像上了弦的机器，不停地转动着。每天，他要么召开会议，要么外出视察，要么找干部谈话，或者埋头于办公桌上，批阅文电、研究问题、整理工作日记，一天要工作十几个小时，几乎没有节假日。彭绍辉的身体不好，再加上废寝忘食的劳累，他患上了高血压病。张纬常常劝他注意休息，可他总是笑笑答应着，可该怎么干还怎么干，从不把自己的病当回事。张纬看在眼里，急在心里，毫无办法。

这一天，彭绍辉很早就赶到了办公室，打开"剿匪工作指示"。这是他主持起草、准备下发部队的一个重要文件。为了早一点下达部队，他要亲自进行修改。他一会儿翻看笔记本，一会儿查阅文件，一会儿又埋头疾书。不知过了多长时间，他觉得头很疼，眼睛发涩。于

张纬和彭绍辉：相伴向前飞

是，他放下笔想站起来走一走，可是就在他站起来的一刹那，眼前一片漆黑，就什么都不知道了。

"首长，首长。"秘书和警卫员喊着将他抱起来，平放在行军床上。

彭绍辉清醒过来，叫警卫员拿过一片镇静药，吃了下去。

"您还是回去好好休息吧，或者先到医院检查一下？"秘书很关切地问。

"没事，吃了药好多了。这个剿匪指示必须尽快发给部队。"彭绍辉说着又坐到了办公桌前，并对秘书和警卫员说："不要告诉张纬，她会担心的。"

过了不长时间，彭绍辉又一次晕了过去。清醒后还是吃药，还是继续修改文件。

十多个小时过去了，第五次晕了过去又清醒过来，终于把文件修改好，才被秘书和警卫员送回家。

一进门，张纬就吓了一跳，彭绍辉脸色苍白，额头冒着虚汗，双腿没有力气，走路都有些困难。

"怎么啦？发生什么事了？"张纬一边问一边把彭绍辉扶到床上。

"首长他……"警卫员刚想说，彭绍辉却摆了摆手，"没事，就是有些累，休息一下就好了。"

张纬心里直嘀咕。她给彭绍辉盖好被子，走出卧室。秘书和警卫员才把经过告诉了她。她真有些急了："你们怎么可以让他晕倒五次呢？晕倒一次就应该赶快送他上医院呀！"

"首长不让嘛！"警卫员委屈地说。

张纬很快向军区领导作了反映。在各方面的干预下，彭绍辉才被迫住进了疗养院。

经过一段时间的治疗，彭绍辉的身体慢慢好转了。他想出院，他说还有那么多的工作等着他，可是医生不准，军区领导也不同意，彭绍辉便决定回湖南老家去看一看。

初次去婆家

西北的5月，绿意刚刚萌发，柔弱而稚嫩，南方却已满眼飞红流绿，郁郁葱葱，如诗如画。

张纬是第一次去南方，又是第一次去婆家。尽管公公、婆婆早已去世多年，已经做了母亲的张纬仍感到有些紧张。为什么，她自己也说不清。还有一点就是，她这时又怀孕四五个月了，感到挺着个大肚子怪难看的。

时值梅雨季节，绵绵密密的细雨，仿佛深情亲热地抚摸着远行回来探访的游子老倌和他的堂客。对这一切，张纬感到既陌生又熟悉。陌生，是因为第一次看到；熟悉，是一路来丈夫向她讲了很多。此时，头顶纷纷细雨，行进在翠绿水田间泥泞的小路上，她不但没有不适，反而感受到一种从未有过的新鲜，以及由新鲜而滋生出来的温馨。

前来迎接的，是彭绍辉的四哥彭绍松等人，还带来了一顶轿子。这是当地的风俗，要用它把衣锦还乡的人抬进村里。彭绍辉坚决拒绝了。他说共产党不讲这一套，何况与许多先烈相比，自己没有啥值得夸耀的。于是这轿子便归张纬乘坐，第一因为她是第一次回来的堂客，第二因为她是孕妇。

说是轿子，其实就是一把竹椅，左右插上两根木棍，由前后两人抬着。张纬坐在这样的轿子上，心里觉得好笑。俗话说大闺女坐轿头一回。结婚时都没有坐轿子，如今已经是一个孩子的妈妈，又快要生第二个孩子了，反倒坐上了轿子，真是滑稽！看着抬轿子的人赤脚走在泥泞的路上，她心里很过意不去，忙要下来，抬的人不同意，她便叫出了声。

"怎么回事呀？"走在前面的彭绍辉停下来问。

"我还是下来自己走吧，让人家抬着多辛苦呀。"张纬说。

彭绍辉笑了笑，没有说别的。

抬轿人没有再坚持，放下轿子。

张纬自己走着，目光扫视着周围的景物。南方的山水和北方的山水就是不一样。北方的粗犷豪放，而南方的清秀柔润。这秀丽的江南风光给予张纬的是一种舒适而又亲切的感觉。

终于到了韶山区的瓦子坪，这里是彭绍辉的家乡。全村的人都赶来了，欢迎从他们村走出的大官。年长的人和彭绍辉握手问候，姑娘和媳妇们的目光则更多地集中到张纬身上。开始，她感到浑身不自在，慢慢地也就不在乎了，任凭人们去看去议论。

彭绍辉的父母早已不在了，他们回去后住在彭绍辉四哥的家里，正逢四哥的儿子结婚，便把新房让给了彭绍辉和张纬。尽管如此，张纬仍然看得出来，这是一个并不富裕的家庭。至于过去，就更不要说了。

确实这样，彭绍辉就是生在这个贫苦农民的家里。他的父亲是个雇工，母亲生了十一胎，男七女四，在兄弟间，彭绍辉排行第七。后来，他的五哥、六哥还有两个姐姐都在十余岁左右先后死去了。二哥过继给伯父。这么一大家子人，只有极少的田地和房屋，只好租种地主的土地，但因租息重，人口多，还是不够维持生活，于是，彭绍辉的父亲和兄弟经常外出打短工、做包工，但日子仍不好过。

彭绍辉十岁那年，在舅家的资助下进了私塾。他学习很刻苦，也非常有兴趣。然而，两年半以后，由于家里实在无法承担，他只好被迫放弃读书，在家放牛。十六岁时，父亲去世，兄弟分家，妹妹出嫁，各谋生路，彭绍辉便给地主刘福庭家当长工……

这一次，彭绍辉专门把张纬领到这个地主家，指着房里房外说："当年我就是在这家里当长工的，由十六岁一直干到二十岁。在这里起早贪晚，由天明到天黑地干活，累得腰酸背痛，生活的痛苦不要说了，动不动还遭地主的训斥和贱视，于是就怀了一种要去当兵的念头。"

张纬听着，鼻子酸酸的，眼睛湿湿的，她似乎看到了丈夫那时受的苦。

彭绍辉停了一会，继续说，1926年的湖南，农民运动蓬勃发展，各地都组织了农民协会、农民自卫军等，"打倒土豪劣绅！""打倒贪官污吏！""打倒军阀！"的口号，铺天盖地涌入农村的各个角落。湘潭是毛泽东的故乡，农民运动搞得更是轰轰烈烈，到处是标语、口号，到处是游行示威的农民。彭绍辉的四哥当上了农民协会的委员长，二哥、三哥也参加了农民自卫军。彭绍辉就离开地主家，参加了农民自卫军。尽管那时的彭绍辉还弄不懂什么是共产党，什么是国民党，可是，他看到了地主豪绅们好像更怕共产党。正是穷人苦难的日子和地主家豪华生活不平等的鲜明对比，使彭绍辉心里觉得共产党离老百姓更近一些，更值得信赖。

就在农民运动正搞得热火朝天的时候，1927年5月21日，湖南发生了"马日事变"，国民党反革命军官许克祥的兵打起农民协会来了，一时间，农村搞得人心惶惶，参加农民协会的人民群众被当成"暴徒分子"要捉要罚。农民协会解散了，土豪劣绅们又猖狂了，他们联合起来，到处捉人杀人。彭绍辉的心里充满了愤恨，可是自己又无力改变面对的事实，就想到了离家。他对母亲说，我要离开这个鬼地方，到外边革命去，再没有别的办法时，只有去当兵。母亲心疼儿子，怕他出去后受苦，就没有答应。彭绍辉又把这一想法告诉了四哥，四哥考虑了一下，说："我们有四五个兄弟，出去个把两个是可以的。如果你走了，母亲在家由我赡养。"

瓦子坪的变化是很大的，过去的泥房旧房大部分没有了，可是彭绍辉的记忆却在这块熟悉的土地上膨胀着，他给张纬讲了许多关于他青少年时期的故事，有些故事张纬听说过，有些则根本不知道，由此加深了她对丈夫的了解。

到了家，彭绍辉也闲不住。当地小学请他给学生讲故事，他欣然应允。他坐在讲台上，讲井岗山，讲五次反"围剿"，讲雪山草地，讲吕梁山，讲延安，讲天水和兰州，一个个浸透血与火的故事，吸引着学生们聚精会神的眼睛，更吸引着他们幼小的心灵，他们报之以崇敬和敬佩的掌声。

除了给小学生做报告外，彭绍辉还给家乡的农民、妇女们作了一次生动的报告。他拜访了一些老者和当地政府的领导，和他们一起亲

切交谈。

看着彭绍辉忙碌的身影，张纬的心里也是高兴的，遗憾的是，张纬听不懂湖南的方言，再加上她已怀孕四五个月了，大家对她极为照顾，因此，她常常留在家里。可是去给彭绍辉母亲上坟时，她坚决跟着去了。

在一片寂静的山林里，有一个稍高一点的土坡，那里安葬着彭绍辉的母亲。离家二十多年的游子归来了，彭绍辉的耳边依然清晰地记得临走时母亲那凄凉的喊声。

那是一个夏天闷热的夜晚。彭绍辉等母亲睡下，其他人也都进入梦乡之后，他悄悄爬起来，在柜子里拿了一套衣服，又拿了几个铜钱，就跑出家门。刚跑出不远，他就听到了母亲的哭喊声："满孩，你不要走！不要走！"这悲伤的哭喊，使彭绍辉的心里难受极了，可是又没有更好的出路，只好含着泪跑出了家门。他在心里默默地说：母亲，原谅儿子的不孝吧……

彭绍辉对着母亲的坟深深地鞠了三个躬，然后，久久地默立着。

张纬没见过躺在地下的老人，但她尊敬她。因为她早就从丈夫的嘴里了解婆婆生活的艰难。多么可怜可敬的老人啊！张纬除和彭绍辉鞠躬外，还献了一束鲜花，表达自己说不出的心意。

韶山冲是毛泽东的故居，离瓦子坪只有八公里。彭绍辉要到那里去，张纬也去了。

远远地，张纬就看到了绿树掩映的黄土房，屋前清澈晶亮的水潭，潭中的倒影宁静恬适。彭绍辉手指着说："那就是韶山冲，毛主席的老家！"

毛主席就诞生在这里？张纬不由得加快了脚步。

彭绍辉的心里也非常激动，尽管这简朴的故居依然如他二十年前第一次来时一样，可是世事多变，当他再次站在它面前时，已经不再是那个二十多岁的莽撞的毛头小伙子了，而是一位身经百战的将军。

彭纬辉走在张纬旁边，给她讲着第一次听毛泽东考察湘潭农民运动时，讲述关于农民协会的事。

他说："当年毛主席很瘦，操一口当地方言，讲得既深刻又幽默，台下是一阵又一阵的掌声！"

张纬听着，想象着当时的场面。过去她也不止一次地听人说起毛主席，说起韶山冲，还有许多关于他如何指挥打仗，如何和蒋介石斗争的故事，如今当她踏上了这块韶山的土地时，才觉得是那么生动，那么亲切。

"那天夜里我跑出家门离开瓦子坪后，首先到达的是这韶山冲。"彭绍辉又讲起了当年的事。

因为1927年初毛泽东考察湘潭农民运动时，彭绍辉见过他，并且听他讲过关于农民协会的事。所以，他想找毛泽东。可是到韶山后并没有找到毛泽东，他心里正焦急，忽见街道的一家饭店门口插着一面旗子，说是招兵。彭绍辉二话没说报了名，参加了国民革命军，被编入三十五军第一师第一团第三营第十二连当兵。当时彭绍辉刚刚二十岁。

彭绍辉接着说："1927年冬到1928年春，第一师已改为湘军第五师，第一团的团长就是咱们的彭老总。在这里，我看到了国民党部队中的阴暗面，也听到了一些关于共产党的传说。在和一些人的接触中，我的思想有了转变，对共产党有了更进一步的认识。后来，我被调入随营学校学习。1928年7月，我就和随营学校一起从岳州开往平江，参加了彭总、滕代远同志领导的平江起义。至今我还记得彭总和滕代远同志的讲话，他们讲起义的意义，当时的任务，叙述了官长们克扣军饷、士兵生活痛苦的情况，说明共产党是为穷人求解放的党，红军是无产阶级的军队，不但要解放自己，而且要解放全中国受苦的人。这些宣传打动了我的心，过去对共产党的印象得到了证明，便决心干下去。后来，在彭总带领下上了井岗山，在那里才见到了毛主席！"

多么曲折艰难的历程，多么顽强不屈的信念啊！张纬从心里感佩。她的心里也萌生了一个希望，什么时候自己也能见到从这里走出去的毛泽东呢？

又走进医校

从湖南回到兰州不久，张纬生下了第二个孩子。这是个女儿，因为是在兰州出生的，所以起名叫兰平。

张纬在父亲去世、生下第一个孩子以后，就中断了在卫生学校的学习，也没有工作。她就这样留在家里，照顾丈夫，抚养孩子们。开始，她对这样的生活非常不习惯，心里十分烦躁，不时流露出些微的抱怨，就这样长期下去，连个工作也没有吗？有人就对她说："张纬同志呀，照顾好首长也是革命工作呀！"时间长了，也没有办法，她也只得横下心，一切听从组织的安排，至于喜爱的医务工作，丢掉就丢掉吧！不过，看到一家老小健康快乐地生活，她也就感到某种欣慰和满足了。

管家也不轻松。这时，家里已经有了五个孩子，前妻的两个女儿，张纬生的一儿一女，还有彭绍辉四哥的一个女儿，是他们回湖南时带出来的。因此，家里每天都是热热闹闹，而张纬则紧紧张张，忙忙碌碌。虽然有母亲和保姆帮忙，但毕竟她是这个家的女主人。

又是一天的忙碌。到晚上，张纬哄睡了最小的孩子。尽管有保姆，可她仍愿意自己带孩子，看着躺在身边熟睡的孩子粉扑扑的小脸，她的心里有一种强烈的愿望："快快长大吧，孩子，妈妈没有实现的心愿，将来你一定要做到呀！"是的，她已隐隐感到，自己这一生是上不了大学当不了科学家啦，所以把希望寄托在后代的身上。

夜色阑珊，彭绍辉还没有回家，张纬有些不放心。自从去年年初彭绍辉生病以后，张纬对他的身体更加关注了。每天清晨，她都提醒秘书和警卫员，要注意按时吃药，工作紧张时要劝他休息；每天晚上，她一定等彭绍辉回来后才放心。当然，张纬心里很清楚，她说了也等于白说。作为西北军区的副司令员兼参谋长，要处理的事情很多，况且有些领导还不在家，必然是很忙的，恨不得把黑夜也当成白天用，哪里会顾得上休息！但她还是要说，好像不说就是没有尽到责任似的。除此之外，她就是把家里的事情处理得井井有条，不让彭绍辉费一点心。

正想着，外面传来了熟悉的脚步声，是他回来了！张纬还没走到门口，彭绍辉的脚就跨进了门。她一边从他手里接过衣服，一边问，"这么晚才回来，身体怎么样？"

"事情太多，其他首长又不在家。"彭绍辉说，"身体还好，就是觉得有点累，睡一觉明天就会好啦。"

"要不就休息几天？"张纬试探地说。

"不行！不行！现在忙得很。"一听休息，彭绍辉好像就急了。可是，当他转过身看到妻子担心的样子，又含笑安慰说，"不要紧，我现在有好多工作要做啊，怎么能休息呢？"

于是，张纬依然看着丈夫每天匆匆离去，夜晚迟迟归来，有时甚至几天不归，那是外出或到部队去了。

有一天，几个女友前来看望，张纬拿出兰州的特产，热情招待来客。

"张纬，你可是越来越年轻了！"一个女友嗑着兰州瓜子说。

"年轻什么呀，都是两个孩子的妈妈了。"张纬把怀里的孩子交给保姆，不无感慨地说。

其实，那位妇女的话并不是奉承，张纬才24岁，尽管已生了两个孩子，可身材依然很苗条，白净的面庞比过去显得更丰满好看，浑身散发出成熟女性的魅力。

"哎，你们听说了吗，兰州新成立了一个军医学校，现在正招生呢。"另一位女友说。

"是吗？在哪儿？怎么报名？要考试吗？"听到这一消息，张纬几乎克制不住激动的心情，一连串地问道。

那位女友也讲不清楚。

女友们走了，可她们说的这个消息，又拨动了张纬心中那刚刚潜伏下去的求知欲望。

在此之前，也传来过军队要成立军医大学的消息，张纬向彭绍辉提出想去上医大的愿望，但彭绍辉不同意，理由是孩子太小，家中不能没有她。他不同意，组织上当然也不同意，张纬只得忍痛放弃。放弃，不等于熄灭，而是暂时的潜伏。这不，一遇到时机，就又冒了出来。

这次一定要去！张纬下决心似的想，孩子大了些，况且学校又在兰州，离家不远。这次如去不成，恐怕再也没有机会了。

人都有自己的梦想，当科学家之梦破碎之后，张纬曾想全身心地投入医务工作，可是没等卫校毕业，就随彭绍辉去天水来兰州。有时她也安慰自己，就这样吧，照顾好丈夫，教育好孩子，管好这个家，不也挺好的吗？可是每当站在镜子前，看着那么年轻的自己，她的自尊心、好胜心就隐隐作痛。多么矛盾的心情啊！

此时，张纬又一次站到镜子前，凝视了一会自己，在心里说："大学是没有可能了，这个军医学校我一定要去上！"

当张纬把要去上兰州军医学校的满腔热望告诉丈夫时，彭绍辉仍然是坚决反对："你就扔下这么多孩子不管，自己去上学？你放心吗？"

彭绍辉很生气地说完，便不再讲话了。

"孩子们都大些了，而且有保姆，还有我妈妈帮忙，家里会照应得很好的，我每个星期天都可以回来。"张纬解释说。

彭绍辉看着妻子，轻轻摇摇头。

张纬继续说："这确实是一个难得的机会呀，你就答应我吧！再说，我还年轻，总不能就这样在家里待着吧？"

这几乎是哀求的口气，使彭绍辉的眼睛一亮。从打结婚以后，妻子对他很好，没有提过非分的要求，仅有的两次心愿就是去学习。但凝思了一会，很快他的目光又暗了下来，什么话也没说就离开了家。

目送丈夫走远，张纬心想，他生气啦！

如果在平时，如果是别的事情，张纬会让步的，哪怕心里再不高兴，也不愿意让彭绍辉生气。一是因为彭绍辉身体不好，有高血压，不能着急生气。二是她从心里尊重他，不愿意为一点小事同他争执；三是张纬的性格比较内向，不太爱说话，因此，从结婚后他们夫妻之间几乎没有争吵过。

然而，张纬也有倔强的一面，这次她已经做好了充分的思想准备，并且和母亲、保姆商量过，让她们多费心管好家里的事。母亲深深地理解女儿，所以她也支持张纬去读书。

到了下午，秘书找到张纬，说："首长因为您坚决要去上医校，心里不高兴，午饭都没吃。"

张纬没说话，只是侧头看着窗外。

秘书又说："您看家里有五个孩子需要照顾，首长的身体又不好，这次是不是就不要去了？"

张纬转过头，语气有些急促地说："总是孩子，总是他的身体！怎么不想想我呢？就算我是一个保姆，也带大了两个孩子呀！我不就是要去学习吗，又不是离开他！"

秘书睁大眼睛，吃惊这个文静的女同志会说出如此强硬的话，看来她的决心是难以改变了。他张了张嘴，没有说出话来。说什么好呢？

秘书的神色，张纬看见了，也意识到自己的话说得重了些，便改用平静的口气说："至于家里的事，我已经安排好了，首长的身体还要请你们多费心呢。"

秘书沉思一会，转而又试探着提了一个话题："最近，您和首长之间没闹矛盾吧？"

张纬似乎明白了丈夫不让她去学习的真实原因和担心了，说："哪儿的话呀，我怎么会和他闹矛盾呢？我只是想趁着自己还年轻多学点东西，以后也可以更好地做点事情嘛。你们可千万别想歪了呀！"

几十年后，张纬重提这件事时，笑着说："他可能是怕我学习后翅膀硬了就不跟他了。其实这是多余的，我可是个传统的中国女性，讲究爱情的专一，嫁谁随谁，从一而终！再说，我那时和他也确实有了感情呢。"

也许觉得张纬说得在理，秘书没有再说什么，站起来说："好吧，我把您的意思再跟首长说说。"

秘书走后，张纬觉得很委屈。自己其实就想多学一点东西，怎么会引出这种误会呢？

"唉，真是的！"她长长叹了一口气。

彭绍辉理解了妻子的心愿。张纬的努力有了结果，她终于如愿以偿地走进了兰州军医学校。

9月的兰州，白天阳光依然热辣辣的，可到了晚上气温已很低了。开学的前一天晚上，张纬兴奋得很晚才入睡。第二天天还蒙蒙亮，她就起了床，带上早已准备好的东西，又看了看几个还在熟睡的孩子，就告别丈夫去了军医学校。

军医学校虽然在兰州，可离张纬的家很远。学校主要招收的是工作了一段时间的医务人员，管理上也是按照部队的方法，每天早上按时出操，然后上课，夜间还要轮流巡逻，规定学员们一个星期才能回一次家。

第一年安排的是基础课，张纬学得很认真。过去上学时，她就有极强的好胜心，每门功课都是优秀，现在她更是用心了，因为这次学习的机会得来太不容易了，她很珍惜，所以也是全力以赴。在学校里，张纬对自己其他方面的要求也很严格，整理内务，打扫卫生，她都努力做好，走在前列，每次检查，都受到赞扬，评为先进。她时时处处和大家一样，从不摆首长夫人的架子，不搞特殊化。

深夜，张纬和另一位女学员一起站岗。寂静的校园，深邃的夜空，远远近近、影影绰绰的树木，似乎都蕴藏着神秘的遐思。

"张纬，你想不想孩子？"那位女同学问。

"怎么不想呢，尤其是夜深人静的时侯，或者看到临近村子里的小孩，我就会想起他们，吃得怎么样？兄弟姐妹之间有没有吵架？有没有生病？好像一下子就想到很多事没有嘱咐，恨不能立即就回去。"张纬说着叹了口气，"唉，没办法，既然来了就不能有后顾之忧，一定要学好。"

张纬在医校学习中还真没有后顾之忧。当初张纬提出想上医校，彭绍辉坚决反对，他以为妻子在和他闹别扭。后来，当秘书把张纬的想法告诉他时，他看到妻子的决心这么大，也就同意了。张纬去上学后，家里有张纬的母亲和保姆，孩子们也都听话多了，有时孩子感冒发烧，保姆想通知张纬回来时，都被彭绍辉拦住了："别打扰她，让她安心学习吧。"

通过这一次，彭绍辉更理解妻子了，对于张纬因和自己结婚没学完医校的专业，他心里很过意不去，他知道妻子为他作出的牺牲太大了，所以他在用行动全力支持张纬上学。

星期六张纬回来了，孩子们盼了一个礼拜，当远远地看见妈妈的身影时，都高兴地扑了过去，围着张纬叫个不停："妈妈，妈妈！"

张纬也盼了一个星期，她抱着孩子们，亲了这个亲那个，心里真像吃了蜜似的。

看到这情景，彭绍辉也非常满意，他询问妻子学校的情况，学习情况，同时也不忘鼓励几句。这使张纬很欣慰，决心克服一切困难，把学习搞得更好，真正将专业知识学到手。

不情愿地留在北京

张纬到达北京，看到了丈夫、母亲和孩子们。尽管分别只有 4 个来月的时间，但她的心里仍然非常激动、喜悦。

4 月，彭绍辉被调到北京，担任中国人民解放军副总参谋长兼训练总监部副部长。因为张纬正在医校上学，她又不愿中断学习，彭绍辉便把全家搬到了北京，只留下张纬一个人在兰州。这时，张纬就是利用放暑假的机会到北京来探望的。她打算开学后就回兰州，继续完成在医校的学习。

开始还好，张纬向丈夫讲了学习情况，问丈夫的身体怎么样。彭绍辉没有多说什么，嘱咐她好好休息。张纬也没在意，和母亲交谈，同孩子们戏耍，还抽空去看了名胜古迹。面对金壁辉煌的天安门城楼，她仿佛看到毛泽东在这里宣告中华人民共和国成立、升起第一面五星红旗的情景；看着故宫、北海、颐和园的建筑和陈列，她为这些古老的历史而深思。在彭绍辉的带领下，她还去看望了一些熟悉的人家。

几天之后，问题就摆到了张纬的面前。最初，是警卫员把钱交给张纬，说："这么多钱，这么多事，我可管不了！"

在此之前，部队实行的是供给制，一切都由公家包下来，每月只有很少的零用钱，就由警卫员负责管着。这时情况变了，军队实行了工资制，每月发工资，全家的吃穿用，都由工资中开销，比过去麻烦多了，所以警卫员才这样做。

"我过些天还要回兰州去上学的。"张纬说，"你继续管着吧。"

警卫员说："太复杂了，我真的不能再管了。"

张纬毫无思想准备，便对彭绍辉说："我还得去上学呀！"

彭绍辉先没吭声，沉思了好大一会才说："还回去吗？"

"怎么能不回去呢！"张纬一听就急了，"当初你也是同意了

的，现在才刚刚学习一年，学的是基础课，开学后就进入专业学习，我不去就什么也学不到呀！"

"这倒是！"彭绍辉慢声细语地说，"可是你看看咱们这个家，况且还有你母亲，你就忍心走吗？"

这句话，把张纬问住了。是呀！家里有5个孩子，母亲也在这里。母亲从父亲去世后一直是跟着他们的。当初还有侄儿侄女，那时还因此遭到人们的议论呢。如今侄儿侄女都参加了工作，可母亲一直在家中生活。还有，彭绍辉的工作很紧张，本来就需要人照顾，总不能回家后再处理这些繁琐的家务事吧？

这确实是一个实实在在的问题，无可回避地提到了张纬的面前。面对着学习、工作和丈夫、孩子的矛盾，张纬心想，这难道是每个女人都会遇到的吗？我该怎么办呢？

看到张纬如此愁眉不展、苦苦焦虑，她的母亲既无可奈何又非常疼爱。她了解女儿的心事，从小就喜爱读书，向往着长大后当一个科学家，而现实却不允许。这样下去怎么得了啊，会把身子搞坏的。她想劝劝女儿，却找不到合适的话。

在这样的现实面前，张纬终于屈服了，以牺牲自己的学习为代价。她狠狠心，对丈夫说："好吧，我不回去了！"

彭绍辉点点头，脸上浮起笑容。

张纬苦笑一下，心里真想哭。

这种惋惜和不甘愿的心情，到了国庆节前夕才略有缓解。

1955年9月，中国人民解放军开始实行军衔制度，彭绍辉被授予上将军衔。白天，彭绍辉非常高兴地接受了耀眼的荣誉，回到家里对妻子说："张纬，晚上和我一起到中南海去吧，那里要举行联欢会呢。"

张纬知道，中南海是毛主席和党中央居住的地方，便问："举行联欢会干什么？"

"庆祝授衔呀！"彭绍辉说。

丈夫当上了将军，妻子当然是高兴的，也应该庆祝。到了晚上，张纬和彭绍辉一起进了中南海，在绿茵茵的大草坪上，和人们欢笑在一起，心里非常舒畅。

当夜色笼罩北京城的时候，天安门城楼和广场上华灯一齐亮了起来，如同白昼一般。

就是在这时，张纬跟随彭绍辉登上了天安门城楼，俯视广场上如潮的人群。多么欢快的场面，多么壮观的景象啊！

彭绍辉轻轻碰碰张纬，压低声音说："毛主席已经来了，我们去看看他吧！"

去看毛主席？张纬简直有些不相信自己的耳朵。她无数次听到过这个名字，特别是结婚之后，听到的就更多了。彭绍辉常常讲到之前搞农民运动、中央苏区反"围剿"时见到毛主席的情景，特别是1945年彭绍辉在出席"七大"前夕受到毛主席接见，给她的印象更是深刻。

那是在延安。毛泽东一见面就说："绍辉同志是瓦子坪人，是放牛娃出身啊！"

因为彭绍辉当时担任抗大七分校校长，毛泽东详细询问了七分校是怎样办起来的，有多少教职员工，有多少学员，都开了些什么课等。

彭绍辉一一作了回答。当他汇报到抗大七分校是由陕甘宁的晋绥、晋察冀和太行三个单位抽人组织起来的，编为三个大队和一个女生队，共有三千多名学员和七百余名教职员工时，毛泽东风趣地说："孔夫子是弟子三千，七十二贤人，你比孔夫子还高明啊！"

彭绍辉也笑了。

毛泽东关切地问："学校修了多少窑洞？桌椅板凳是怎样搞出来的？"

"学校共修窑洞百把个，我们有个副校长是木工出身，他把木工组织起来，办了个木器厂，来做桌椅板凳。"彭绍辉说，"我们还开办了三个铁工厂，打了两千多把镰刀、一千多把锄头。男学员开荒种地、养羊、烧木碳，女学员纺毛线、织毛衣。我们还办了一个小商店，销售抗大生产的货物。由于全校上下大家一齐动手，出现了边训练、边生产的热潮！"

毛泽东称赞地说："你这个校长很全面，工农兵学商都有啊！"

受到夸奖，彭绍辉喜悦地说："这都是根据党中央和毛主席的号召，学习南泥湾精神，利用豹子川、平定川、大风川的天然资源，我们组织起来，自己动手干，积蓄力量，准备胜利。"

毛泽东满意地点点头，高兴地说："这几句话成了你们办校的方

针啦！"……

张纬边想边跟着丈夫走到了毛泽东的面前。彭绍辉走上前说："主席，您好！"

毛泽东的情绪很好，大声说："是绍辉同志，你也来啰？"

"这是我的爱人，叫张纬。"彭绍辉介绍说。

"你好啊！"毛泽东首先伸出了手，说，"绍辉是我的同乡，你嫁给了我的同乡，那咱们也是同乡啰！"

张纬握住毛泽东的手，紧紧地握住，由于心情激动，也由于毛泽东的话不好回答，她不知说什么好。

毛泽东似乎也发觉了这点，问："你是哪里人呀？"

"太原人。"张纬答，"老家是江苏扬州。"

"你们是什么时候结的婚？"毛泽东问。

"1949年。"张纬答。

毛泽东仰了仰脸，问："就是太原战役那阵子吧？"

彭绍辉解释说："是太原战役后认识的，年底在天水结的婚。"

"那也已经好几年了。"毛泽东说，"很好啊！"

这时，音乐声响起，旁边一位工作人员悄声对毛泽东说："现在开始跳舞了。"

"好呀！"毛泽东对张纬说，"我请你跳舞，好不好！"

张纬会跳舞，但因才学不久，跳得不熟练。她想，和毛主席一起跳舞，凭我这水平，踩了他的脚怎么办？这样想着，她说："主席，我跳不好！"

这时旁边已围过来许多女的，都在等着和毛泽东跳舞。一听张纬的话，都争着邀请毛泽东。毛泽东向张纬点点头，就和别人跳舞去了。

看着毛泽东和那些人跳舞，那么从容自如。由于邀请的人太多，几乎是转一圈就换一个舞伴。张纬的心里后悔了，我怎么说自己跳不好呢？

几十年后，当张纬回忆到当时情形时，还有着深深的遗憾，说："我真傻！"

恢复中断的学习

张纬留在北京后，就中断在兰州医校的学习，没有马上找到合适的工作。可就在这时，部队搞正规化建设，决定一批原来在军队工作的女同志，脱下她们心爱的军装，离开了部队。张纬也是其中的一个。

对此，张纬更是没有思想准备。她感到中断学习到北京来，已经作出了牺牲，够委屈的了，如今又要脱军装，这个事实太难以接受了。可事实毕竟是事实，不管人们能不能接受，它都是一个客观存在。脱下军装，张纬开始不能接受，随后是不愿接受。可她不能到处去说，甚至找领导去哭鼻子，因为她是彭绍辉的妻子，而彭绍辉又是副总长，做妻子的，在公开场合总得给丈夫留面子啊！

过去，有许多事，张纬是不向彭绍辉说的，一是因为年龄和地位悬殊太大，她不好意思；二是出于体贴，不愿用一些小事去打扰丈夫，影响他的精力和工作。基于这样两点，张纬有了事就自己去处理，哪怕有了什么委屈，也总是憋在心里。这次，她决定说给丈夫。

晚上，彭绍辉回到家里，张纬就问他："听说要把女同志都赶出军队？"

彭绍辉已经猜到了张纬心里想的什么，笑着说："怎么能叫赶呢？是到地方去工作。"

"那为什么光叫女的去地方工作呢？"张纬问。

"这也是需要嘛！"彭绍辉说，"况且也不是全部都去，医疗和文艺方面的多数都不走呀！"

"我可是学医的。"张纬说，"那为什么要让我走呢？"

这步步紧逼的问话，使彭绍辉猛一愣，但马上镇静下来，微

张纬和彭绍辉·相伴向前飞

笑地看着妻子。他想说服她，可一下又没找到合适的词，一句话也没说。

张纬心里的委屈没有发出来，面对着丈夫，眼中的泪水不由得流了出来，哽咽着说："我可是满腔热情参军的，没想到军装没有了，工作没有了，革命革到家里来了！"

彭绍辉理解妻子的心。她是个争强好胜的女性，和自己结婚后，没有别的要求，就是想学习，多掌握一些知识和本事。这是没有错的。可因为自己，她两次中断了学习，现在还没有工作，又要脱军装，确实很难想通。可是，他又不能对妻子让步，只得耐心地劝说道："你是领导干部的爱人，应该带头！"

"应该带头，"这几个字在张纬心中的分量是很重的，她也完全理解这句话所包含的意义和所要付出的行动。是啊，丈夫是高级干部，自己是高级干部的妻子，妻子带了头，丈夫在外面说话的腰杆才能硬，妻子做得不好，丈夫在外边说的话就很难令人心服口服。想到这些，张纬无可奈何地说："好，我带头，算是倒霉吧！"

话是这么说，心里还是难于想通。张纬白天吃不好饭，夜里睡不好觉。时间不长，得了神经衰弱症，常常头痛难忍……

这一来，彭绍辉紧张了，张纬自己也不得不重视起来。我才二十七八岁呀，这样下去怎么得了？于是，她通过别人请来一位老中医，采用"刺激神经疗法"治疗神经衰弱病。

"刺激神经疗法"是这位中医祖传的。在治疗的过程中，张纬对此产生了兴趣。老中医很高兴，就有意识注意教张纬。张纬学得很认真，时间不长，不但自己的病有了好转，还掌握了一些初步的中医技术。

老中医为了帮助张纬学习和掌握"刺激神经疗法"，还让她收治了一些病号。其中有一个青年，因患类风湿关节炎，丧失了劳动力。张纬就用学到的方法为他治疗。几个月之后，竟然治好了，那个青年能够参加劳动，因此写来了一封热情洋溢的表扬信，盛赞张纬的医疗技术和作风。

张纬感到自豪和欣慰。

也许由于自学中医尝到了甜头，也许是由于学就要学好的性格使然，张纬于1960年正式报名上了北京中医研究院的进修班。

此时的张纬，已经生了四个孩子，加上原来的两个孩子和侄女，共计七个孩子，还有一个老妈妈，家务事已经够多的了，但她还是下决心学习，在她看来，无论如何也要学精一门技术，能做一点实际的事情。

好的是，进修班的学习，并不是全天都上课。这样，张纬不但得到了学习，还能抽出时间管家里的事情。只是，进修的时间是三年。三年，一千多个日夜，坚持下来是需要毅力的。被强烈学习欲望驱使的张纬，始终没有耽误。开始，她没有工作，就白天去进修，晚上回来处理家务，照顾丈夫、母亲和孩子。1961年后，她在军事科学院的门诊部上了班，所以除了上课的时间就是上班，家里的事仍然只能放到晚上再做。疲惫和劳累，是可想而知的。

对张纬进中医研究院进修班学习，彭绍辉没有反对，尽管他自己非常忙碌紧张。这期间，他的工作也有过变动。1957年，彭绍辉调任军事科学院的副院长，在院长叶剑英的直接领导下，参与了建院的一切工作，诸如勘察院址、确定地点、基建施工，都亲自过问。建院之后，他又组织编辑四个野战军的《战术资料汇集》，查阅大量外军的条令、条例、教范，并在此基础上研究我军的实际，拟制了建国后人民解放军第一部《诸兵种合成军队战斗条令》、《军、师合成军战斗条令》、《内务条令》、《纪律条令》、《队列条令》、《军语》及《各级司令部工作条例》等几十万字的军事科学理论巨著。1959年10月以后，他又调任副总参谋长，投入了加强军队建设、调整编制体制、改革教育训练、改善装备管理以及民兵和后备力量建设等繁重的工作。即使如此，他也没影响过妻子的进修学习。

张纬很感动，不但更勤奋刻苦地学习，晚上回到家里，还帮助丈夫治疗，如按摩、针灸等，使其减轻疲劳。每当这时，彭绍辉总会开玩笑地对妻子说：“你学得不错嘛，还真有用啊！”

张纬也说：“没有白学吧，首先对你就有好处。如果不是你反对，我早就是一个技术熟练的老医生了。”

彭绍辉看着张纬，目光里流溢出的，既有丈夫对妻子的深情，也有隐隐的愧疚，那意思是说：“你就好好学吧！”

丈夫体贴支持的话，对妻子来说，并不是可有可无的。张纬从彭绍辉的话里，感到了温暖，吸取了力量，更加抓紧了进修学习，几年中，她仔细读完了《黄帝内经》、《经规》、《伤寒论》、《温病》等中国古代著名的医学著作，并在实践中积累了许多经验。

确实，有了知识就有本领。张纬把她的技术运用到"救死扶伤"的工作中去，很快就有了成效。军科的研究员王昭坤，是个高度的近视眼病者，而且有着更严重的发展趋势。张纬就用针灸等中医的方法为他治疗，有着明显的效果，后来可以完全不戴眼镜了。

事实，就是最好的宣传广告。经王昭坤一说，张纬的技术马上传扬开去，不少人都找上门求医。有一段时间，在军事科学院的门诊部里，张纬的病号是最多的。汪静的胃下垂，几个人的神经衰弱，竟然都被张纬给治好了。

飞机从北京机场升空后，就在万米高空向西飞行。舷窗外，是团团飘浮的云朵，机舱内坐满乘客。其中，就有彭绍辉为团长的中国人民解放军军官休假团的成员，他们是前往罗马尼亚的，张纬以夫人的身份陪同前往。

张纬是第一次出国，第一次坐这么长距离的飞机，既兴奋，又不习惯，头挨着靠背，几次迷迷糊糊睡去，几次迷迷糊糊醒来，她感到很累。不过她睁眼看看丈夫，就又闭上了眼睛。和所有的女人一样，她感到和丈夫在一起心里就踏实，就什么也不用想，跟着走就行了。

这是一次追着太阳的飞行。早上从北京起飞时，飞机在西边，太阳在东边。不久，就成了飞机在东边，太阳在西边。直到飞机在布加勒斯特的奥托佩尼机场降落时，太阳还在西边。当听说此时北京已是深夜时，张纬不由得在心里"啊"了一声。

布加勒斯特是一座美丽的城市。平坦洁净的大街，婆娑绿色的菩提树和栗子树，开满各色各样的鲜花，尤以石竹花最为出名。中国军官休假团下榻的宾馆，也是绿树繁茂，鲜花芬芳。对这一切，张纬都感到十分新鲜。在参观访问时，她看到高高的"火花大厦"、"门"字形的凯旋门，古罗马式的、文艺复兴式的、巴罗克式的、哥特式的各种建筑，以及隐现于路旁水边、花木丛中的雕塑，更是她在国内看不到的。她边看边听人讲解，觉得确实开了眼界。

休假团一行住的时间最长的是康斯坦察。这个濒临黑海的旅游和度假胜地，建筑的布局协调，式样新颖，色调美观。彭绍辉和他的成员们参观了考古公园、展出古代石雕和珍宝的博物馆、灯塔、水族馆等。这里的玛丽亚海滨浴场，沙滩宽阔平缓，沙粒匀细金黄。彭绍辉等人都下海游泳了，但张纬没有游，她不太喜欢这项活动，而是一个人在沙滩上坐着，默默地注视着无边无际的大海，还有海里游泳的人，在细碎的波浪间出没。

在罗马尼亚，张纬和其他人一样，还参观了汽车制造厂、葡萄酒厂和一些记不清名字的地方，到处都受到了人们的热情欢迎和接待。罗马尼亚军队的领导人还会见了彭绍辉等人。那里的人民和军队对中国人民和军队的友谊，使张纬感到由衷的自豪。

二十天的时间很快过去了，回国后，张纬整理出好多照片，一直保存着，作为此行的纪念。

风风雨雨里

　　1966年，中国大地上席卷起一场政治风暴，那就是"文化大革命"。一时间，"造反"、"夺权"的口号和行动漫延各地。彭绍辉身为副总参谋长，对这场运动也不能理解。但由于当时复杂的政治背景，他不便于说什么，只能冷静地观察，默默地思考。

　　不能说出自己想要说的话，对彭绍辉这样的职业军人来说，是十分痛苦的，也是不可能长久的。果然，当一些学生的狂热被煽动起来冲击军事机关时，彭绍辉忍耐不住了，他公开表态说："军事领导机关不能冲击，不能夺权。"当武汉批判陈再道时，彭绍辉又态度鲜明地说："陈再道同志是个老同志，是个好同志！"

　　这些，惹怒了林彪和江青一伙，他们把"叛徒"、"假党员"等莫须有的罪名强加在彭绍辉的身上，进行无端的迫害和审查。

　　心中没有鬼的人，本来是可以不怕的。但那是一个非常的年代，是非颠倒的年代，凡是有理的事，都说不清。

　　就说入党问题吧，彭绍辉心里记得很明白。参加平江起义后，彭绍辉所在的随营学校解散了，学员有的回到原部队，有的由指挥部重新分配。彭绍辉回到原来的十三师七团第三营任班长，这个团归贺国中指挥。在国民党反动派调军阀刘铡、陈光中部以数倍于红军的兵力猛攻平江城的时候，七团从北乡返回平江驰援，与敌军发生激战。彭绍辉虽然第一次参加战斗，但他沉着勇敢、无所畏惧。由于寡不敌众，红军撤出平江，转到修水、铜鼓、万载一带与敌周旋，部队伤亡过半，九、十月间转到黄金洞和修水的台庄一带休整。当时红五军的处境极为困难，前途异常艰险。就是在这时，彭绍辉不但没有退缩，反而毅然申请加入中国共产党。黄公略找他谈话，讲党的主张、党的纪律、党员的义务，并介绍他入了党。

这都是事实，可审查的人奉命打"假党员"，当然就是不相信。彭绍辉详细讲了经过后，他们又问是哪一天入的党，屋里的布置是什么，有几个凳子，都是怎样放的。彭绍辉记不准这些，就说他是"假党员"。

所谓"叛徒"问题也是这样硬加的。1929年春，已任红军中队长的彭绍辉，经常率队在平江、浏阳、万载地区发动群众，打土豪、分田地，组织农民自卫军，发展党组织，建立苏维埃政权。一次，二大队由长寿街转到芦沟宿营时遭敌包围，拂晓时受到猛烈攻击。彭绍辉和他的中队主动承担掩护主力转移的任务，首先突围，吸引敌人火力。战斗中，他的右胯骨中弹负伤，仍坚守阵地，阻击敌人。主力安全转移后，他们才撤出战斗，彭绍辉因流血过多，到达宿营地就昏了过去。为了他早日康复，组织上便将他留在浏阳地区赵家冲一位姓李的农协委员长家养伤。黄公略得知后，派通信员照顾，并带去30块银元作生活费

赵家冲离敌区公所很近，"护户团"的团丁经常来活动。群众为他放哨，弄好吃的。第六天晚上，因团丁直奔赵家冲而来，老乡们又将他送到附近一个村子，委托刘老汉照顾。伤势稍有好转，又将他转到唐老汉家。就在离开时，团丁前去搜查，逼着刘老汉交出红军的伤号。一天深夜，团丁又闯到彭绍辉住的地方，唐老汉急忙将生病的通信员安顿好，背起彭绍辉从后门奔上后山，将他藏在一个山洞里。以后又换了一个地方，才养好伤归队。

在老百姓的掩护下养伤脱险，是那时的常事，更是红军得到群众拥护的表现，怎么就成了"叛徒"呢？彭绍辉百思不得其解。他就耐着性子解

★彭绍辉、张纬及子女合影

释，努力去说明事实真相。可是没有用，那些人还是没完没了地质问。在逼迫之下，他理直气壮地说："凡没有的事情，怎么压我也不会承认！"

响当当的话，掷地有声。他是这样说的，更是这样做的。

从这场政治风暴一开始，张纬就揪着心。无论她怎么揪心，灾祸还是降临到了丈夫的头上。彭绍辉不但无端挨整，还成立了专案组，让他停止工作，接受审查。

张纬相信彭绍辉，可又无能为力。她背着沉重的思想包袱，天天早出晚归地去上班。有人悄悄劝她留在家里陪陪丈夫，可她没有这样做。其实，她心里有自己不能说出来的想法，那就是她要利用上班的机会，了解外边的情况，回到家里告诉彭绍辉，使他不至于同外界隔绝。

一天晚上，张纬下班后急急赶回家，刚进门，保姆就哽咽着对她说："首长被他们弄走了。"

"什么时候弄走的？"张纬吃惊地问，"弄到什么地方去了？"

"是卡车拉走的，不知道拉去什么地方了。"保姆说。

张纬害怕了。她听说过，只有敌我矛盾的人才用卡车拉，难道自己的丈夫也成了敌我矛盾吗？

这一夜，张纬没有睡觉，她坐卧不安，不知道丈夫在什么地方，也无处去打听。他吃饭了吗？身体受得了吗？如此对待一个为革命献出一只胳膊的人，实在太残忍了。

可就在这时，一位熟悉的老同志的夫人打来电话，焦急地说："张纬，我家老头被整了，快让你家老头救救他！"

张纬难过极了，可又没办法，只得对着电话说："我家老头被弄走了，还不知在什么地方呢……"

第二天清晨，彭绍辉回来了。他的脸上罩一层疲惫和憔悴，连走路也摇摇晃晃，完全没有了平日的精神。

张纬急步走上去，扶住丈夫，问："他们把你拉到什么地方去了？"

"我也不知道，好像是一个磨房里。"彭绍辉摇摇头说。

"你怎么吃的饭？"张纬问。

"吃了一次。"彭绍辉说。

张纬问："吃的什么？"

彭绍辉说："吃的窝头。"

张纬不说话了，紧紧咬着嘴唇，努力不让眼眶里的泪水流出来，把丈夫扶进了房里，又沏茶，又忙着去料理饭菜。

从这以后，彭绍辉更加不安宁了。专案组逼着他写所谓"交代罪行"的材料，或者轮番找他搞逼供信，几乎天天如此。

丈夫挨整，妻子儿女也跟着遭殃，这是普遍的现象。这一天，专案组找张纬谈话，要她揭发、交代彭绍辉的"罪行"。张纬早就料到会有这一天，已有了充分的思想准备。

"彭绍辉是假党员，是叛徒，你知道吗？"一见面，专案组的人就使出了下马威。

张纬看着那些人气势汹汹的样子，冷静地摇摇头，说："不知道。我只知道他是个老党员，老革命，对党对人民是忠诚的！"

那些人马上提高了声音："看来，你还没有和他划清界限！"

"我和他没有什么界限可划清的。"张纬的声音不大，但却极为坚定。

"你大概还不知道吧，他根本就不是党员，长期以来都是假党员。"那些人说。

张纬反问道："你们凭什么说他是假党员？"

专案组的一个人说："他连自己是哪天入的党，在什么地方入的党，入党宣誓时屋子里的布置都说不出来，就说明他根本没有入过党。"

"那毕竟是几十年前的事了。"张纬说，"何况他的年纪已大，你们拿这么具体的细节去问他，他当然不能全部记得。据此说他是假党员，那太轻率了！"

"你这是狡辩！是站在他的立场上说话！还有比入党更大的事吗？这样的事都记不清，是什么问题不就很清楚了吗？"那个人说。

张纬皱了下眉头，不慌不忙地说："你的年龄比他小得多，入党的时间也比他晚得多，你能说出来你入党时都有什么人参加你的入党宣誓仪式，当时屋里放了几个凳子吗？"

那人被问得张口结舌，他没想到面前的女人会提出这样的问题。

不过，他马上就镇定了，大声说："你要放老实点，现在是要你揭发彭绍辉的罪行，你不要扯远了。"

"我没有什么可揭发的！"张纬说出这句话，紧紧地闭上了嘴。

"好啊！"那人说，"看来你对彭绍辉这个混进革命队伍里来的假党员、真叛徒，还是没有识别呀！"

"混进革命队伍里来的？他家几辈都是长工，为什么要混进革命队伍里来呢？"张纬反问道。

没人回答这个问题，屋里很静。

张纬继续说："至于说他是叛徒，同样没有根据。他受了伤，留在老乡家里养伤治疗，怎么就成了叛徒呢？我不相信！"

"你是被他蒙骗住了。"专案组的人说。

"我没有那么好蒙骗！"张纬说，"要知道，那个时候参加革命是要置生死于度外的。当时就当了叛徒的人，能经得住后来负伤丢掉胳膊及那么多考验吗？"

对这些话，专案组的人无法反驳，但他们又不能承认是事实，所以仍在态度呀界限呀等上做文章。

看到他们没有什么证据了，张纬也就不再说话。

谈话就这样结束了。

张纬回到住室里，仔细想了想，觉得很解气，同时也挟有缕缕忧思，他们会罢休吗？

在毛泽东的保护和过问下，加在彭绍辉头上的"罪名"得到了昭雪，他又重新出来工作，仍然担任副总参谋长的职务。

当时，"文化大革命"还在进行，彭绍辉的处境十分不好，但他从不屈服，用各种方式同林彪、江青反革命集团进行针锋相对的斗争。有些老干部受到打击迫害，他就奋不顾身地进行保护。有些同志遭诬陷、被审查，甚至被说成"叛徒"、"特务"时，他不怕风险，主动为他们写证明材料，说明事实真相。有的老同志被隔离、被关押，他就冒险前去探望……所有这些，当然引起了一些人的不满，贴出了"彭绍辉探监"的大字报，向他施加压力。好心的同志就劝他小心一点，他则正气凛然地说："有真理在，怕什么！"

由于彭绍辉在被审查期间患了夹层动脉瘤，又没有得到及时治疗，使身体受到了损害。为了照顾他，张纬1970年便调到他的身边工作，因而对他的了解就更多了。

彭绍辉从到总参谋部工作后，长期分管民兵工作，为此花费大量心血，付出辛勤劳动。他重新工作后，又分管民兵工作。按说，这对他是一项驾轻就熟的事情，可此时却非常难做。

那时，"四人帮"为了篡夺最高权力，又掌握不了军队，就大抓民兵。他们成立民兵指挥部，想以此取代省军区、军分区和县市人武部。分管民兵工作的彭绍辉，看穿了这一阴谋诡计，便与之进行了坚决的斗争。张纬亲自经历和目睹了这些斗争。

1974年9月，总参谋部召开民兵训练业务工作座谈会。按照中央军委的指示，会议主要研究解决民兵组织和训练中存在的一些问题。可是，在会议即将结束时向军委领导汇报的会议上，王洪文、张春桥却突然说会议"不抓路线，方向错了"，提出要推行民兵指挥部。面对这突如其来的情况，彭绍辉沉着冷静，不顾他们多次打断发言，当着他们的面，向叶剑英、聂荣臻提出自己的正确意见，建议调整省军区、军分区和县市人武部的编制，增加专职人武干部，加强民兵工作的力量。当王洪文、张春桥在大会上要总参谋部带头推广上海民兵指挥部的经验时，作为副总参谋长和全国民兵工作领导小组组长的彭绍辉，拒不表态。会议结束时，他针对王洪文、张春桥"不抓路线，方向错了"的话，充分肯定这次会议的方向和成绩，赞扬会议开得好，达到了预期的目的……

张纬没有参加会议，但对情况是了解的。她佩服彭绍辉的勇气，也暗暗捏着一把汗。

更让张纬揪心捏汗的还在后边。到了1975年，"四人帮"更加疯狂地推行民兵指挥部，使一些地区出现了省军区、军分区、县市人武部和民兵指挥部两套机构并存的现象。作为主管民兵工作的彭绍辉，该怎么办呢？张纬看到，彭绍辉自有他的办法，那就是能顶就顶，能拖就拖，进行巧妙的斗争。

就在这时，张纬陪彭绍辉到广州去疗养。借此机会，彭绍辉带病到广东、广西、海南、湖南等地，对民兵指挥部作了调查研究，认真听取了各级地方党委和军事系统的意见。在此基础上，他给中央军委写报告，建议恢复战争年代的传统体制，把民兵指挥部合并到人民武

装部，统称人民武装部，归军事系统领导，意思很明显，就是主张取消民兵指挥部。此后，他在几次全国性的民兵工作会议上的讲话中，反复指出民兵是我国三结合武装力量的重要组成部分，是我们的老传统，这个传统不能丢；他强调省军区、军分区和县市人武部是各级地方党委的军事部，主要任务是做好民兵工作。在这一年于唐山民兵通信分队组训工作经验交流会上，彭绍辉要求，在所有文件、讲话和典型材料中，一律不提"民兵指挥部"，并且当面对上海民兵指挥部的一个头头说，你们那个民兵指挥部不要搞了嘛。会后，凡是召开民兵工作会议，他就让通知省军区、军分区、县市人武部参加，不要通知民兵指挥部。有个人以此告了彭绍辉的状，他知道后说："我是为了维护党的原则，有真理在嘛，我才不怕呢！"

对这些，张纬既支持丈夫，也时时提醒他要小心谨慎，讲究方法，尽到了妻子的责任。

确实是患难识忠贞。在十年的风风雨雨里，张纬对彭绍辉的了解，远远超过了以往。她为他骄傲过，也为他担心过，从而也更自觉地同他站在一起，并肩向前行进。

夫妻永诀别

北京的 4 月，天气还是比较冷的，特别是早晨和晚上，气温更低，凉意犹浓，就是树枝上的嫩嫩新绿，也显得既柔弱又单薄，好像伸展不开腰身似的。

张纬早早地就起了床，因为心里想着昨天晚上的事，睡不着啊！

昨天夜里，彭绍辉很晚才回来，他脚步迟重，神情恍惚，对张纬说："这两天我的胸部背部痛得厉害，和过去伤口痛不一样，贴止痛膏、吃止痛药都不管用。"

"是吗？"张纬吃惊地说，"那明天快到医院去查查。"

彭绍辉摇摇头，说："你老是让我去医院。明天挑选飞行员会议结束，我还要讲话，还有许多工作等着做呢。"

张纬见动员不了，就打电话给门诊部，请医生来看了看，吃了药。正因为如此，张纬起来后才没有叫彭绍辉，想让他多睡一会。

彭绍辉起来了。虽然经过一夜的休息，他仍然行动迟缓，脸色苍白。

张纬看在眼里，急在心里，以商量的口气说："这样不行呀！是不是先到医院去看看，好吗？"

"我不去，下午的会我要讲话。"彭绍辉又回绝了。

这天上午，彭绍辉在家里准备下午的讲话材料，午饭没怎么吃，午间也没休息好，就赶去参加会议了。

彭绍辉离开家之后，张纬才安静下来，坐在桌前，可心里却总是很慌乱。作为妻子，她了解丈夫，如果不是痛得实在难以忍受，他是绝对不开口的，那种能忍耐的精神是战争中锻炼出来的。可是一旦他说出来，那肯定是很厉害了。

这些年，张纬一直为丈夫的病担着心。1968 年，彭绍辉就感到胸部剧烈胀痛，一直持续三天。因为当时被审查，没有得到及时检查和

治疗。直到1970年，患气管炎做胸部透视时，才发现了主动脉瘤。医院组织专家会诊，看到瘤子已经很大了，可又不敢冒险做手术，只好说明这病的严重性，指出动脉瘤一旦破裂，就有生命危险。他们一方面采用预防措施，准备了一套抢救器材，以防万一；一方面提出了几条注意事项：不能生气，不能劳累，不能剧烈活动，控制血压等。张纬又惊又怕，总是不放心。就是这时，她调到彭绍辉身边工作的，主要是为了照顾他的身体，同时做一些秘书工作。

其实，张纬也常常感到对丈夫无能为力。彭绍辉患病后，仍旧泰然处之，十分乐观，照样坚持大量的繁重工作，不但在办公室十几个小时，下班回家后，还利用吃饭前的时间，先向秘书要急件，批阅后才吃饭。饭后散步一会，又在灯光下批阅文电。人们劝他休息，他总是说："我一年多没有工作，要把丢掉的时间补回来。"

尽管医生有规定，他还是亲自去视察部队，做调查研究。张纬和身边工作人员以及医生限制他活动时，他就说："我不能整天泡在会议里，埋在文件堆里。"1973年，他带病参加在启东举行的加强营抗登实弹演习后，顺便到华东医院检查，发现动脉瘤又有发展。医院认为随时都有发生危险的可能，要实行几项预防措施，并向上级写了报告，建议一要适当减轻工作，二要减少外事活动，三要注意休息。

张纬和其他工作人员这样做了，除须立即办的重要文件，其他采取报告或尽量少给他看以及给他念的方式，晚上十点以后不给他文件看。可这也不行，不给他送文件，他就自己到保险柜里去拿，还开始撰写回忆录。别人劝时，他就指指胸部说："我这儿有一颗定时炸弹，一爆炸就完了。"言下之意，是要抓紧时间工作。

1975年，保健部门直接给军委写报告，叶剑英副主席指示他半天工作，半天休息，他仍然没有遵守。1977年，医生再三提醒他不能坐飞机，不能登山，就是睡觉翻身也得注意。即使这样，他还是到海岛参加会，爬到山顶去看战士的营房、伙房。

张纬也知道，一年前女儿的突然死去，对彭绍辉的精神打击太沉重了。那是彭绍辉和张纬的第三个孩子，当时只有21岁，不仅年轻、漂亮，工作上也很出色。可是她却患有先天性心脏病，到许多医院治疗过，都未见效。1977年9月24日那天，一家人正在吃午饭，女儿觉得心脏不舒服，就服下了一片药，之后回到了自己的房里。没过几分钟，只听房里传出一声惨叫，等一家人跑进门后，女儿已经没有了脉搏。白发人送黑发人，那种心情是可以想象的，彭绍辉的血压一下子高了上去。以后每说到这女儿时彭绍辉就难过，泪水顺着他苍老的面颊流了下来。作为母亲的张纬，更是难以接受这可怕的现实。十月怀胎，一朝分娩，孩子的生命在母亲的眼里，比自己的更重要，张纬宁愿用自己的生命换回女儿的生命，可是不可能。不管父母、兄妹如何地难过，那个如花般年轻的生命还是那样去了，留下的只是一家人无限的悲伤。很多次，张纬梦到了女儿，她哭喊着叫女儿，然而女儿却越走越远。醒来后，她只能悄悄地流泪，她怕被彭绍辉看到，怕再勾起他的伤心，怕因此而影响他的身体，所以，张纬努力压制着自己的伤痛，同时还宽慰丈夫，不要太伤心，要注意身体。张纬就这样忍着悲痛照顾着丈夫，料理着家庭。

时间总是不管人们的心情如何，一如既往地向前流淌着。1978年，给彭家带来转机的是他们有了孙子，这样彭绍辉的心情稍稍有了好转，可是病魔却在悄悄地向他走近。

彭绍辉很喜欢孙子，常常下班后把孙子抱在怀里，逗着他玩。看着这一老一小玩得那么开心，张纬的心里也很高兴，因为孙子的出生，一个新的生命，毕竟使处在失去女儿的悲痛中的彭绍辉有了一些安慰。

房间里的光线渐渐暗了下来，孩子们已经陆续下班回来了，可彭绍辉还没有回来。张纬在屋子里走来走去。她的神经紧紧地绷着，几次抓起电话，可忽然又想起，彭绍辉下午出去开会了，不应该去打扰他。

他今天身体怎么样？胸部还痛得厉害吗？这些问题久久地缠绕着张纬，折磨他患有神经衰弱、高血压等多种疾病的妻子。

蓦然，一阵急促汽车喇叭声把张纬惊醒，她轻轻地松了一口气，走到院子里。这时彭绍辉也走出了汽车。张纬急忙走过去扶住他。在这一瞬间，她看到丈夫的脸色比早上更苍白，更倦怠了，腰背弯得厉害。张纬又看见秘书和警卫员都是一脸严肃的模样，她的心里就全明白了，一定是彭绍辉的病情更严重了。

果然不出张纬所料，彭绍辉的胸部更疼了。下午的会上，他强忍着巨痛做完了报告，回家时坐在车里，他还跟秘书说胸部很疼，秘书

劝他直接去医院检查，可他靠在坐位上摇了摇头说："还是先回家吃些药吧。住院要耽误工作，过一段时间，我要到吕梁山去转一转，看一看那里的人民群众。"

对彭绍辉的这种心情，张纬完全能够理解。几天前有位同志来看望，见他面容消瘦，精神不好，关切地说："彭副总长你这么大年纪了，身体又不好，要注意休息啊！"他却说："我就是因为年纪大了，身体不好，所以才要拼命干啊！要不还能干几年？"

对于吕梁山，彭绍辉有着特殊的感情。抗日战争胜利后，为保护抗战成果，接管日军占领的大片土地，扩大解放区，中共中央和中央军委决定组建吕梁军区，并任命彭绍辉为代司令员。这一地区东临同蒲路与敌对垒，西临黄河与陕甘宁地区相依，北起静乐、忻县，南至河津、稷山，是陕甘宁边区东部的屏障，是兵员、给养的重要补给地，又是解放区与中共中央所在地延安进行联系的交通要道，战略位置十分重要。彭绍辉到职后，抓紧了解敌我情况，加强部队训练。当解放战争爆发后，彭绍辉先后参加指挥了晋西南、汾孝、吉乡、兑九峪、神堂底等战役，解放了永和、大宁、隰县、交城、中阳等县城及重镇三十余座，生擒国民党上将晋西总指挥杨澄源、少将参谋长胡芬珍、少将副师长张居乾等，后又取得晋中战役的胜利，为解放太原创造了条件。他曾多次说过，要到那里去看看，一直未能如愿。

晚饭时，彭绍辉疼得根本没法吃。之后，他想上楼去看看他疼爱的小孙子。如果在以往，他几步就走上去了，今天，他扶着扶手，一步一步，慢慢地向上走着，每一步都那么吃力。这楼梯怎么这么高呀。他第一次这样觉得。终于到了楼上，孙子躺在小床上，好像在静静地等着爷爷的到来。可是今天，彭绍辉却怎么也抱不动这个孩子，他试了几次，依然抱不动，只好苦笑着摇了摇头。这时张纬抱起了孩子。看到孙子胖乎乎的小脸，彭绍辉的脸上露出了笑容，他又仔细地看了看孙子，才走下楼去。

坐到办公桌前，彭绍辉让秘书拿来文件。他批着急件，张纬坐在一边注视着他。身为医生的张纬，这时心里很清楚，肯定是那颗"定时炸弹"在作怪，同时她也在心里默默地祈祷着，但愿它别爆炸，可千万别爆炸。

张纬发现彭绍辉疼得直吸气，她再也忍不住了，走过去说："不能再耽误了，现在就去医院。"

彭绍辉第一次发现妻子使用这么强硬、果断的口气，他很吃惊，可他还是坚持说："今天的文件没有处理完，不能去医院。"

"等看完病，回来再处理文件。"张纬说着，叫来了司机，硬是和秘书一起，把彭绍辉拉上了汽车。

汽车划过夜幕，急速地向解放军总医院驶去。

到医院后，已是晚上八点多钟。看过急诊，立即被留下住院。从验血到做心电图，再到拍胸片，这一系列的过程之后，本来医生决定用轮椅把彭绍辉送到病房的，可他固执地要坚持自己走。

就在坐电梯时，彭绍辉还对张纬说："今天文件没处理完，还是回家去吧。"

张纬看他三番五次地说不住院，就劝他："既来之，则安之，还是安心住院治疗。"

彭绍辉还是说文件的事。

张纬说："明天我一定把文件给你带来。"

彭绍辉这才勉强答应了。

一切都安顿好，医生让张纬先回去休息，说有情况会打电话通知她。

张纬本来打算今晚就不回去了，在病房陪着彭绍辉，可是医生已经说了让她回去，况且在医院里有医生护士照顾，也应该放心的，所以她就回家了。

回到家已经十点多了，张纬躺在床上，却怎么也无法入睡。刚才在医院里，医生拿到胸片后，确诊为胸膜炎，当时张纬心里就很纳闷：怎么会得胸膜炎呢？她提醒医生说："首长有夹层动脉瘤。"医生说："我知道，我已看过病历了。"张纬没再说什么，可心里却有些生疑。因为她也是一名医生，她知道胸部长着血管瘤，不可能再得胸膜炎。但是主任和医生都在，她也只好保持沉默。

卧室里静极了，只有时钟在"嘀嗒、嘀嗒"地走着。张纬的心情极不平静，她隐隐地感到像要发生什么，因为这次生病住院和上几次住院是那么不同，那个"定时炸弹"是不是爆炸了？到底是不是胸膜

炎？他的胸部从来没有这么厉害地疼过，连过去的伤口都疼？……

张纬不敢再往下想了，她心里害怕，去年女儿的去世已经给了她一次沉重的打击，难道今年又要……张纬再一次闭上了眼睛，狠狠地摇了摇头，她安慰自己：不会的，不会的，一切都会好起来的，丈夫很快就会出院，说不定，现在就已经不是很疼了呢。

就在张纬翻来复去想着这些事情的时候，电话铃响了起来。这铃声刺破了沉寂，一下子震醒了全家上上下下所有的人。就在铃声响起的那一刻，张纬几乎是从床上弹了起来，首先抓起了电话。她紧张地听着电话那头传来警卫员的声音："首长已经不行了，全家人都来吧。"张纬有些不相信自己的耳朵，她又问了一遍，得到的依然是同样的回答。

张纬迅速叫醒孩子们，嘴里还在不停地叨咕着："不可能，不可能的，现在才夜里一点钟，我离开医院才两个多小时，不可能的。"

孩子们看到母亲这样，都在一旁偷偷地抹眼泪。

当他们赶进病房时，彭绍辉已经脸色如纸、手脚冰凉了。

张纬不相信，不相信丈夫已经去了。她摇着他的肩膀，叫着他的名字，可是看到的却依然是彭绍辉静静地躺在那里，一动不动。

医生们告诉张纬，彭绍辉去世的那一刻是0点53分。

张纬呆呆地坐在那里，医生和护士给她讲着她走后两个多小时所发生的一切。张纬好像没有听到一样，她心里最为难过，也是最令她遗憾的，就是丈夫临终时自己没有守在他身边。她后悔自己当时为什么不留下来陪着他，使他在走向另一个世界时，身边竟没有一个亲人。

张纬的眼泪哗哗地流着，悲痛、后悔、遗憾在她的心里痛苦地纠缠着，她不知道该做些什么，也不知道该怎么做，整个人都陷在一种迷迷茫茫之中。当医生问她要不要尸解时，她好像猛然间想起了什么，坚决地说："要，一定要尸解！"

尸解报告出来了。彭绍辉死于夹层动脉瘤破裂。

彭绍辉去世了，那是1977年4月25日零点53分，和他们的女儿的去世仅仅相隔半年多。

在半年多的时间里，张纬失去了两位亲人，一位是女儿，一位是丈夫，身为女人的她陷在深深的悲痛中，只有48岁的她仿佛一下子苍老了许多……

白发不了情

　　室内很静，没有一点声音，一切响动都被关在了室外。张纬静静地坐着，目光不由自主地又转向彭绍辉的戎装照片，久久地凝视着，凝视着。

　　时间过得真快，转眼又是十年多了。三千多个白天，三千多个夜晚，每当她一个人独处时，总是面向照片，深情地端详着，仿佛第一次见面时那样，仿佛后来无数次那样，他们相向而坐，默默地对视着。

　　此刻，她心里有很多话想对丈夫说。自从你走后，我和孩子们就离开原来住的地方，搬到了这里，并且交了汽车，没向领导提任何要求。因为那房子那汽车，是组织上为你工作而安排的，既然你不在了，我们也就不应该再享受。如果你九泉之下有知，也会同意我这样做的。还有，我们的孩子都长大了，完成了大学的学业，在不同的岗位为祖国和人民忙碌着，最小的女儿还出国读博士学位呢。他们都有了自己的小家，有了自己的孩子，生活得很甜美、幸福……

　　张纬还想告诉丈夫，他去世后，她又参加了工作。因为那时她才48岁，既需要工作，也需要以此排解心中的哀痛。当时总参的一位领导同意了，安排她到气象研究所去当顾问。在那里，她又认真从头学习气象方面的知识，熟悉情况，还真的做了一些力所能及的事情呢？

　　这样想着，张纬的手触到了桌子上的一本书。她轻轻地拿起来，对着彭绍辉的照片，说："绍辉，看到了吗，你的书出版了！"

　　这是《彭绍辉日记》的第一辑，收录了彭绍辉1934年至1937年6月的日记。为此，张纬确实花费了大量的心血。

　　彭绍辉原来的文化水平不高，只念过两年书，后来一直在地主家当长工，直到参加革命。战争年代，行军打仗，更是没有时间学习，可是彭绍辉却凭着顽强毅力和刻苦精神，坚持写日记。无论白天工作多么

紧张，晚上休息前他总要记下当天的工作情况、思想状态等，到病逝时共记下了二百多本。彭绍辉的突然病逝，使张纬陷入极度悲伤之中，别人劝她把这些日记本上交组织，她也没多想，就统统上交了档案馆。镇静下来一想，那些日记是多么宝贵的资料啊，应该让它发挥作用呀！于是，她又把日记本取了回来，首先整理出了第一辑。请聂荣臻元帅题写了书名，徐向前元帅题词："珍贵的资料，历史的见证"，杨得志题词："真实的记录，宝贵的财富"。王震为之作序，称这些日记是"作者在少共国际师任师长、红军大学任教、红六军团任参谋长期间战斗生活的真实记录"，"本书记载真实，语言质朴，把作战指挥、参谋工作、教学训练三个侧面为主的题材结合在一起，形成了它的特点"。

在即将出版的时候，张纬写了一篇后记：

彭绍辉同志离开我们转眼就到十周年了，在他革命的一生中有一件鲜为人知的事，就是他持之以恒地写日记。除早年写的已散失外，现在保存下来的，一九三四年四月以后的日记、笔记，还有二百多本。很多日记是他在紧张的行军、作战中和繁忙的工作中，在昏暗的油灯前写出来的。他写这些日记时，并没想过要出版，而是写给自己的，是为了更好地战斗和工作。想到绍辉同志是个"独臂将军"，他原来的文化程度并不算高，他能几十年如一日地这样做，这种坚强的毅力，这股锲而不舍的精神，的确让人深受感动。

绍辉同志不幸病逝后，在整理他的遗物时，我产生了一个想法：我有责任把他的日记献给广大的读者。我的这个想法得到杨得志总长和其他老首长的赞赏、鼓励和支持。现在经过柔纲、冀逢谦同志以及子女们的整理，终于使《彭绍辉日记》第一辑和读者见面了。我借此寄托哀思，读者们也可从中得到裨益。这个日记如能对党史、军史提供点补充资料，使青年人从中了解老一辈无产阶级革命家所走的艰难道路，并激起为创造美好的未来而奋斗的勇气，整理和出版本书的目的也就达到了。

敬爱的聂帅热情地为本书题写了书名，王震同志写了序言，徐帅、杨总长题了词。冯文彬、张宗逊、何廷一诸首长为我们提供了情况。在整理过程中，还得到总参谋部政治部、总参谋部党史资料征集办公室、解放军出版社以及有关部门的大力帮助和指导。在此一并表示衷心的感谢。

如今，它已印成了书，散发着油墨的香气。张纬感到，这是她为丈夫做的一件有意义的事情，并且还要继续做下去。

　　"我现在离休了，有时间把你后边的日记全部整理出来。"张纬在心里对丈夫说。

　　摆在张纬面前的，是彭绍辉1945年12月至1949年12月日记的打印稿，她伏案仔细地阅读着。

　　阅读日记，就和丈夫靠得更近了。如果说1949年以前日记上的事她不熟悉的话，那么1949年日记上的事，就都是她所经历的，有的和她有着直接的关系，因为那里有他们从相识、相爱到结婚的记录。对这些，张纬读得特别用心，读着读着，眼前便会浮现出当年难忘的情景。

　　她的目光落在一则日记上：

5月24日

　　部队今日出发，我早在并市和老总谈话后，十一时方返晋原城，部队出发。休息了三个钟头，和黄主任告别了张正纲夫妇及张纬，即驱车经晋祠、清源城到柴家寨。驮汽油的车驶到半途坏了。

　　是有这么一天，彭绍辉率军西行前，专程到家向她和她的父母告别，她是那么害羞，想说什么，但当着众人的面，又什么也说不出口。如果不是他将此记下来，她真的忘记了。

　　彭绍辉6月6日的日记是这样写的：

　　"昨日因天雨，我们在绛州休息一天，清理了我的文件箱，给张纬写了封信。今日乘车到禹门。"

　　张纬读到这里停住了。她极力回忆着彭绍辉的这封信，她是在什么地方收到的？信里写了些什么内容？可怎么也记不起来了。她的心里有点遗憾。

　　另外，还有两则日记，也引起了张纬的注意：

8月27日

时间刚快一个月，刘政委由后方来前方，又带来纬 6 月 7 日晚于灯下写的一封信。这信很简单，25 日的信较好。

10月22日

乔科长汇报，并带来章部长罗政委的信，及卫校张纬的信（7 月 10 日午睡时间写的）两张像片底片，现在还不知是谁，待洗出后再看吧。

这两则日记，确实把张纬带到了遥远的过去。她似乎想起来了，夜晚昏黄的灯光下，她读过彭绍辉的信，凝眉深思，心潮起伏，满怀喜悦地写了回信；在酷热季节的中午，同学们都进入了梦乡，她却难以入睡，独坐桌前，选择最能表达心曲的词句，急促地写在纸上……那是怎样的心情啊，那是多么值得回忆的往昔啊，仿佛就在昨天，就在眼前，可再也不能复返了……

她慢慢掩上日记，目光又投向彭绍辉的照片。多么无情的时间啊！那时骁勇的战将，已经作古；那时如花的少女，已经满头白发，即使最小的女儿，也比她当时大得多……她使劲摇摇头，眼角润湿了。是思念呢，是感慨呢？她自己也说不清楚。

就这样坐着，坐着，不知过了多长时间，她的思绪好像才回到了现实之中，就又埋头伏案，继续阅读彭绍辉日记的打印稿。

新的一天又开始了，初升的太阳，以它柔和的光线，为小院涂上一层朝辉。张纬沐着朝辉在小院里漫步，又想到了为彭绍辉写传的事。这已经成为她最大的心事了。

张纬想为彭绍辉写传念头的产生，是在几年之前。一天，解放军出版社的编辑找上门来，为他们出版的《解放军将领传》约写关于彭绍辉的传。经过一番说服和动员，张纬答应了，并请人撰了稿，很快就收在《解放军将领传》第九集里出版了。那时，她没有多想。后来，她陆续看到一些和彭绍辉一起战斗过来的战友、同事，不少人有了单独的回忆录专集或个人的传记，便想，彭绍辉如果不是去世得那早，他的回忆录肯定早已经出版了。现在写回忆录是不可能了，但应该有一本写他的传记，将这位"独臂将军"战斗的一生详细记述下来，不但对她和孩子们是永久的纪念，就是对所有的青年人，也是一份宝贵的教材！她感到，这个责任只有她才能担当得起来。

正是由这种责任感的驱使，张纬很快找到曾给彭绍辉当过秘书的柔刚。柔刚从战争年代起，就在彭绍辉身边工作，对彭绍辉十分熟悉，而且又做过军事研究工作，他听张纬一说就满口答应了。况且，他已经离休，有时间有能力也有条件为他尊敬的首长把传写出来。

尽管这样，张纬也没有感到轻松。她系统阅读彭绍辉的日记和回忆文章，收集有关的资料，包括彭绍辉逝世后一些战友写的悼念文章，她都仔细阅读，加以研究。同时，她极力回忆和彭绍辉结婚后见到的听到的材料。她反复阅读和咀嚼《解放军将领传》上的那段话："彭绍辉的一生，是革命的一生，战斗的一生，是无私无畏地为中国革命事业艰苦奋斗的一生，是全心全意为人民服务的一生。他为中国人民的解放事业建立了不朽功勋，为人民解放军的创建、发展和胜利，战斗到生命的最后一息，做出了卓越的贡献。他那伟大的共产主义战士彻底革命的精神和一颗优秀共产党员赤诚的心，是我们永远学习的光辉榜样。"认为这些话，确实能够表现彭绍辉的战斗历程和思想品质。它是以事实为以据的，传记，就要用大量丰富具体的材料去体现。为此，她还要做更多的工作。

张纬经常把自己掌握的材料和想法告诉柔刚，以供他写作时参考。柔刚正抓紧彭绍辉日记的整理和传记写作的准备工作，并将进展情况及时通报给张纬，以释她的焦急之情。

彭绍辉是一位将军，那么作为将军的妻子呢？张纬似乎没有怎么想过，甚至，当有一次孩子们说到这一点时，她没有立即回答得出来。过后想了很久，她才觉得，如果把丈夫比作一只高飞蓝天、搏击风云的雄鹰的话，她不过是伴飞而已……

想到这些，张纬加快脚步回到屋里，开始读有关彭绍辉的材料，心想，一定要尽自己的所有努力，让彭绍辉的全部日记和传记，早一天出版，早一天同众多读者见面。

阳光，从窗外辐射进来，撒落在张纬的身上，陪伴着她的，是彭绍辉佩戴上将军衔的照片……

张纬和彭绍辉：相伴向前飞

说明：

　　1.《康克清和朱德：心中都有一团圣火》，选自《朱德和康克清》，此书中国青年出版社1992年2月出版，1994年第三次重版。2000年1月收入中共党史出版社出版的《红墙回忆》。

　　2.《陈琮英和任弼时：并肩穿越狱火》，选自2000年1月中共党史出版社出版的《红墙回忆》。《退休生活》1985年7-12期连载。

　　3.《李贞和甘泗淇：少将妻子，上将丈夫》，选自北方妇女儿童出版社1995年6月出版的《将帅夫人传》，2000年1月中共党史出版社出版的《红墙回忆》。

　　4.《张纬和彭绍辉：相伴向前飞》，选自北方妇女儿童出版社1995年6月出版的《将帅夫人传》。